RACHEL LEIGH

MENTIRAS CRUÉIS

Traduzido por Carol Dias

1ª Edição

2023

Direção Editorial: Anastacia Cabo
Revisão Final: Equipe The Gift Box
Preparação de texto: Carla Dantas
Arte de capa: Bianca Santana
Tradução e diagramação: Carol Dias

Este livro segue as regras da Nova Ortografia da Língua Portuguesa.

CIP-BRASIL. CATALOGAÇÃO NA PUBLICAÇÃO
SINDICATO NACIONAL DOS EDITORES DE LIVROS, RJ
Gabriela Faray Ferreira Lopes - Bibliotecária - CRB-7/6643

L539m

Leigh, Rachel
Mentiras cruéis / Rachel Leigh ; tradução Carol Dias. - 1. ed. - Rio de Janeiro : The Gift Box, 2023.
232 p. (Bastardos de Boulder Cover ; 2)

Tradução de: Vicious lies
ISBN 978-65-5636-291-5

1. Romance americano. I. Dias, Carol. II. Título. III. Série.

23-85222 CDD: 813
CDU: 82-31(73)

"Em um mundo cheio de mentiras, as mais perigosas
são as que dizemos a nós mesmos."
- Diana B. Henriques

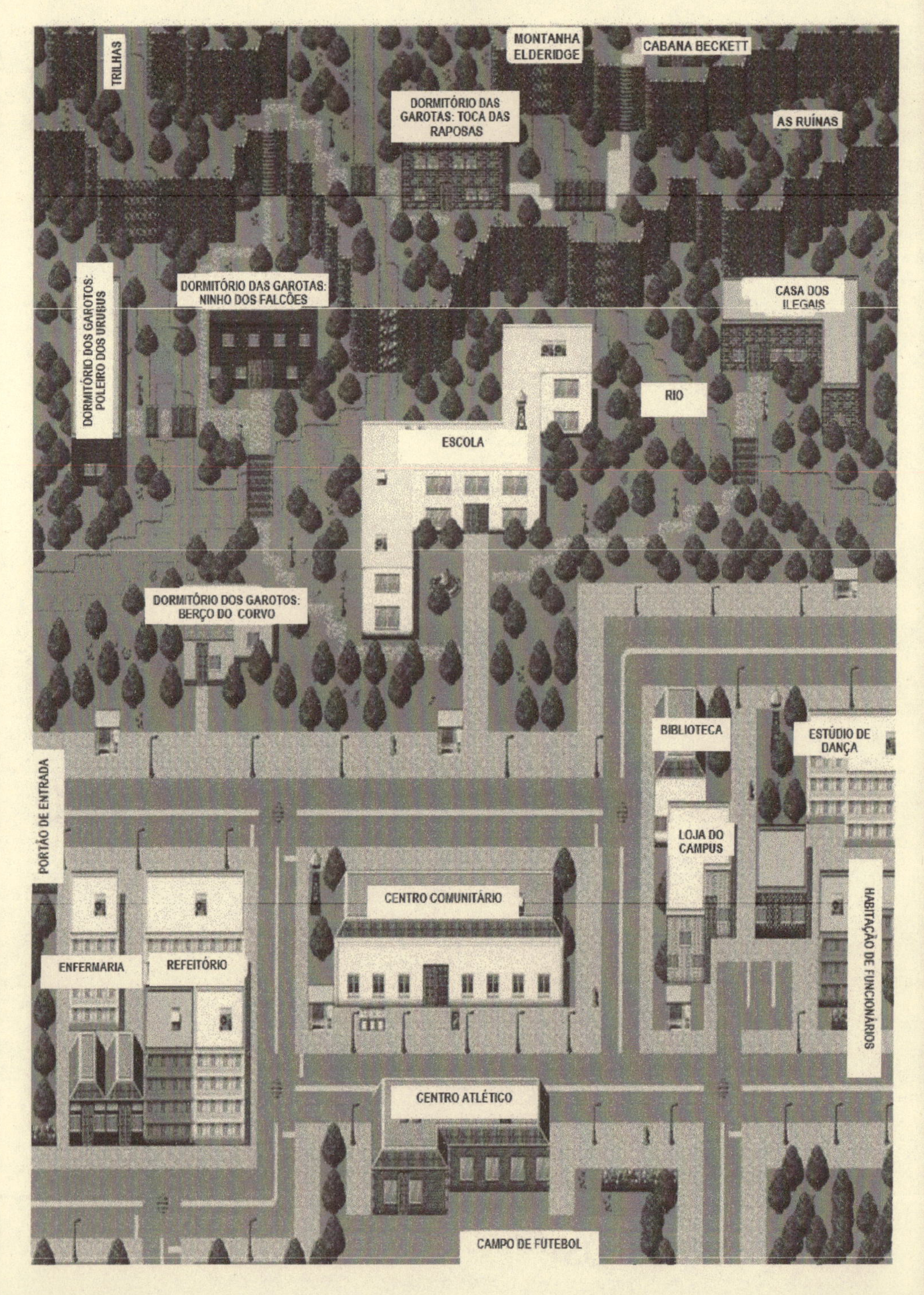

TRILHAS
MONTANHA ELDERIDGE
CABANA BECKETT
DORMITÓRIO DAS GAROTAS: TOCA DAS RAPOSAS
AS RUÍNAS
DORMITÓRIO DOS GAROTOS: POLEIRO DOS URUBUS
DORMITÓRIO DAS GAROTAS: NINHO DOS FALCÕES
CASA DOS ILEGAIS
RIO
ESCOLA
DORMITÓRIO DOS GAROTOS: BERÇO DO CORVO
BIBLIOTECA
ESTÚDIO DE DANÇA
PORTÃO DE ENTRADA
LOJA DO CAMPUS
CENTRO COMUNITÁRIO
HABITAÇÃO DE FUNCIONÁRIOS
ENFERMARIA
REFEITÓRIO
CENTRO ATLÉTICO
CAMPO DE FUTEBOL

GLOSSÁRIO

BASTARDOS DE BOULDER COVE

BCA: Boulder Cove Academy.

BCU: Boulder Cove University.

Seções: Grupos dentro da Sociedade Secreta dos Sangue Azul.

A Coleta: Reunião de estudantes para informar, promover classificações e celebrar conquistas.

Cerimônia: Uma ocasião onde as classificações são promovidas ou rebaixadas.

As Ruínas: Área da propriedade da BCA onde os eventos são realizados.

Os Túneis: Uma passagem subterrânea abaixo da propriedade da BCA.

Montanha Eldridge: Ponto mais alto em Boulder Cove.

Os Anciãos: Membros de idade que tem conhecimento avançado da Sociedade, costumam ser os que antecederam os atuais alunos da BCA.

O Presidente: Supervisiona A Sociedade como um todo.

O Chefão: Supervisiona uma Seção individual.

Os Ilegais: Supervisionam os alunos da BCA.

Escada da Hierarquia: Um sistema em que cada estudante é ranqueado de acordo com seu nível de autoridade.

Novatos: Nível mais baixo da escada da hierarquia.

Rebeldes: Nível médio da escada da hierarquia.

Ases: Alto nível da escada da hierarquia.

Jogos de Patente: Jogos para alcançar a classificação.

Casa dos Ilegais: Onde os membros dos Ilegais vivem.

A Praça: Pequena área de reunião em frente ao prédio principal da Academia.

Toca das Raposas: Dormitório feminino.

Ninho dos Falcões: Dormitório feminino.

Poleiro dos Urubus: Dormitório masculino.

Berço do Corvo: Dormitório masculino.

O Guardião: Vigilante e protetor dos membros da sociedade.

Iniciação: Um ato de admissão como membro líder que acontece depois da formatura na BCA, em que os segredos da Sociedade são revelados.

PRÓLOGO

SCAR

Aos catorze anos de idade...

Já olhou para o céu e pensou como o mundo inteiro, cada uma das pessoas, compartilha a mesma lua? Neste mundo enorme, só temos uma lua e, em algum lugar lá fora, outras pessoas estão olhando para ela neste exato momento.

Olho para ela, conversando com uma pessoa inexistente na minha cabeça. Você também está só? Está se escondendo do mundo, embora soubesse que não pode ir muito longe, porque estamos todos juntos debaixo de um único céu.

Eu penso demais nas coisas. É que não é justo que algo tão lindo tenha que ser compartilhado com alguém que não merece.

Malditos sejam aqueles garotos por existirem no meu mundo.

Paro de andar na trilha nos fundos de nossa propriedade, a lanterna do meu telefone apontada para a antiga casa na árvore que meu pai construiu para mim quando tinha oito anos de idade. Contei a ele que precisava de um lugar para escapar, porque todos precisamos em algum momento. Três dias depois, ele me trouxe de volta aqui e me surpreendeu com a melhor casa na árvore de todas. Okay, não é tão maravilhosa, mas para mim é, naquela época e agora. O espacinho posicionado entre dois grandes carvalhos era o meu santuário quando eu precisava fugir do barulho do mundo. E, agora mesmo, preciso disso mais do que nunca.

Movendo meu pé de novo, vou até a escada. Já que a lua cheia está oferecendo luz o suficiente, desligo a lanterna do celular e enfio de volta no bolso do jeans.

A madeira está desgastada, então tomo cuidado para subir, tentando evitar farpas nas mãos. Minha mãe já passou várias noites tirando aquelas coisas dos meus dedos. Sorrio com o pensamento. Tanto tempo desperdiçado em uma tarefa tão mundana. São aqueles pequenos atos que provam o quanto alguém te ama. Mesmo que agora eu esteja me sentindo só, lá no fundo, sei que nunca estou, porque sempre terei meus pais.

Quando chego no topo, pressiono as palmas das mãos na superfície dura e rastejo até a lanterna de pilha, torcendo para ainda ter carga. Quando clico o botão e nada acontece, solto um suspiro de frustração.

Fico de pé e tiro o celular do bolso, mas a base do meu crânio encontra um pedaço de madeira.

— Ai. — Abaixo-me, esfregando o ponto dolorido em minha cabeça. Parece que cresci alguns centímetros desde a última vez que estive aqui. Assim que ligo a lanterna, ilumino o pequeno espaço ao meu redor. Meus olhos pousam no grafite de "garotos não são permitidos" e eu rio, mesmo que alguém tenha invadido e colocado um X nele com tinta preta. É engraçado que aquelas palavras sequer tenham existido, porque nunca houve garotos que tentassem se convidar para cá. Nem mesmo Crew, Jagger ou Neo. Não. Eles não davam a mínima para mim ou para este lugar. Não importa o quanto eu tente, estou sempre de fora, olhando para dentro — exceto quando estou nesta casa na árvore. Aqui, estou do lado de dentro olhando para fora. Estou segura. Meus pensamentos estão seguros.

O que é o exato motivo pelo qual deixo tudo sair. Cada lágrima, cada fungada e cada gemido, enquanto choro com a mão no rosto. Choro até minha garganta queimar e meu peito entrar em colapso.

Estou correndo a parte de trás da mão sobre o nariz quando ouço o barulho de folhas amassadas lá fora. Meu coração salta dentro do peito, o corpo congela.

— Olá? — finalmente chamo.

Esfregando a palma da mão no jeans, fico de joelhos. Pressiono-as nas laterais do espaço aberto e coloco a cabeça para fora.

Deve ser um esquilo.

Sento de novo e engulo o caroço na garganta. Mais folhas amassadas, e me pego fugindo da abertura, em vez de me mover para frente para olhar de novo.

Definitivamente não é um animal. Pelo menos, não um animal pequeno.

Em vez de gritar de novo, desligo a lanterna do telefone de novo e fico em silêncio. Com os joelhos apertados contra o peito, abraço as pernas com força. Só vou esperar. O que quer que seja, quem quer que seja, eventualmente vai embora.

Minha respiração está rasa, os olhos arregalados, quando, do nada, o som se aproxima mais, mais e mais.

Cada osso no meu corpo estremece quando ouço alguém subindo a escada. O ranger de cada degrau faz meu coração ir parar na garganta.

Arrastando-me para bais longe da abertura, minhas costas se prendem à parede de tábuas.

— Quem está aí? — engasgo, lambendo os lábios secos e inspirando uma respiração trêmula.

Uma cabeça aparece na abertura e, em uma reação instintiva, avanço, estico a perna e chuto o tênis na testa do intruso.

— Que droga é essa, Scar? — A voz de um cara ecoa no espaço pequeno e eu ofego.

— Jagger?

— Sim. Sou eu. — Ele se levanta e retorno ao meu lugar contra a parede oposta.

— Como você sabia que eu estava aqui? Melhor ainda, *por que* você está aqui? Não deveria estar no cinema com "todo mundo sabe quem"? — Faço aspas no ar para as palavras usadas por Neo mais cedo, quando ele estava defendendo seu caso para Maddie sobre os motivos para ela ir com ele em vez de andar de skate comigo.

— Me dá um minuto. — Ele se joga contra a abertura e esfrega a testa, cuidando do lugar onde o chutei, se é que dá para dizer isso.

— Ai, fala sério. Não haja como se eu tivesse te machucado. Mal toquei na sua testa. Nem coloquei força.

— Não machucou nada. — Segurou a testa e não tenho certeza do motivo. — Mas você tinha chiclete embaixo do sapato.

Luto contra uma risada.

— Ah. Bem, é bem feito por você ter invadido meu espaço.

— Seu espaço? — Semicerrou os olhos. — Desde quando?

— Sério? — Encaro-o. — Desde que meu pai construiu para mim na *nossa* propriedade.

Jagger ri, passando os dedos pegajosos no chão de madeira e tentando limpar o chiclete.

— Do que você está falando. Aqui é a propriedade da minha família.

— Cale a boca. — Rio, embora não seja nada divertido. Claro, a propriedade da família Cole é grudada na nossa, mas temos mais de vinte acres e de jeito nenhum meu pai construiria a *minha* casa na árvore na propriedade errada.

— Você está errada, Scarzinha. — Ele ergue o queixo, confiante. — No ano passado, caminhei pelos limites da nossa propriedade com meu pai e meu tio e esta casa está, de fato, na terra dos Cole.

Passei a mão pelo rosto, observando-o cuidadosamente para ver se está brincando, mas sua expressão está bem séria.

Finalmente, ele ri.

— Só estou brincando com você. Está na sua propriedade, mas você não vem aqui há anos, então eu meio que dominei.

— Você não pode fazer isso — cuspi. — É uma propriedade privada.

Ele se abaixa, as pernas dobradas e as mãos penduradas nos joelhos.

— Ah, é? Vai me dedurar para o seu pai?

— Talvez eu vá.

Ele puxa um pacote de chiclete do bolso, abre lentamente, me observando, depois joga na boca. Brincando com a embalagem entre os dedos, diz:

— Por que você está aqui mesmo?

Minha resposta é imediata.

— Não é da sua conta.

— Por que você estava chorando?

Ele ouviu aquilo?

— De novo. Não é da sua conta.

— É porque você não foi convidada para o cinema?

— Para! — grito. — Chega de me fazer tantas perguntas.

— Bem, se vale de alguma coisa, ninguém foi. O pneu do carro da minha irmã furou e ninguém podia nos levar. Até conseguirmos outra carona, o filme já teria terminado.

Curiosamente, aquilo me fez sentir melhor. Neo implorou Maddie — ou melhor, a forçou — a ir com eles e eu não fui convidada, então aqui estou. Sozinha. Bem, pelo menos, estava.

— Onde está a Maddie então?

Ele encolhe os ombros.

— Sei lá. Acho que todos foram para a casa do Crew.

— Por que você não foi? — Não é muito comum Jagger e eu conversarmos, e é um pouco desconfortável. Ele está a quase um metro de distância, mas parece perto. Quase perto demais. Como se não tivesse espaço o suficiente para nós dois estarmos aqui e meus pulmões estão com dificuldade de respirar.

— Precisava recarregar minhas baterias. — Bate as mãos ao seu lado, no piso de madeira antiga. — E é aqui que eu faço isso. Todos precisamos de uma fuga de vez em quando, não é?

— Na *minha* casa na árvore?

Ele ergue o queixo, seus olhos pousando na prateleira ao meu lado. Viro para ver alguns pertences que não tinha reparado antes.

— Está vendo essas coisas? São minhas. Onde estão as suas?

Olho em volta, mesmo que seja difícil de enxergar, já que a lua é nossa única fonte de luz. Independente disso, acho que não tenho nada aqui. Ao longo dos anos, lentamente foi sendo esvaziado.

— Nada, acho. Exceto pela casa na árvore em si.

— Não conta.

— Sim, conta — cuspo. — O lugar é meu, na minha propriedade.

— É. Na propriedade dos seus pais. Não conta. De fato, tenho quase certeza que seu pai diria que sou bem vindo a qualquer momento que quiser vir aqui.

Ele provavelmente está certo. Meu pai é bem próximo do pai de Jagger — e de Crew, assim como de Neo e Maddie. É como imagino que Crew, Jagger e Neo serão um dia.

— Tanto faz. Não importa. Só porque não venho aqui há alguns anos, não significa que você pode tomar de mim.

— Vou te dizer uma coisa — ele desliza para mais perto, até seu joelho estar tocando o meu —, vamos dividí-la.

— Dividir? — Rio. — Aham, claro.

Ele dá de ombros.

— Claro. Por que não?

— Que tal porque você me odeia e o sentimento é mútuo?

Ele torce a sobrancelha.

— Você me odeia?

A expressão em seu rosto quase me deixa culpada por ter dito que sim.

— Bem, odeio. Você não?

Por que perguntei isso? Claro que odeia.

— Não — fala, sem expressão.

Eu não estava esperando aquela resposta. Talvez eu não o odeie tanto também. Mas isso não muda as coisas. Ainda não podemos dividir esta casa na árvore.

— O que Crew e Neo pensariam se soubessem que você está dividindo algo comigo?

— Bem, já que é sua, seria você dividindo comigo. Além do mais, eles nunca terão que saber.

Minha sobrancelha se ergue.

— Um segredo?

— Sim, acho.

Mexo os lábios, procurando qualquer sinal de que ele estava brincando. Afinal, ele tem que estar. Jagger é um seguidorzinho de Neo, o que significa que faz qualquer coisa que Neo queira, e o que ele nunca aprovaria é que Jagger fosse qualquer coisa diferente de maldoso comigo.

— Tanto faz. — Aceno com a mão no ar, soltando um ar pesado. — Não é como seu eu viesse aqui o tempo todo também. Provavelmente nunca mais voltarei agora que sei que você pode estar aqui.

Vou me erguer do chão, mas a mão de Jagger pousa no meu joelho, me mantendo sentada.

— Você realmente me odeia, Scar?

Minha boca se abre para falar, mas as palavras não saem. Não tenho certeza de como responder a essa pergunta.

— Eu... Eu não sei. Acho que não tenho nenhum sentimento por você. Você só... meio que existe no mundo.

Sua mão ainda está no meu joelho e o calor de seu toque se espalha como fogo pelo meu corpo.

— Só para você saber, eu tenho mente própria.

— Okaaay. — Arrasto a palavra, incerta do motivo para ele me falar isso.

— O que quero dizer é que Neo e Crew não tomam decisões por mim. Se quero dividir uma casa na árvore com você, então dividirei uma casa na árvore com você.

Ele está olhando para os meus lábios? Por que ele está olhando para os meus lábios? Meu coração volta a galopar no meu peito.

— Que bom saber — sussurro. *Ai, não!* Acabei de olhar para os seus lábios também.

Sua boca se enrola e, quando o olho nos olhos, vejo que está me encarando.

— Eu gosto de você, Scar. Você revida, e isso não é algo que a maioria das garotas faz quando se trata de nós.

Revido?

Estou feliz por ele ver desse jeito, mas sempre assumi que parecia fraca aos olhos deles. Suponho que terei que manter essa frente durona, porque eles só veem o que eu demonstro.

— Acho que você terá que manter isso em mente quando estiver me pressionando por aí.

Ele morde o lábio e o gesto faz algo estranho em meu estômago.

— Talvez eu mantenha.

Ele chegou mais perto de mim? Definitivamente chegou. Ai, meu Deus, ele vai me beijar?

Meu corpo congela quando ele se inclina para o meu espaço. Seus lábios suavemente roçam contra o meu.

— Sabe, você disse que provavelmente não voltará aqui de novo, mas acho que você deveria reconsiderar. Digamos, amanhã à noite?

Aceno, porque não consigo processar nada do que ele está dizendo agora. Devo afastá-lo ou bater nele?

Não. Eu quero isso. Quero beijá-lo, porque, por mais que pensei que o odiava, sei que sua intimidação é trabalho de Neo Saint. No fundo, Jagger não é nada como aquele babaca.

Seus lábios se abrem de leve, então faço o mesmo com os meus. Quando sua língua desliza na minha boca, eu aceito.

Nunca beijei um garoto antes, mas isso é exatamente como imaginei que seria. É perfeito.

Jagger é o primeiro a se afastar do beijo, mas sua mão permanece na minha bochecha.

— Primeira vez? — indaga, uma suavidade em seu tom.

Aceno, sentindo o calor subir por minhas bochechas.

— Tão óbvio assim?

Ele nega com a cabeça em movimentos lentos.

— De jeito nenhum.

— Opa. O que está rolando aqui?

Jagger salta para trás e eu faço o mesmo. Olho para o recém-chegado.

— O que você está fazendo aqui?

Neo nos dá um sorriso afetado da escada.

— Só vim ver meu amigo, mas parece que você o está mantendo ocupado. — Sua atenção muda para Jagger. — O quê? Vocês dois estão saindo ou algo assim?

Jagger olha de mim para Neo, depois volta para mim.

— Não. Vim aqui em busca de um pouco de privacidade e Scar já estava aqui. — Ele se levanta, curvando-se sob o teto baixo. — Mas eu estava indo embora agora.

Neo ri, voltando de volta pela escada, porém, conforme vai descendo, seu telefone começa a tocar. Ele vai para o chão e atende a chamada, enquanto Jagger se junta a ele no chão firme.

— Espera. O quê? — Neo profere, seu tom frenético. — Não! Diga o que aconteceu? Okay. Estou a caminho.

Ele encerra a chamada e me arrasto até a abertura.

— Está tudo bem? — Olho para eles logo abaixo, por entre minhas mãos e joelhos.

Neo me olha, depois para Jagger.

— É a minha mãe. Alguma coisa aconteceu. Tenho que ir.

Ofego.

— Ela está bem?

Nunca vi Neo tão nervoso. A preocupação em seus olhos é aparente e meu coração dói por ele, e por Maddie também.

— Vou com você — Jagger avisa. Ele me dá um último olhar, engolindo em seco, seu pomo de Adão se movendo. Depois, sem uma palavra, os dois desaparecem na trilha.

Preciso encontrar Maddie agora mesmo, porque, se alguma coisa aconteceu com a mãe dela, minha amiga vai precisar de mim. Mas voltarei aqui amanhã. E todos os dias que Jagger me convidar para vir, porque agora que dei meu primeiro beijo, quero mais — com ele.

CAPÍTULO UM

SCAR

Dias atuais…

Isso não pode estar acontecendo de novo.

Estou correndo o mais rápido que posso, desviando de gravetos no chão e contornando galhos pendurados no meu caminho.

Ele ainda está lá?

Eu não paro. Meus pés continuam em movimento, levando-me rapidamente para a Praça, ou qualquer lugar com testemunhas.

Posso ver o telhado do complexo esportivo. Estou quase lá.

Já se passaram quase duas semanas desde que meu perseguidor deixou o bilhete na minha bolsa, e não o vi ou ouvi falar dele desde então. Pensei que isso tinha acabado. Que seus jogos doentios haviam terminado. Finalmente houve um pouco de tranquilidade em minha vida e me senti confortável nela. Confortável demais, porque ainda não acabou. Não tenho certeza de qual é o fim do jogo com esse ladrão psicopata, mas estou com muito medo. Essa pessoa tem me observado todo esse tempo quando eu pensei que ele realmente tinha ido embora?

O som de seus passos se aproxima cada vez mais, conforme meu perseguidor aumenta o ritmo.

— Scar. — Eu o ouço dizer.

Espere. Ele acabou de me chamar de Scar?

Desacelero para uma caminhada rápida, ainda indo para a biblioteca.

— Espere.

As palavras atingiram meus ouvidos como uma canção. Eu reconheceria aquela voz em qualquer lugar. Paro, mas ainda estou hesitante. Não faz muito tempo, uma gravação de voz foi tocada nesta mesma floresta, de Maddie e eu conversando. Isso também pode ser uma gravação. Mergulhando em torno da árvore na minha frente, escondo-me atrás dela e espio lentamente para ter certeza de que estou segura.

Quando o vejo, suspiro.

— Ai, meu Deus, Jagger! — Retiro-me da árvore que eu estava abraçando com muita força. Conforme Jagger se aproxima, encontro-o no meio do caminho. Assim que o alcanço, bato com os punhos em seu peito, rosnando e xingando. — Seu idiota!

Ele ri. Ele realmente ri.

— Isso não é engraçado!

Com meus pulsos agora contidos em suas mãos, ele acalma sua histeria enquanto estabilizo minha respiração.

— Calma lá. Eu só estava tentando te alcançar. Você conhece as regras. Não pode sair sozinha.

— E você não poderia ter sido um pouco mais óbvio? — O sarcasmo escorre do meu tom. — Da próxima vez… não se preocupe! Eu posso cuidar de mim mesma.

— Estou vendo. Você estava a um passo de praticamente se jogar nas mãos daquele idiota.

Por idiota, ele quer dizer meu perseguidor, mas isso não vem ao caso.

— Eu estava bem. Além disso, não era ele que estava me perseguindo. Era você.

— Mas é sério. Por que você simplesmente não pediu a um de nós para ir com você, ou, pelo menos, conseguiu um Novato para andar contigo?

Afasto minhas mãos, sentindo suas unhas arranharem minha pele. Rolando meus pulsos, eu fervo.

— Porque Crew ainda está no treino e você estava dormindo.

— Eu não estava dormindo.

— Sim, você estava. Bati na sua porta umas cem vezes e, quando finalmente abri, vi você dormindo.

— Eu estava apenas descansando meus olhos.

— Você estava roncando. Parecia um urso pardo.

— Eu não ronco.

Uma risada sarcástica sobe pela minha garganta.

— Você ronca mais alto que um trem de carga quando está dormindo.

Jagger inclina a cabeça em direção ao ombro com um olhar condescendente.

— Você me observa dormir com frequência?

— Ai, meu Deus. — Dou um soco em seu ombro e me viro para terminar minha caminhada até a biblioteca. — Você se acha muito.

Ele continua andando atrás de mim e o som de seus passos pesados pela neve só aumenta meu nível de irritação. Eu deveria estar grata por ele estar tão preocupado, assim como Crew, mas cansei dessa merda de ter babá. Já faz mais de uma semana desde que fui seguida, recebi qualquer ameaça ou vi qualquer evidência de que alguém está atrás de mim — além de Melody, seu grupo e Neo, claro. Isso não conta, no entanto. Nenhum deles me assusta. É o desconhecido que me dá arrepios na espinha, mas o desconhecido, pelo que parece, desapareceu e finalmente posso viver normalmente. O que quer que seja normal neste lugar.

— Há um grupo de estudantes reunidos à frente. — Não me viro ou paro de andar enquanto falo. — Eu sigo daqui. Você pode ir para casa se quiser.

A próxima coisa que sei é que ele está ao meu lado. Meu coração finalmente retomou seu ritmo normal, apenas para acelerar novamente quando ele joga um braço em volta do meu pescoço, me puxando para perto.

— Vamos, Scar. Nós somos amigos. Deixe um amigo te ajudar.

— Eu não preciso de ajuda. O que preciso é de um pouco de espaço para respirar.

Desde que me mudei para a Casa dos Ilegais, Crew e Jagger estão respirando no meu pescoço. Sei que eles têm boas intenções, mas isso não muda o fato de que às vezes preciso do meu espaço pessoal.

— Você pode ter todo o espaço que quiser quando estiver em nosso lar. Aqui fora, precisa de proteção.

Lar. Uma palavra tão estranha para aquela casa. Não sinto que aquele é o meu lar, pelo menos ainda não. Todos os meus pertences ainda estão em bolsas. Tenho dormido na cama de Crew, porque me recuso a ficar no colchão sujo do meu novo quarto. Quem sabe quantas pessoas foderam naquela coisa. Felizmente, minha nova mobília deve chegar amanhã.

— Tudo bem — finalmente digo —, mas, assim que chegarmos à biblioteca, você pode se virar e ir para casa. Elias vai me encontrar lá e pode me acompanhar até em casa quando terminarmos de estudar.

Ele deixa cair o braço em volta dos meus ombros.

— Fechado. — Continuamos andando, mas o único som é o de nossas botas se movendo na neve e a conversa distante dos alunos à frente, até que Jagger pergunta: — Crew sabe que você vai encontrar esse cara?

— Não, não sabe. Crew não precisa saber tudo o que faço. — Não que eu esteja tentando esconder segredos de Crew de propósito, mas, aparentemente, ele ameaçou Elias e disse para ficar longe de mim. Crew e eu tivemos uma grande discussão sobre isso e ele disse que não confiava no cara. Expliquei que Elias é meu amigo, que também está namorando Riley, e posso sair com quem eu quiser. No final, tivemos uma briga e gritos que terminaram em sexo de reconciliação, e nós dois esquecemos por que estávamos brigando em primeiro lugar. Não importa, no entanto. Mantenho-me fiel às minhas palavras: posso e vou escolher meus próprios amigos.

— Vamos, Scar. Você sabe que não consigo esconder nada dele.

— Nunca te pedi para fazer isso. Pode contar se quiser, mas tudo o que vai fazer é irritá-lo.

— Você já parou para pensar sobre por que isso pode irritá-lo?

Eu ri.

— Hmm. Que tal porque Elias tem um pau e Crew é um cara muito ciumento?

— Eu tenho um pau.

Meus lábios rolam juntos, escondendo um sorriso enquanto olho para Jagger.

— Sim, estou bem ciente.

— Bem. Crew permite que você saia comigo.

Chegamos à biblioteca e paro ao pé da larga escada de cimento em frente ao prédio.

— Porque você é o melhor amigo dele. Crew confia em você e em Neo... bem, em você, de qualquer maneira. Ele não confia em muitas outras pessoas.

Quando olho para Jagger, vejo a suavidade em seus olhos quando pergunta:

— *Você* confia em mim, Scar?

Essa é uma pergunta difícil de responder, porque eu também não confio em muitas pessoas. Não foi até muito recentemente que percebi que poderia confiar em Crew e, às vezes, ainda tenho que me beliscar para saber que é real. Jagger, por outro lado, foi o menos cruel comigo e tentou ao máximo fazer as pazes; ainda assim, ainda não sei onde está minha confiança nele.

— Eu devo?

Seus dedos escovam minha bochecha, seus olhos perfurando os meus. Arrepios descem em cascata pelos meus braços e me encontro tremendo ao seu toque.

— Provavelmente não da maneira que você deveria.

Eu sufoco as palavras:

— Como assim?

— Porque eu não confio em mim mesmo com você.

Não há necessidade de insistir, porque sei o que ele quer dizer, mesmo sem ouvir as palavras. Ele não confia em si mesmo comigo, da mesma forma que não confio em mim com ele. A tentação está ficando mais forte e não tenho certeza de quanto tempo qualquer um de nós será capaz de resistir.

A atração física é real e, ultimamente, meus sentimentos por Jagger estão fermentando. Tento ignorá-los e manter qualquer amizade que tenhamos, mas está ficando cada vez mais difícil.

Minha boca se abre para falar, mas, antes que eu possa dizer as palavras, sua mão cai do meu rosto e ele caminha ao meu redor.

Uma olhada por cima do meu ombro mostra um grupo de líderes de torcida indo em direção a ele, sendo uma delas Riley. Quando me vê, ergue o braço no ar, acenando.

— Scarlett!

Com um aceno sutil, começo a ir em direção a ela.

— Ei, Ry. Elias já está lá dentro?

— Eu não o vi. Estamos entrando no centro atlético para o treino, mas diga a ele que o encontrarei no refeitório para jantar esta noite. Vai se juntar a nós?

— Gostaria de poder, mas disse a Crew que comeria em casa hoje à noite. Amanhã?

— Amanhã, beleza. E você também pode me dar todos os detalhes sobre vocês dois. Eu sei que há uma história para contar.

Mordo meu lábio, sorrindo.

— História nenhuma.

— Mentirosa — acusa, e com razão. Crew e eu ainda não tornamos nosso relacionamento de conhecimento público, especialmente porque Neo ainda está pegando no pé dele por sequer socializar comigo. É tão estranho. Neo me deixa morar na casa deles, mas espera que Crew e Jagger ainda me tratem como se eu fosse seu brinquedinho, uma serviçal.

— Vejo você na aula amanhã, Ry — digo a ela, antes que me dê adeus e corra de volta para seu time.

Dou uma última olhada em Jagger, e gostaria de não ter feito isso, porque sou forçada a assistir uma vagabunda colocar a mão no peito dele e rir.

Antes que eu possa me virar, porém, ele tira a mão dela de cima dele. Algo estala em seus olhos e ele levanta o braço dela, torcendo seu pulso quando ela tenta se afastar. Mas Jagger não desiste. Ouço atentamente quando ele levanta a voz e grita:

— A menos que esteja em volta do meu pau, não me toque de novo ou vou quebrar sua maldita mão.

Não consigo evitar o sorriso que surge em meu rosto. Jagger é um idiota, completamente, mas, nos últimos tempos, por algum motivo, estou recebendo seu lado doce.

Abro a grande porta de madeira e entro na biblioteca, inalando o cheiro rançoso de livros velhos e café. Os melhores cheiros do mundo.

Meus olhos pousam imediatamente na *minha* mesa, aquela em que me sento toda vez que venho aqui, mas está vazia. Elias disse que estaria aqui às quatro. Olho para o meu relógio de pulso e vejo que se passaram dez minutos.

Um objeto brilhante sob a mesa chama minha atenção. Ando em silêncio pelas outras mesas, segurando a alça da minha bolsa carteiro. Agachando-me, pego a metade de um coração velho e enferrujado. É como um daqueles amuletos de melhores amigos que você pode comprar, onde uma pessoa fica com a metade e outra fica com a outra. Não está conectado a uma corrente nem nada, embora haja um buraco para uma. Quando a seguro contra a luz, consigo ler o que está gravado:

Estou onde quer que você vá.
– Kenna.

Kenna. Onde já ouvi esse nome antes?

Enfio o amuleto no bolso do casaco e me levanto. Procurando por Elias na sala, ainda não o vejo, então largo minha bolsa na mesa e começo a trabalhar sem ele.

Elias e eu costumamos vir aqui para estudar juntos. Há algo na biblioteca que faz você se sentir mais em casa do que em qualquer outro lugar da Academia. Riley tem ensaio das líderes de torcida quatro dias por semana, Crew tem treino nas mesmas noites, então Elias e eu aproveitamos da companhia um do outro. Tem sido um inferno ter que esconder isso de Crew, mas sei que ele piraria se soubesse que ainda estou saindo com Elias.

Crew sempre foi paranóico, pensando que todo mundo está querendo me pegar — mesmo quando era ele quem estava atrás de mim por um tempo —, mas, ultimamente, ele tem sido mais protetor. Mesmo depois que me mudei para a casa. Juro que algo aconteceu, mas ele continua me dizendo para confiar nele. Por um tempo, pensei que talvez ele e os caras tivessem pegado meu perseguidor e o assassinado. Louco, certo? Mas foi a única explicação de por que esse cara de repente parou de me provocar. Eu também não duvidaria de nenhum deles se pensassem que a Sociedade estava sendo ameaçada. Mas então percebi que, se fosse esse o caso, Crew abaixaria a guarda em vez de aumentá-la.

Minutos se passam enquanto leio expressões comuns e alusões literárias, quando percebo que já se foram mais do que alguns minutos. Mais trinta desde que cheguei. *Onde diabos está Elias?*

Deslizo minha cadeira para trás e lentamente me levanto. Virando e olhando, como se esperasse que ele chegasse de repente. Uma sensação estranha toma conta de mim. É uma sensação que já tive inúmeras vezes desde que cheguei à BCA. A sensação de que alguém está me observando. Quase como se eu pudesse sentir seus olhos queimando minha pele. Com o canto do olho, vejo uma sombra, mas, assim que a encontro, ela desaparece rapidamente. Dando a volta na cadeira, ando lentamente em direção aonde ela estava. Todos continuam com seu trabalho silencioso, mas atravesso graciosamente as mesas, indo para as pilhas de dupla face.

Aparece novamente, desta vez na parte de trás da biblioteca. Só que não é sombra — é o manto preto. Suas costas estão voltadas para mim e o capuz está puxado sobre sua cabeça. Minha frequência cardíaca aumenta, mas não paro de andar.

— Pare! — sussurro, mas quero gritar. — Não vá.

Estou tão perto. Apenas mais alguns passos e posso alcançá-lo, agarrá-lo e descobrir quem é, de uma vez por todas. Mas, antes que eu esteja perto o suficiente, um papel cai de sua mão e ele sai correndo.

— Espere! — Vou correr atrás dele, porém, sou parada quando alguém me agarra por trás.

Meus instintos me fazem socar o peito de quem me segura, mas, quando percebo que é Crew, paro rapidamente.

— Ele esteve aqui. — Curvo-me e pego o pedaço de papel, entregando-o a Crew. — Era ele. Eu sei que era.

Crew pega o papel da minha mão e lentamente o abre, me observando como se eu tivesse enlouquecido.

— Quem estava aqui?

— Meu perseguidor. A pessoa que está me observando e deixando esses bilhetes. — As palavras saem voando da minha boca sem que eu respire. — Ele não desapareceu. Ainda está bem aqui. — Empurro o papel em sua mão. — Leia.

Crew junta as sobrancelhas e me devolve.

— É apenas um cronograma de aulas, Scar.

— O quê? — Pego de sua mão e, com certeza, é um cronograma. — Não. Era ele. Estava usando o manto. — Viro o canto da prateleira e olho para a fileira, mas está vazia.

Crew vem para o meu lado imediatamente.

— Querida, está congelando lá fora. Todo mundo está usando casacos de inverno e tenho certeza de que sua mente está apenas pregando peças em você.

Nego com a cabeça, olhando para ele com desespero nos olhos, praticamente implorando para acreditar em mim.

— Tinha que ser ele.

Dobro o cronograma em um pequeno quadrado, segurando-o na palma da mão.

— Vamos. — Ele põe um braço em volta da minha cintura, conduzindo-me pelas fileiras de livros. — Vamos para casa e podemos conversar sobre isso mais tarde.

— Como você sabia que eu estava aqui?

— O treino terminou cedo. Vi Jagger sentado nos degraus da frente. Ele disse que estava esperando para te acompanhar até em casa, mas eu disse que lhe daria uma carona. Quando percebi que você não estava em sua mesa, mas suas coisas sim, comecei a te procurar.

Jagger estava esperando por mim esse tempo todo? Por mais que eu grite *espaço*, meu coração se enche com o pensamento.

— Elias estava lá fora?

Ele olha para mim, as sobrancelhas levantadas.

— Não. Por quê?

Sem motivo.

O que diabos aconteceu com Elias?

Sigo Crew até a mesa, onde meus livros ainda estão. Meus olhos vagam continuamente por cima do ombro para ver se a pessoa reapareceu. Quando desdobro o papel em minhas mãos, pego o nome da aluna cujo horário estou segurando: *Melody Higgins.*

Isso é estranho. Melody está no treino de líderes de torcida.

CAPÍTULO DOIS

SCAR

Não tenho notícias de Elias desde que ele me deu um bolo ontem, mas Riley deve aparecer em algum momento, então espero que ela possa me dizer por que ele não foi.

Meus olhos se erguem do livro em minhas mãos quando Crew entra no quarto.

— Última? — pergunto, assim que deixa cair uma caixa no chão ao meu lado. O suor escorre por sua testa e, se olhar pudesse matar, eu estaria morta.

— Não, Scar. Não é a última.

Ele se vira e sai do quarto — meu quarto — e abro um sorriso. Foi ele quem me disse para encomendar o que eu precisasse para o meu novo quarto. Só comprei o necessário — um colchão novo, uma cômoda, uma escrivaninha e talvez algumas roupas. Inclino-me sobre a caixa que ele acabou de trazer. Parece que podem ser minhas roupas. Eu provavelmente deveria esconder esta antes que abra e perceba que usei o dinheiro da Sangue Azul para financiar um novo guarda-roupa.

Argumentei muito sobre a minha permanência aqui até que eu não tivesse mais forças para lutar. No final, acabei cedendo. Eles estão convencidos de que alguém de fora está atrás de mim. Eles acham que essa pessoa quer prejudicar toda a Sociedade, com a intenção de me usar como arma. Até ontem, eu teria argumentado que não estava mais em perigo. Agora, sei que ainda estou sendo observada.

Independentemente disso, não foi minha escolha me mudar para cá, então usei tudo o que pude como moeda de troca. Disse a eles que de jeito nenhum dormiria no colchão usado de um ex-membro dos Ilegais, e Crew me deu um cartão de crédito e me disse para pegar o que precisava. Então eu fiz. Também disse a eles que quero minha privacidade e um telefone.

Eu perdi no telefone, mas eles garantiram minha privacidade — não que eles tenham me dado, de qualquer maneira. Viver com três caras já vai ser um inferno. Um deles sendo Neo é uma tortura direta. Às vezes me pergunto o que seria mais fácil para minha sanidade: desistir e deixar meu perseguidor me destruir ou permitir que Neo me destrua peça por peça, dia após dia.

— Ei, garota — diz Riley, entrando com um largo sorriso no rosto.

Fecho meu livro de biologia e coloco na mochila.

— E por que você está tão feliz?

— Eu não deveria estar, certo? — Ela olha ao redor da sala, se encolhendo. — Este lugar é assustador pra caramba. Deve ter um zilhão de anos de idade. Acha que alguém morreu nesta casa?

— Há uma possibilidade muito boa, Ry. Mas é dos vivos que precisamos ter medo, não dos mortos. — Empurro minha bolsa para o lado. — Então, se não é meu quarto fantasma que está te deixando toda boba, o que é?

Ela junta as mãos, pressionando-as contra o peito, e sorri.

— Elias me convidou para ser seu par no baile de Halloween. — Seus olhos brilham de emoção, e é impossível não ficar feliz por ela. E pelo menos sei que Elias está vivo depois de me deixar na mão.

— Isso é incrível, Ry. Estou muito feliz por você ter um encontro para um baile estúpido, onde deveríamos nos vestir com fantasias ridículas. Embora, eu vou passar. Não é realmente minha coisa. Mas parabéns a você. — Espero não ter soado muito pessimista, mas Riley está acostumada com minha amargura e faz um bom trabalho em ignorá-la.

— Ah, você vai.

Ela também é boa em me convencer a fazer coisas que eu realmente não quero. Tal como ir a este baile. As chances são de que ela vai me vestir como sua bonequinha e colocar um braço em volta de mim enquanto sorri diabolicamente sobre sua vitória a noite inteira.

Não significa que não vou discutir isso.

— Não. Não desta vez, Ry. Vou às suas festas estúpidas, mas bailes são um grande não.

— Você não precisa realmente dançar...

— A resposta é não.

Ela cai no colchão descoberto, seus pés praticamente tocando meu rosto.

— Vamos ver isso.

Afasto seus pés e digo:

— Sabe quantas pessoas foderam naquela cama? — Quando ela pula como se estivesse contaminada, pois está, eu rio.

— Eca. Isso é nojento. — Ela se enxuga, rosnando grotescamente.

Empurrando-me para cima, chuto a caixa que Crew acabou de trazer até que esteja contra a parede mais distante abaixo da janela. As persianas ainda estão abertas e olho para a neve acumulada. Ainda é outono, mas o inverno está chegando aqui. É uma pena que nossa estação não dure muito, mas é o preço que se paga por esta linda vista para a montanha.

— Bem — Riley começa —, se eu não conseguir convencê-la a comparecer ao baile, quanto esforço será necessário para você vir comigo a uma festa nas Ruínas amanhã? Não temos aula na quinta-feira, então podemos ficar bêbadas amanhã à noite e dormir até tarde.

Eu zombo.

— Está uns trinta graus negativos lá fora.

— Haverá uma grande fogueira. Além disso, estávamos meio que esperando — Riley faz beicinho, o que significa que ela está prestes a pedir um favor — que talvez você possa convencer o todo-poderoso Neo Saint a mover as festividades desta noite para o submundo. Digamos, a sala de Coleta?

Isso justifica uma risada forte.

— Está brincando né? — Sua expressão estóica diz que ela definitivamente não está brincando. —Percebe que eu morar nesta casa não muda o fato de que Neo me odeia, certo?

— Você tem que ter algum tipo de atração. Afinal, colocaram você sob proteção deles.

Puxo o lóbulo da minha orelha, negando com a cabeça.

— Não. Não tenho absolutamente nenhuma atração quando se trata de Neo. Na verdade, estar tanto perto dele é o equivalente a cavar minha própria sepultura.

Riley não sabe sobre meu perseguidor. No que diz respeito a ela, tudo o que aconteceu comigo fazia parte dos Jogos de Patente. Nunca dei detalhes ou lhe disse qualquer coisa diferente. É melhor ela não se envolver.

— Há alguma verdade doentia nessa afirmação, então vou parar você por aí.

— Ei — digo, mudando meu tom e o assunto —, alguma ideia de por que Elias me deixou na biblioteca ontem? Deveríamos estudar e ele não apareceu.

Sua boca se curva para baixo e ela balança a cabeça, negando.

— Nenhuma pista. Eu o vi esta manhã e ele não mencionou isso.

— Isto é tão estranho. Ele sempre aparece.

Crew volta para o quarto, empurrando um carrinho. Seu aborrecimento é aparente quando ele deixa cair o objeto e apoia o braço na caixa. Ele enxuga o suor da testa com o braço nu.

— O colchão é o último.

Sorrio timidamente.

— Obrigada, Crew. — Vou lhe dar um abraço, mas me paro, torcendo o nariz.

— O quê? — Ele bufa, antes de cheirar seu próprio sovaco. — Eu cheiro tão mal?

Riley acena com a mão sobre o nariz.

— Eu posso sentir seu cheiro daqui.

Crew sorri.

— Traga sua linda bunda para cá. — Ele caminha em minha direção, mas ando para trás a cada passo que ele dá.

— Pare. Vá tomar banho. Você cheira pior do que aquele colchão de cinqüenta anos.

Minhas costas batem na parede oposta e ele estende a mão para me agarrar.

— Ah sim? Isso é ruim, hein?

Ele puxa meu corpo para o dele, enquanto eu rio e grito ao mesmo tempo. Então, em um movimento rápido, ele me gira e me joga no colchão antigo.

Eu me contorço e luto, tentando sair debaixo dele, mas, quando seus lábios pousam nos meus, eu me rendo.

Com as duas mãos presas sobre minha cabeça, Crew se aperta contra meu núcleo, não dando a mínima para termos uma plateia.

— Vou tomar um banho, então precisamos batizar aquele colchão novo.

Franzo meus lábios e aceno.

— Mal posso esperar.

Crew sai de cima de mim, inclina o queixo para Riley, finalmente reconhecendo-a, antes de sair da sala.

Uma vez que a porta se fecha atrás dele, eu pulo da cama desagradável, e Riley está em cima de mim, exigindo respostas.

— Que porra foi essa?

Riley não conhece os detalhes do meu relacionamento com Crew. Na verdade, Riley não sabe muito sobre a minha vida. O que me faz sentir como uma amiga de merda, mas, sendo criada em uma sociedade como esta, você aprende que, quanto menos as pessoas souberem, melhor.

Tenho certeza de que ela entende por que não divulgo muitas informações sobre meu passado, e também por que não investiguei o dela.

Minhas bochechas coram quando me viro para evitar contato visual.

— As coisas estão... se desenvolvendo. — Deixo por isso mesmo, sabendo que ela vai cavar mais por conta própria.

A próxima coisa que sei é que ela está perto de mim de novo, com as mãos nos meus ombros, me forçando a olhar para ela.

— Se desenvolvendo? — Ela arrasta a palavra, seus olhos curiosamente lendo os meus.

Dou de ombros, deixando-os dançar por um minuto antes de dizer:

— Sim. Se desenvolvendo.

— Nã-não. — Sua cabeça nega. — Não vamos deixar por isso mesmo. Eu sabia que você tinha uma história com Crew. Sabia que estava se mudando para cá com o fim dos jogos... — (Sim, eu disse isso a ela. Veja, amiga de merda.) — Mas eu não tinha ideia de que você e Crew estavam de risinhos.

— De risinhos. — Rio da frase que ela usou para o que quer que Crew e eu tenhamos. — Estamos apenas começando de novo. Isso é tudo. Como você sabe, nós já tivemos uma coisa e decidimos colocar o passado onde ele pertence, e é para onde ele está nos levando — digo, muito casualmente, mas não há nada de casual entre Crew e eu. Não apenas o relacionamento que está surgindo, mas também o passado que ainda nos cumprimenta a cada passo.

Suas mãos caem de meus ombros e sua expressão fica mais séria, exatamente o que eu queria evitar.

— Então, você gosta dele?

Concordo com a cabeça sutilmente, procurando a resposta certa, mas a única que me vem à mente é a verdade.

— Sim, eu gosto dele. — Muito, na verdade, mas não digo isso a ela. Sentimentos não são algo que gosto de discutir, nem mesmo com meu terapeuta. Demorou três meses antes mesmo de abrir a boca para falar naquele escritório. Uma vez que abri, porém, tudo saiu. Riley me lembra muito o Dr. Barnes, sempre me forçando a me abrir e revelar a verdade.

Todo o ar sai dos meus pulmões quando Riley gruda meu peito contra o dela em um abraço apertado.

— Tenho certeza que, fora deste lugar, aquele idiota é uma pessoa maravilhosa. — A seriedade em seu tom me fez cair na gargalhada.

— Não. Ele ainda é um idiota, mas é meu idiota.

Eu franzo meus lábios com força. *Realmente acabei de dizer isso?* Crew é realmente meu? Há pouco tempo, ele pertencia a Maddie. Se não fosse pelo acidente, ele provavelmente ainda pertenceria a ela. A culpa rói meu estômago, assim como acontece toda vez que Crew e eu estamos juntos como um casal.

Uma batida na porta faz com que Riley me solte.

— Entre — convido, alto o suficiente para a pessoa do outro lado ouvir.

— Você é muito corajosa — afirma Riley —, sem saber quem é e tudo.

— Ah. Tem que ser Crew ou Jagger. Neo nunca bateria.

Riley ri, mas não acho nada engraçado. Na verdade, é bastante intimidador morar nesta casa com Neo. Piso em ovos e tento evitá-lo a todo custo. Não existe encontro agradável quando se trata daquele cara.

A porta se abre e Jagger está parado ali. Ele não entra, apenas apoia as mãos de cada lado contra o batente. Ele está vestindo apenas um short de ginástica, o suor escorrendo por cada rasgo de seu abdômen. Estou sem palavras, mas não sou a única.

— Riley — eu a cutuco e sussurro —, pegue seu queixo de volta antes que tropece nele.

Ela sai de seu transe e lambe os lábios.

— Certo. Tenho que ir. Vejo você mais tarde. — Ela olha para mim com as bochechas coradas e um sorriso preso.

Eu aceno, rindo de seu constrangimento.

— Sim. Mais tarde.

Riley vira de lado, passando por Jagger, que nem se incomoda em se mover.

Uma vez que Riley se foi, Jagger abaixa as mãos e caminha em minha direção com um passo lento.

— Sobre o que era tudo isso?

Eu me pego lambendo meus lábios também, porque, caramba, ele parece delicioso.

— Ah, não sei. Pode ser você entrando aqui, desse jeito. — Meus olhos deslizam para cima e para baixo em seu corpo.

Jagger passa o antebraço sobre a cabeça, enxugando um pouco do suor.

— Ah, é? — Ele sorri. — Eu não te vejo fugindo com os olhos arregalados. Isso significa que você não gosta do que vê?

Solto uma pesada gargalhada, agacho-me e finjo procurar alguma coisa na minha mochila.

— Vejo que seu ego não diminuiu desde que me mudei.

— Em minha defesa, você só está aqui há uma semana. Dê um tempo e tenho certeza que você vai me deixar com pouca ou nenhuma autoestima.

— Não faria mal a nenhum de vocês que esse ego diminuísse um pouquinho.

Ele se agacha no lado oposto da grande mala cheia de roupas que não desempacotei. Ainda incapaz de olhar para ele, com medo de perder toda a linha de pensamento e apenas alimentar mais seu ego, continuo a vasculhar algumas camisetas.

— Por que você não olha para mim, Scar?

Meu estômago revira e, quando não respondo, ele levanta meu queixo para que eu olhe diretamente para ele.

— O que há para olhar?

Baixo os olhos, embora ele não abaixe meu queixo.

Deus, ele é lindo. Alto, tonificado e bronzeado. Seus olhos sensuais de mel combinam com as pontas úmidas do cabelo que brilham como ouro. Cada centímetro de seu corpo é perfeitamente esculpido.

Meu coração dispara quando seu polegar roça meu lábio inferior.

— Eu. — Ele inclina meu queixo novamente. — Olhe para mim, Scar.

Odeio o efeito que ele tem sobre mim. Ainda estou tentando entender Jagger, mas, ao fazê-lo, estou achando-o cada vez mais atraente. O desejo de beijá-lo é poderoso e temo que, se não me retirar dessa situação agora, não serei capaz de lutar contra minha atração por ele por mais tempo. Em um mundo perfeito, ele faria algo terrível, como fez no passado, e eu poderia facilmente odiá-lo. Só que ele não está fazendo nenhuma dessas coisas. Jagger tem sido caloroso, gentil e prestativo. Ele me acompanha da escola todos os dias desde que me mudei, enquanto Crew está no treino. E, mesmo que eu finja que é irritante, eu realmente gosto. Tivemos as melhores conversas e ele sempre me faz rir. Então, embora eu deseje odiá-lo, não tenho certeza se posso.

Jagger é a primeira pessoa a me fazer prender a respiração e tropeçar nas minhas palavras. Ele me deixa nervosa, e não tenho ideia do motivo.

— Pare de fazer isso ficar estranho — finalmente digo, empurrando minha bolsa de roupas para ele e fazendo-o recuar alguns centímetros.

Sua mão cai, e ele ri.

— Você é muito divertida, Scar.

Por que ele continua dizendo meu nome assim? Tão sexy e sedutor? E divertida? Como eu sou divertida?

O meu lado defensivo entra em ação.

— O que isso deveria significar?

Ele cai de bunda com as costas contra a cama, os joelhos dobrados e as pernas abertas. Dou a ele um olhar. Um olhar idiota e não é para o rosto dele; em vez disso, tenho uma visão completa entre as pernas de seu short para nada além de seu saco descansando pacificamente contra sua virilha.

Pisco meus olhos, sentindo minhas bochechas esquentarem. Quando olho para ele, para o seu rosto desta vez, ele está sorrindo.

Ai, meu Deus, ele sabe.

Ele sabe que acabei de dar uma olhada em seu saco.

Reviro meus lábios, fingindo calma e tiro as roupas da bolsa. Camisa após camisa cai no chão ao meu lado e, em pouco tempo, a bolsa está vazia.

— O que deu em você? — ele pergunta, com um tom inabalável, como se não soubesse.

Mas nem eu sei. O que deu em mim? Desde quando Jagger, ou qualquer outro cara, me deixa tão confusa? Ninguém irrita Scarlett Sunder.

— Nada. Só estou tentando… — Minhas palavras desaparecem quando Crew entra na sala, segurando uma sacola de compras.

— O que está acontecendo aqui? — Crew pergunta, suspeita em seu tom.

Jagger se levanta do chão e esfrega as mãos.

— Nada demais — ele passa por Crew, indo para a porta e falando enquanto caminha — Scar estava apenas olhando para o meu pau.

Meu queixo cai e grito para Jagger quando ele sai da sala:

— Eu não estava! — Olho para Crew. — Ele está mentindo.

Ele coloca a bolsa na cama, me observando.

— O que realmente estava acontecendo então?

— Nada! — deixo escapar, na defensiva. — Nós estávamos apenas… conversando.

Ele me olha de soslaio, sabendo que há mais na história.

— Tem certeza?

— Sim, tenho certeza! Ele ficou aqui apenas por alguns minutos e nem sei direito o que ele queria.

— Ah, eu sei — ele fala lentamente. — Sei exatamente o que Jagger quer. — Levanto minhas sobrancelhas questionadoras. — Ele quer você. A questão é: você também o quer?

— Por que você está perguntando isso? Estou com você. — Levanto-me, mastigando o interior da minha bochecha.

— Você admitiu que se sente atraída por ele e que gosta da companhia dele, então responda à pergunta: você está se apaixonando pelo meu melhor amigo?

— Pela última vez, estou com você, lembra? Começando de novo. Construindo algo novo.

— Ok. —Ele nega com a cabeça, estendendo a mão e me agarrando pelo braço. Puxa-me para perto e seu sabonete com cheiro de especiarias inunda meus sentidos. É uma boa fuga de seu cheiro de suor e mofo de alguns minutos atrás. Respiro fundo quando caio em seus braços. Minha cabeça descansa em seu peito enquanto ele diz: — Você vai me dizer se alguma coisa mudar, certo?

Aceno contra seu coração batendo forte.

— Claro.

Vou superar essa paixonite que tenho por Jagger. Meu futuro é com Crew. Sempre foi ele e sempre será.

— O que tem na bolsa? — pergunto, mudando de assunto.

Crew dá um passo para trás e estende a mão para pegá-la. Com um sorriso largo, ele me entrega.

— Tenho um presentinho de mudança para você pendurar na parede.

Reprimo um sorriso, sentindo uma onda de vertigem na minha barriga.

— Ah, é?

Ele acena com a cabeça em direção à bolsa na minha mão.

— Abra.

Separo as tiras de barbante do saco de papel e olho para dentro. Meu coração dobra de tamanho quando vejo o presente de *O estranho mundo de Jack* dentro.

— Ai, meu Deus, Crew. Eu amei.

Puxando-o para fora, mostro o quadrinho de Jack e Sally. É uma tela de metal com pequenas luzes na parte de trás. Crew sabe o quanto eu amo *O estranho mundo de Jack*.

— É perfeito. Obrigada, querido. — Pressiono meus lábios nos dele, sabendo que isso aqui, eu e Crew, é exatamente o que eu quero.

CAPÍTULO TRÊS

JAGGER

— Merda, vai colocar uma roupa. — Neo joga um travesseiro em mim de onde está sentado no sofá. — Meu encontro vai chegar a qualquer minuto, e não preciso que olhe para sua bunda seminua antes de eu ter feito o que quero com ela.

Pego o travesseiro no ar e o uso para enxugar o resto do suor do rosto antes de jogá-lo de volta. Com o punho cerrado, ele o soca e o objeto cai no chão.

— Jogue essa coisa na lavanderia para um dos três Novatos lavar.

Desde que tivemos a Coleta para promover as classificações, as vagas de Novatos são limitadas. Apenas três não avançaram, e é uma merda ser eles. Elas têm sido nossos empregados diariamente e, embora eu não esteja reclamando, meu lado arrependido sente uma pontada de culpa. Neo, por outro lado, não tem uma gota de simpatia em seu corpo.

Jogo-me no sofá ao lado dele, chutando meus pés na mesa de centro à nossa frente.

— Então, quem é o encontro?

— Encontro? — ele pergunta. — Eu disse encontro? Quis dizer foda rápida.

— Agora sim faz sentido. Pensei que algo estava errado sobre essa declaração.

— E você? Tem alguém na fila para esta noite?

— Não — respondo, com honestidade. A última coisa em minha mente são garotas. Além de uma em particular. Aquela que dorme no quarto ao lado do meu. Que faz com que até os piores dias pareçam os melhores. E uma que está completamente fora dos limites, porque ela está com meu melhor amigo.

Neo dá um tapa na minha perna, com força pra caralho, e eu grito:

— Que porra é essa?

— É uma merda ser você, cara. Ainda há muita boceta inexplorada no campus. Não se preocupe, no entanto. Vou quebrar o lacre de todas para você.

— Não tenho dúvidas de que vai. — Estou olhando fixamente para os meus pés na mesa quando Neo bate na minha perna novamente. — Cara!

— O que diabos há com você? — insiste, uma franqueza em seu tom.

A agitação dentro de mim aumenta e, se eu não a liberar logo, vou explodir.

— Nada! Só tenho muito em que pensar.

— Jesus Cristo. Você também?

Minha testa franze quando me viro para olhar para ele.

— O quê?

— Você está agindo como Crew quando começou a se apaixonar por aquela vadia...

— Não a chame assim! — Atiro a ele um olhar, punhos cerrados ao meu lado.

— E agora você a está defendendo. — A campainha toca e solto um suspiro de alívio. Realmente não estou com vontade de ter essa conversa com Neo agora. Ele dá um tapa nas próprias pernas e depois se levanta. Infelizmente, não para de falar ao se aproximar da porta. — Vou te dizer a mesma coisa que já disse a ele inúmeras vezes. Ela não vale a pena. Arranje uma gostosa para passar a noite, ou te passo a minha quando terminar. Faça o que tem que fazer, mas não se envolva na teia de mentiras daquela garota. Você vai viver para se arrepender.

Uma ruiva alta entra usando um par de botas de neve peludas e um casaco xadrez que é tão grande que parece que ela não está usando mais nada.

— Hmm — Neo cantarola, agarrando a bunda dela. Quando ele o faz, ela ri e se vira, e vejo que ela, na verdade, não está usando mais nada. A menos que seu fio dental conte como shorts. — Coloque essa bunda bonitinha na minha cama e estarei lá em um segundo.

A garota morde o lábio inferior, joga o cabelo ruivo e brilhoso sobre o ombro e sobe as escadas como um cachorrinho obediente.

— Você viu? — Neo completa: — É isso que você está perdendo se não superar aquela garota.

Nego com a cabeça em aborrecimento e estico as pernas para puxar meu telefone do bolso. Neo sobe as escadas e, quando ouço a porta de seu quarto fechar, faço uma ligação.

— Ei, pai — respondo, em um tom abafado. — Já descobriu alguma coisa?

— Ainda trabalhando nisso, filho. Avisarei assim que souber de alguma coisa. E presumo que você ainda esteja mantendo um controle rígido sobre o que sabe?

— Como eu disse, sim.

— Bom. Vamos manter assim. Sua única preocupação agora é a Academia e os alunos. Qualquer coisa do lado de fora não é problema seu... ainda não. Isso vale para Crew e Neo também. A última coisa de que precisamos é que aquela família descubra que estamos cavando.

— Tudo bem, pai. Mais uma vez, não estou dizendo nada. Mas odeio esconder essa merda deles, então diga a esse cara para se apressar.

— Como estão suas notas?

É típico dele mudar de assunto. Ele disse o que precisava dizer e é isso. Dane-se o que eu quero.

— Tudo nota A, como sempre. Olha, tenho que ir. Mantenha-me atualizado, ok?

— Entrarei em contato. — Assim que abro a boca para me despedir, ele interrompe: — Ah, e, Jagger, é melhor você não incomodar Scarlett. Eu disse a Kol que você ficaria de olho nela até que essa merda fosse resolvida.

— Você disse a Kol? — Bufo. — Então você pode contar para seus amigos, mas eu não posso contar para os meus?

— Deixe os Guardiões e os Anciãos cuidarem disso, Jagger. Você apenas faz o que deve fazer lá e nós cuidaremos de tudo do lado de fora.

— Mas essa merda não está do lado de fora e o Guardião do lado de dentro não está fazendo besteira.

— Você ouviu o que eu disse. Tenho uma reunião para ir. Entrarei em contato.

A linha fica muda e eu jogo agressivamente o telefone no meio da sala. *Deixe os Guardiões e os Anciãos cuidarem disso.* Que monte de besteira. Eles esperam que aguentemos o inferno para nos prepararmos para o futuro, mas, quando somos jogados nas chamas, querem que nos livremos, só porque estamos aqui e eles estão lá fora.

— Você não pode dizer a seus amigos o quê? — Scar pergunta atrás de mim.

Merda. Eu giro rapidamente.

— Quanto tempo você ficou parada aí?

Ela atravessa a sala até o meu telefone e se abaixa para pegá-lo.

— Tempo suficiente para ouvir você expressar sua raiva por não poder contar algo a seus amigos. Então o que é?

Não há muito que eu possa dizer a Scar sobre minha conversa com meu pai. Ele insiste que isso fique entre nós até sabermos com o que estamos lidando. Um dia depois de encontrarmos o santuário Sangue Azul nos túneis, voltei lá. Os caras e eu fizemos um pacto de não ir sozinho porque poderia ser perigoso, mas a curiosidade levou a melhor.

Enquanto estávamos lá embaixo, encontrei um diário. Escondi-o debaixo de uma pilha de papéis e retornei para buscá-lo no dia seguinte. Acontece que era o diário de Betty Beckett. Os Beckett são uma família que odiava todos os membros do Sangue Azul há décadas. Betty era casada com o fundador original da propriedade BCA. Só passei pelas primeiras páginas quando juntei dois e dois. Essa sala foi transmitida por membros da família Beckett por séculos. Também significa que quem está atualmente fazendo a manutenção é a pessoa que está perseguindo Scar — um estranho e também um Beckett, ou pelo menos alguém com uma conexão com sua família. Mas, como e por que são as respostas que não consigo encontrar. Liguei para meu pai naquela noite e pedi que investigasse a linhagem Beckett. Ele contatou um dos Guardiões da Sociedade, que está investigando, mas até agora nada.

Saio do sofá e devoro o espaço entre nós.

— Não foi nada. Apenas meu pai sendo meu pai.

— Bem, se envolve os amigos do seu pai, isso significa que deve envolver o meu pai.

Ela entrega meu telefone e eu o pego — felizmente, não está quebrado.

— Sim. Aparentemente, meu pai disse ao seu que eu ficaria de olho em você. Garantir de que está segura e tudo mais. — Essa parte não é mentira.

— Não estou surpresa. Eles fizeram isso durante toda a nossa vida. De pouco adianta. — Há um toque de sarcasmo em seu tom, e posso entender por que, depois das coisas hostis que fizemos com ela.

— Ei — prossigo, agarrando seu braço enquanto ela olha para seus pés descalços —, eu disse a ele que ficaria de olho. Você sabe disso, certo?

Com ombros erguidos, ela levanta a cabeça.

— Mas você estava sendo sincero?

— Sim. Claro que sim. Não provei isso todos os dias desde que você se mudou? Você está aqui, não está? — Gesticulo para a casa e olho ao redor para o espaço que nos rodeia.

— Estou aqui por causa do Crew.

Solto um suspiro pesado.

— Está falando sério, Scar? Concordei em deixar você ficar aqui também.

Ela ri maliciosamente.

— Concordou?

— Sim. Quando Crew mencionou, eu disse que era tudo bem. E, de alguma forma, ele convenceu Neo também.

— Meu Deus. Por que vocês dois são tão leais a esse idiota? — Não tenho certeza se é algo que eu disse, ou seus próprios pensamentos obstruindo sua lógica, mas ela se perde. Seu comportamento muda rapidamente de calmo para tenso. — Quer saber? Esqueça. Eu nem preciso de proteção. Não de você, e especialmente não de Neo.

Há um momento de silêncio antes de eu finalmente dizer:

— E Crew?

Seus lábios se contraem e ela enfia a mecha de cabelo do rosto atrás da orelha.

— Crew me defendeu. Ele defendeu nosso relacionamento e não está mais deixando Neo ditar sua vida.

Se ao menos essa última parte fosse verdade. Neo dita tudo, mesmo que Scar não veja. A única razão pela qual Neo concordou em deixá-la ficar é porque Crew o convenceu de que seria mais fácil ficar de olho nela. Neo ainda pensa que ela é a cobra — que não tem ninguém lá fora fodendo com ela. Mesmo depois de encontrar aquela sala nos túneis, ele de alguma forma se convenceu de que ela orquestrou tudo e está enganando a todos nós.

— Como deveria, se os sentimentos dele por você são genuínos.

— Se? — Ela me olha com um olhar azedo. — Os sentimentos dele são genuínos. Sei que você e Neo não veem, mas Crew e eu temos algo especial. E isso já faz um tempo. Só precisou que nós dois disséssemos "foda-se o que todo mundo pensa" para podermos ficar juntos.

— Estou feliz por você, Scar. Realmente estou. — O vazio em minhas palavras é aparente, e posso dizer pelo olhar em seu rosto que o que falei não a acalmou nem um pouco.

Seus braços cruzam sobre o peito e ela levanta o quadril.

— Sério? Então por que você parece tão chateado com isso?

Não sei como responder sem parecer ciumento, porque *não estou* com ciúmes. Claro, Scar está ocupando muito do tempo de Crew. E a maneira como ela fala como se ele fosse um santo de repente é irritante como o inferno.

Mas não tenho ciúmes do relacionamento dois dois. Talvez haja uma pequena parte de mim que gostaria que fosse eu. Que fosse eu a consolá-la após o acidente de Maddie, ou a enfrentar Neo em sua defesa. Mas eu não fiz nada disso. Ele fez.

— Não estou nem um pouco chateado — finalmente digo —, só acho que é um pouco prematuro para você e Crew começarem a viver seu relacionamento de conto de fadas depois de tudo que ele fez contigo.

Ela está na defensiva e a última coisa que quero é irritá-la agora, mas a carranca em seu rosto diz que é tarde demais para isso.

— Você quer dizer tudo o que *vocês* fizeram para mim?

Eu poderia dizer a ela que, com toda a honestidade, o que aconteceu foi obra de Neo e nós seguimos por causa do pacto que fizemos antes de assumir o papel de Ilegais.

— Admito que não facilitamos as coisas para você.

— Não facilitaram as coisas? — Ela dá uma risada. — Que tal, "vocês fizeram da minha vida um inferno"?

E ainda estamos fazendo.

— Olha, Scar. Nós fodemos tudo. Tudo o que estou dizendo é: vá devagar com o Crew. Não há necessidade de apressar as coisas. Sem mencionar que Maddie ainda está em coma sem saber que Crew não estará esperando por ela quando acordar. — Imediatamente, engulo minhas palavras. Fui longe demais. Corro a mão sobre a testa, os olhos arregalados nos dela. — Merda. Sinto muito, Scar. Eu não quis dizer...

— Não. — Ela levanta a mão, me calando. Quando vira para ir embora, sua dor óbvia, eu a agarro pelo braço, mas ela rapidamente se afasta. — Não me toque.

— Apenas deixe ela ir, cara. — Neo entra na sala, balançando a mão no ar. — Ela é perda de tempo.

Scar para de andar, fixa Neo com um olhar duro, como se quisesse dizer algo vulgar. Tão abruptamente quanto parou, ela começou a andar novamente, pisando com passos pesados escada acima.

Balanço a cabeça em desapontamento quando Neo pega uma garrafa meio vazia de uísque da mesa ao lado do sofá.

— Aquilo era mesmo necessário?

— Mais do que necessário. Não podemos deixar essa garota ficar muito confortável em nossas vidas.

Ele desenrosca a tampa e vira a garrafa de volta, tomando um longo e lento gole.

— Devagar, cara. São apenas quatro da tarde.

Ele puxa a garrafa para longe de seus lábios, estalando-os juntos e deslizando sua língua no lábio inferior. Sua boca se abre em um sorriso.

— Já são cinco horas em algum lugar. Além disso, preciso aumentar minha tolerância antes da festa de amanhã à noite.

— Você tem a tolerância de um alcoólatra. E que festa é essa de que você fala?

— Parece que as líderes de torcida organizaram uma festinha nas Ruínas amanhã à noite, então eu montei uma coisinha minha. — O olhar travesso em seu rosto me diz que ele definitivamente está tramando algo.

— Importa-se de elaborar?

Seus ombros sobem e descem ao segurar a garrafa de bebida ainda aberta.

— Festa na nossa casa. Chamaremos de *festa de boas-vindas para a nossa nova companheira de casa.*

— Não foi você quem acabou de dizer que não queríamos que ela ficasse muito confortável aqui?

— Ah, ela não vai se sentir confortável. Isso eu posso prometer.

— Tenho certeza que, se Scar for a alguma festa, será com Riley.

— Mas não vai mesmo — zomba. — Parte do acordo de sua mudança é que ela só sai se um de nós estiver com ela. E não iremos. Você não vai. Nem eu. E com certeza Crew não.

Meus dedos pressionam minhas órbitas oculares e esfrego vigorosamente.

— Tanto faz, vou deixar você dizer isso a ela.

Sua cabeça balança e seus lábios se contorcem.

— Não. Acho que vamos deixar Crew fazer a honra. — Quando não tenho resposta para essa besteira sem-fim, Neo continua: — Suba comigo. — Ele inclina a cabeça para a direita, fazendo sinal para que eu o siga. — Tenho algo para você.

Deixando cair meus ombros, coço o topo da cabeça e o agrado seguindo.

— Não tenho certeza se quero saber o que isso significa. Você não é exatamente do tipo generoso.

Ele bufa um suspiro.

— Depois disso, você vai me agradecer. Garanto.

— Duvido — murmuro baixinho quando chegamos ao topo da escada. Neo vira à esquerda, em vez da direita, onde fica seu quarto. — Onde está essa *surpresa*?

Quando passamos pelo quarto de Scar, olho para dentro de sua porta aberta. Há caixas abertas e roupas espalhadas por toda parte. Então eu vejo ela e Crew deitados na cama. Sua mão está beliscando a pele de sua bunda que sai de seu short. A cabeça dela repousa sobre o peito nu dele e os dois estão sorrindo, o que parece um soco no estômago.

— Tenho que lidar com algumas besteiras. — Ouço-o dizer a ela. — Não deve demorar muito.

É isso que nossos deveres são agora? Besteiras? Algumas semanas atrás, eu não me importaria nem um pouco de como ele se refere aos nossos deveres, mas, ultimamente, estou bem irritado com qualquer coisa que o Crew diga ou faça.

Nem estou prestando atenção em Neo quando ele entra no meu quarto.

— O que você está fazendo? — pergunto, ainda em sua sombra.

Minhas perguntas são respondidas quando vejo a garota nua na minha cama. Neo tira a camisa e se lança sobre ela enquanto jogo a cabeça para trás. *Foda-se minha vida.*

— Esta é a minha surpresa? — insisto, e ele olha para mim com um sorriso que diz: *de nada.* — Eu tenho merda para fazer. — Aponto o polegar por cima do ombro, olhando nos olhos da garota. — Fora. Agora.

Ignorando-me completamente, ela se apoia nos cotovelos e abre as pernas, dando-me um show completo do que há entre elas. É uma visão bonita, mas não me interessa agora.

Neo, que está de lado ao lado dela, desliza um único dedo dentro de sua boceta, e é difícil não assistir.

— Vamos, cara, eu a molhei e está pronta para você.

Não é a primeira vez que compartilhamos uma garota. Inferno, Crew, Neo e eu compartilhamos várias garotas. Algumas, ao mesmo tempo. Outras vezes, em sequência. Minha hesitação não tem nada a ver com a situação e sim com o fato de eu não estar interessado nesta.

— Tudo bem — Neo diz, deslizando seu dedo para fora e passando-o por sua língua. — Vou deixar vocês dois sozinhos então. — A boca dele paira sobre a dela, mas quando ela vai beijá-lo, ele se afasta. — Venha me ver quando terminar. — Ele bate no nariz dela como se ela fosse uma criança, depois sai da cama.

Rapidamente fecha o espaço entre nós, pegando a camisa do chão no caminho.

— O nome dela é Amanda. Ela tem peitos grandes e gosta de ser fodida com força. — Ele bate no meu ombro antes de sair, deixando a porta aberta atrás de si.

— Levante-se — eu berro a ordem, e Amanda obedece, a expressão sensual em seu rosto nunca desaparecendo. Ela desfila em minha direção, acentuando a subida e descida de cada quadril com seus passos lentos. — Coloque umas malditas roupas e saia desta casa. Agora.

Aproximando-se de mim, ela esfrega o ombro no meu peito, em seguida, desliza em torno de mim. Com o queixo apoiado no meu ombro, diz, em um sussurro ofegante:

— Prometi ao seu amigo que iria te divertir.

— Estou isentando você dessa promessa. Agora, vista-se e saia antes que eu jogue sua bunda nua na neve.

Ainda não obedecendo, ela acaricia meu corpo com sua nudez e vem por trás de mim, parando bem na minha frente. Ela pega uma das minhas mãos e a leva até os seios.

Olha. Sou um cara que gosta muito de garotas. Eu sou apenas humano, então, naturalmente, dou um aperto em seu seio gostoso. Passando um dedo ao longo da bainha do meu short, ela arqueia as costas e seus mamilos enrugam contra o meu peito. Em um movimento rápido, sua mão desce pelo meu short de ginástica, indo direto para o meu pau semiereto.

Quando seus dedos envolvem minha cintura, eu rosno.

Ela é sedutora, admito isso. Muito sexy também. Se fosse outro momento da minha vida, eu já estaria saciando sua sede com meu esperma.

Com a mão ainda em volta de mim, ela cai de joelhos, deslizando meu short com ela. Eles se agrupam em torno dos meus tornozelos, e estou fodidamente ferrado quando ela começa a me acariciar com força.

Sua língua sai, molhando o lábio inferior, e ela me encara com os olhos cheios de luxúria.

— Juro que valerá a pena se você me deixar cumprir minha promessa.

Foda-se. Cada voz na minha cabeça me diz para pará-la, mas estou fraco para aqueles lábios suculentos e meu pau, que agora está duro como pedra, está se contraindo por ela.

Uma lufada de ar atinge meu traseiro e minha porta se abre. Um olhar por cima do ombro me faz empurrar Amanda para trás e ela cai no chão. Abaixo-me rapidamente, puxando meu short, meus olhos nunca deixando os de Scar.

— Merda. A porta estava aberta. Desculpe. — Ela se vira com pressa e sai da sala, mantendo a porta aberta.

— Scar — chamo —, espere. — Não sei por que estou correndo atrás dela, como se tivesse feito algo errado, mas estou. — Ei — digo, alto o suficiente para ela ouvir, mas ela continua a andar rapidamente pelo corredor em direção ao quarto de Crew.

— Scar! Você poderia esperar um segundo? — Seus pés param de se mover, mas ela não se vira. Corro para alcançá-la e, quando o faço, paro bem atrás dela. — Onde você está indo?

— Para longe de você.

Coloco a mão em seu ombro, puxando suavemente para fazê-la se virar, mas ela fica tensa e mantém sua posição.

— Está com raiva de mim?

Finalmente, ela se vira para olhar para mim. Dando um passo para trás, cruza os braços sobre o peito, algo que noto que ela faz com frequência quando está chateada. Se isso não é uma visão de seu humor, a carranca em seu rosto com certeza é.

— Por que eu ficaria brava?

Eu rio, embora o som esteja vazio de qualquer humor.

— Se você não está brava, por que está tentando fugir de mim?

Há desapontamento, misturado com raiva, em seus olhos, e eles estão fixos nos meus.

— Porque — ela solta um suspiro pesado — acabei de te encontrar com a sua — suas mãos acenam para cima e para baixo na minha virilha — suas coisas de fora. — Suas bochechas ficam rosadas, e é bonitinho pra caramba.

Luto contra o sorriso crescendo em meu rosto.

— Minhas coisas?

— Cale-se. Você sabe o que quero dizer.

— Não, não sei. Que coisa, Scar?

Se eu pensei que tinha visto todas as emoções no rosto de Scar, eu estava errado, porque suas bochechas são o tom mais brilhante de vergonha que eu já vi.

Eu rio quando sua resposta é um revirar de olhos.

— Você tem a boca de um marinheiro, mas não pode dizer pau quando está se referindo ao meu? Além disso, não é a primeira vez que você olha de relance hoje.

Suas mãos plantam em seu rosto, escondendo-o.

— Ai, meu Deus, Jagger. Pare com isso. Você está deixando essa merda estranha de novo.

Estendendo a mão, agarro as suas, afastando-as de seu rosto.

— Nada precisa ser estranho conosco.

Ela pisca os olhos para mim, e eles suavizam com o impacto.

— A porta estava aberta e eu…

— Está tudo bem. — Eu rio. — Eu estava, tipo, a dois segundos de pará-la de qualquer maneira.

— Mentiroso.

— Muito sério. — Pelo menos, acho que estou. Certeza que iria impedi-la. Talvez não, mas eu definitivamente faria agora. — Por que você estava entrando no meu quarto de qualquer maneira?

Scar franze os lábios, a cabeça inclinada para o ombro.

— Vim me desculpar.

Meu pescoço estica para trás.

— Pelo quê?

— Por ter sido uma vadia antes.

Estou surpreso porque, primeiro, Scar não se desculpa com frequência. E segundo, sou eu quem deveria pedir desculpas.

— Você não tem que se desculpar. Se alguém deve pedir desculpas, sou eu. Essa coisa toda de Maddie… eu não quis dizer isso. Você e Crew não estão fazendo nada de errado.

— Mas não estamos? Quero dizer, Maddie é minha melhor amiga e, quando ela acordar, ainda vai amar Crew.

— Scar — começo, digo com simpatia em meu tom —, se Maddie fosse acordar…

Ela me interrompe, balançando a cabeça rapidamente.

— Não comece.

— Babe — diz Crew atrás de mim, e os olhos de Scar disparam sobre meu ombro, imediatamente deixando cair minhas mãos.

Meus ombros relaxam quando me viro, soltando um pouco de ar pelas narinas dilatadas. *Toda vez que eu tento falar com ela.*

— Pensei que você tinha que lidar com alguma coisa? — Scar pergunta a ele. Eles se encontram no meio do corredor e observo a interação, porque sou intrometido e quero saber o quanto o irrita quando estou perto de Scar agora.

— O trenó não liga. O que vocês dois estão fazendo? — Ele olha para mim, depois volta para Scar.

Dou de ombros.

— Apenas conversando. Tudo bem para você?

Neo irrompe no corredor.

— Cole! — Ele levanta a voz, vindo em minha direção. — Que diabos, cara? Você acabou de deixá-la?

— Do que ele está falando? — Crew pergunta.

Neo, sendo o idiota que é, assume a responsabilidade de explicar.

— Aparentemente, Scar encontrou nosso garoto, que estava prestes a transar, e largou a garota como uma mosca morta para sair atrás de sua namorada.

Crew estica o pescoço, enrijecendo a postura.

— Por quê? — ele pergunta, seus olhos ardentes fixos nos meus. — Por que você correu atrás de Scar?

— Vocês poderiam parar com essa merda! — Scar grita. — Quem se importa? Neo provavelmente orquestrou tudo isso porque ele é um mestre da manipulação. Vocês não veem o que ele está tentando fazer? Ele quer que vocês se voltem uns contra os outros.

— Cale a porra da sua boca — Neo rosna para ela, e meu sangue atinge um ponto de ebulição.

Começo a ir em direção a ele, cada passo se tornando mais e mais estrondoso. Ele a desrespeitou pela última vez.

Antes que eu possa fazer qualquer coisa, Crew empurra Neo e suas costas batem na parede. Agarrando-o pela gola de sua camiseta preta, Crew o levanta.

— Se você falar com ela assim de novo, será o próximo desaparecido nesta Academia.

Droga. O garoto realmente arrumou um pouco de coragem. Estou impressionado.

Scar dá um passo para trás e coloco um braço em volta da cintura dela, guiando-a a alguns metros de distância, caso eles comecem a se socar.

Neo, sendo muito mais forte que Crew, o empurra, o que dá a ambos um espaço muito necessário. Tiro meu braço da cintura de Scar e aproveito a oportunidade para ficar entre os caras. Com as mãos abertas, grito:

— Vocês dois, parem com essa merda! Vocês são amigos, lembram?

— Foda-se essa bobagem — Neo zomba, dando um passo ao nosso redor. — Ele não é meu amigo, porra. Não ultimamente, de qualquer maneira.

Crew nem mesmo olha para mim ao pegar a mão de Scar e a conduzir pelo corredor. Enquanto eles vão, ela me fita por cima do ombro, me dando um olhar triste, então se vira para o quarto de Crew, deixando várias perguntas sem resposta na minha cabeça.

CAPÍTULO QUATRO

SCAR

Crew fecha porta e começa a andar pela sala. Meu coração bate rápido no peito, porque não tenho certeza do que está passando pela cabeça dele. Ele está chateado comigo por causa da situação de Jagger, ou está chateado com Neo porque… bem, ele é Neo?

Ele está em sua quarta volta pela sala quando estendo a mão e agarro seu braço.

— O que há de errado, Crew?

Furioso, ele se afasta e continua seu caminho.

— Está tudo errado pra caralho.

Não tenho certeza do que posso fazer para ajudar na situação. Honestamente, não tenho certeza se há algo que eu possa fazer. A última coisa que quero é me colocar no meio de suas brigas, mesmo que elas geralmente se concentrem em mim. Se não fosse por mim, esses caras estariam vivendo o melhor último ano de faculdade de suas vidas.

Não. Eles me trouxeram para cá. Eu não pedi; eles que me trouxeram.

— Você poderia parar, porra? — Minha voz se eleva, muito mais alta do que eu pretendia. Chama a atenção dele, então não estou tão arrependida. Crew para na frente de sua cama desarrumada, com a postura relaxada. Quando ele não diz nada, eu falo: — Se isso é sobre Jagger, você precisa parar de ser tão ciumento. Eu já lhe disse várias vezes…

Ele rapidamente dispara uma resposta.

— Não é sobre ele.

— Ok, bem, se for Neo, então não sei o que dizer, porque provavelmente não há nada que resolva isso, a menos que você comece a me tratar tão mal quanto ele.

Ele se senta na ponta da cama, as pernas balançando sobre o estribo de cerejeira.

— Ele é um idiota do caralho.

— Vocês são como irmãos. Ele vai superar isso eventualmente.

Virando a cabeça, ele olha para mim.

— Não tenho tanta certeza disso.

— Por quê? Eu não entendo. Já faz tanto tempo e eu ainda não entendo. — Ando até onde ele está sentado e me posiciono entre suas pernas. — Faça-me entender, Crew.

Seus olhos levantam para os meus.

— Eu gostaria de poder.

Minha cabeça balança devagar, negando.

— As regras? Os Ilegais? Os segredos?

Ele concorda.

— Olha. Há muita coisa acontecendo que juramos manter em segredo. Pactos e juramentos foram feitos e isso não desculpa a merda que eu fiz, mas eles roubaram minha voz.

— Que tipo de pactos e juramentos?

— Um pacto de fraternidade com os caras e um juramento à Sangue Azul.

Não estou surpresa com nada disso. Sempre soube que os caras fazem juramentos à Sociedade que as garotas não fazem. Só estou me perguntando por que isso é um problema de repente.

— Todo grupo dos Ilegais tem esse pacto?

Ele acena com a cabeça novamente.

Isso explica por que meu pai é tão fiel ao pai idiota de Neo. Seus outros irmãos Ilegais não são seres humanos terríveis; na verdade, os pais de Jagger e Crew são bastante decentes, mas Sebastian Saint é o pior, e sempre me perguntei por que meu pai aguenta essa merda. Agora eu sei, ele tem que aguentar.

— É por isso que eu nunca quis fazer parte dessa merda. A Sangue Azul roubou nossas vidas, Crew.

— Não é para sempre. — Suas palavras deveriam ser cativantes, mas são exatamente o oposto, porque estão vazias da verdade.

— É para sempre, sim. A menos que queiramos ser condenados a uma vida de desertores e alvo dos membros, *é para sempre.*

Crew suspira pesadamente, pegando minhas mãos.

— Então acho que não temos escolha, não é?

— Não. Não temos.

Ele me puxa para cima, meu corpo cobrindo o seu.

— Você sabe o que é mais importante para mim do que um pacto ou um juramento? — Eu levanto minhas sobrancelhas para sua pergunta. — Você. Não vou deixá-los ficar entre nós novamente, Scar.

Meus lábios se contorcem com um sorriso.

— Promete?

Dedos se entrelaçam em meu cabelo, puxando minha cabeça para baixo na dele. Nossas testas descansam uma contra a outra.

— Eu prometo.

Um largo sorriso cresce no rosto de Crew, seus dedos dançando na minha perna. Nossas bocas se conectam magneticamente e arrepios caem em cascata pelo meu corpo. Ninguém nunca me fez sentir como Crew com apenas um toque. Quando estou com ele, me sinto a garota mais linda do mundo. Tudo sobre o ano passado some da minha mente e estou de volta ao lugar onde estávamos antes de tudo ir para o inferno. De volta a uma época em que nosso segredo estava seguro e não havia nenhum obstáculo em nosso caminho.

— Eu te amo — sussurra, contra meus lábios, e inalo sua única respiração. Meu coração incha e quero ficar neste momento por toda a eternidade.

— Eu também te amo.

Não importa o que aconteça daqui para frente, confio que o Crew estará lá. Ao meu lado. Me apoiando.

Ignorando minha camiseta, Crew desliza a mão por baixo do bojo do meu sutiã. Meu estômago se contrai e arqueio as costas, buscando qualquer fricção que ele me dê. Quando seu pau aperta contra minha perna, eu gemo em sua boca.

— Preciso de você.

Sua resposta é um sorriso e uma mordidela no meu lábio inferior.

— Diga-me o que quer e te darei. — Ele sobe em cima de mim, cobrindo meu corpo com o dele, deslizando para cima e para baixo, sua ereção uma provocação contra o meu núcleo.

Minhas mãos embalam sua cabeça. Meus dedos penteiam seu cabelo grosso e bagunçado.

— Você. Dentro de mim. — Nossas bocas se abrem e deslizo a língua para dentro, envolvendo-a em torno da dele, querendo mantê-la refém até que ele me dê exatamente o que preciso.

Com as pernas esticadas sob ele, eu trago uma, depois a outra, até que ele se acomode entre minhas coxas.

Aprofundo este beijo, meu coração em uma corrida contra o dele. Posso senti-lo batendo em meu peito, dominando as borboletas que estão fervilhando em meu estômago.

Quero que seja sempre assim. Esses sentimentos que não posso ignorar. A extrema necessidade de tê-lo mais perto quando ele está literalmente deitado em cima de mim.

Crew fica de joelhos, que estão pressionados entre as minhas pernas. Ele move as mãos atrás de mim, levitando minhas costas para fora da cama.

Seus olhos suaves e sábios me encaram de volta. *Pegue-me, Crew. Possua-me.*

Minha camisa é a primeira a sair, depois meu sutiã. Crew se inclina para frente, pegando o broto do meu mamilo em sua boca. Seus dentes roçam minha pele sensível e eu choramingo. Ele se move para o próximo antes de sua boca pressionar a minha novamente. Gentilmente, sou deitada, e ele desaparece pelo meu corpo, me livrando do meu short e rapidamente descobrindo que não estou usando calcinha.

— Hmm — cantarola no vinco entre as minhas pernas —, senti falta desta vista.

Fecho meus olhos, lambendo meus lábios quando sua boca forma um "O" e ele beija minha boceta. Sua língua sai, tocando meu clitóris, e agarro um punhado de seu cabelo, guiando-o para onde o quero, e monto em seu rosto.

Ele enfia um dedo dentro de mim, depois outro.

— Você tem um gosto bom pra caralho. — A barba por fazer de seu rosto arranha a parte interna das minhas coxas, mas estou amando. Meu garoto se banqueteando comigo como se eu fosse sua sobremesa favorita.

Dois dedos se enrolam, bombeando dentro de mim. Meus quadris sobem e descem, eletricidade percorrendo meu corpo.

— Crew — grito, sabendo o quanto ele gosta quando digo seu nome.

— Isso mesmo, linda. Goze para mim.

Sua cabeça levanta e ele observa, me tocando. Movendo-se mais rápido, indo mais fundo, e perco todo o controle.

— Ai, meu Deus. — Levanto a bunda da cama. Meu estômago aperta, as paredes se fechando, e aperto seus dedos.

Estou em um estado de euforia enquanto volto do clímax. Crew puxa os dedos para fora e remove suas roupas. Minhas pernas se abrem para ele, envolvendo seus quadris, e a próxima coisa que sei é que ele está me enchendo de volta com seu pau. Seus dedos pegajosos apertam minha cintura, seu peito elevado sobre o meu.

— Você é linda pra caralho — profere, antes de beijar minha boca e me dar um gostinho de mim.

Seu pau incha dentro de mim e avanço na cama, até que minha cabeça está batendo na cabeceira. Uma e outra vez.

Gritos de êxtase rasgam minhas cordas vocais.

Suas estocadas se tornam mais profundas e rápidas, respirações irregulares e insatisfeitas.

— Porra, amor. — Ele rosna antes de mergulhar dentro de mim mais uma vez. Seus movimentos diminuem e ele cai em cima de mim. Passo os dedos em sua testa, enxugando as gotas de suor que se acumularam ali.

Depois de alguns minutos deitado sem fôlego, Crew sai de cima de mim para que eu possa ir ao banheiro e me limpar.

Quando volto, ele está deitado de lado, com a cabeça apoiada na mão. Dá um tapinha no espaço aberto no colchão ao lado dele.

— Tenho más notícias. — Uma expressão estóica toma conta dele e meus dedos se contorcem de nervosismo.

— O quê? — falo lentamente, sentando na cama ao lado dele. Também estou do meu lado, encarando seus olhos preocupados.

— Não posso ir à festa amanhã.

— Crew, não! Eu não quero ir sem você.

— Isso é bom. Porque você não vai. Vai ficar aqui comigo. — Ele morde o lábio, e é uma tentativa fracassada de tentar me influenciar. Não está funcionando. Nem um pouco. Ok. Talvez um pouco.

— Eu prometi a Ry que iria. Não posso abandoná-la assim.

Ele levanta o ombro.

— Convide-a para vir aqui.

— Ela tem que ir. As líderes de torcida estão dando a festa. Na verdade, ela queria que eu visse se vocês as deixariam fugir da neve e se reunirem na sala de Coleta.

Crew morde o lábio, pensativo, antes de finalmente dizer:

— Tive uma ideia. Nós as deixamos fazer a festa clandestina e damos o crédito a você, para que Riley não fique brava, e você fica aqui comigo, para que possamos comparecer à festa obrigatória de Neo.

— Obrigatória? — zombo.

— Pactos e juramentos, lembra?

Minhas bochechas incham e sopro o ar reprimido em uma respiração.

— Isso é tão estúpido, mas tudo bem.

Crew aperta minha cintura, um sorriso brincando em seus lábios.

— Você não está brava?

— Sei que você não tem escolha. Quero dizer, eu ainda poderia ir, mas não quero se você não estiver lá.

— Que bom. Porque eu não deixaria você ir sem um de nós.

Faço uma careta para ele de brincadeira.

— Elias estará lá, entre muitos outros caras.

— Meu ponto é exatamente esse.

CAPÍTULO CINCO

CREW

Depois do caos de ontem, Scar e eu tivemos um jantar agradável e tranquilo sozinhos. A menos que estejamos em um de nossos quartos, o tempo a sós tem sido escasso. Estou sempre no treino ou na aula, e ela tem passado muito do seu tempo livre com Jagger.

O treino do dia acabou e a festa está prestes a começar, e estou esperando muito que possamos ter uma noite tranquila, mas algo me diz que é pedir demais nesta maldita casa. Pelo lado positivo, Scar está aqui, segura.

Tenho que ficar me lembrando disso. Não importa que Jagger esteja de olho nela desde o segundo em que ela chegou ou que eu o pegue observando-a de longe, provavelmente sonhando acordado sobre como seria a vida se ele estivesse no meu lugar. O pensamento de qualquer cara se intrometendo na vida de Scar me irrita profundamente. Me deixa louco pra caralho. Aquele tal de Elias — de jeito nenhum. Não a quero perto daquele babaca. Mas Jagger, ele é meu melhor amigo, e se eu tivesse que confiar em alguém com ela, seria ele. No entanto, ainda me incomoda. Acho que é principalmente porque sei que Scar também tem algum tipo de conexão com ele. Eu já vi. É óbvio demais para ignorar.

Agora ela está morando aqui sob nossa proteção e é a melhor escolha que fiz. Mesmo que venha com o custo de potencialmente perdê-la, sua segurança é tudo o que me preocupa. Neo acha que ela está aqui para que possamos ficar de olho nela, porque acredita que ela está nos envolvendo em seu próprio joguinho, mas tenho esperança de que sua estadia ilumine a situação e ele veja que Scar é uma vítima e não o inimigo. Ela é uma garota durona, mas não a pessoa perversa que ele quer que todos acreditem que é.

A última coisa que quero fazer é causar mais turbulência emocional para Scar. Então, por enquanto, vou deixar Jagger observá-la, esperando e torcendo para que um dia ela olhe para ele do jeito que olha para mim. Que pena para ele, mas isso nunca vai acontecer.

Quanto a Neo... ninguém pode prever o que está acontecendo naquela mente distorcida.

A porta do quarto de Scar se abre e tiro o pé da parede do corredor, colocando o telefone no bolso de trás. Quando dou uma boa olhada nela, mordo meu punho cerrado. Ser tão gata deveria ser ilegal. Ou, pelo menos, não ser permitido em público.

— Droga, querida. — Puxo sua blusa, que fica logo acima do umbigo. Quando a estico para baixo, ela salta de volta. — Você sabe que está congelando lá fora, certo? Por que não pega um moletom?

Ela ri, olhando para mim como se eu estivesse brincando, o que não estou mesmo.

— Eu vou ficar bem. — Agarrando minha mão, ela me puxa pelo corredor. Sentindo minha relutância, ela para. — O que está errado?

Eu a pego pela cintura, prendendo-a contra a parede ao lado da escada. Meus dedos afundam na carne da pele que deveria ser coberta.

— Você é sexy demais para o seu próprio bem. — Beijo seus lábios, me sentindo grato por não haver um bando de caras excitados olhando para ela esta noite.

— Estou feliz que você pense assim. — Ela sorri contra a minha boca. — É exatamente por isso que não estou me cobrindo. É tudo para você.

— Melhor ser só para mim. — Esfrego meu pau dolorido contra ela e, se não descermos as escadas agora, talvez nunca consigamos. Estou a dois segundos de levá-la pela porta aberta de Jagger e transar com ela em sua cama.

— Sempre é — murmura, e é um sussurro sedutor que brinca com meus hormônios. Um sussurro que me diz que ela quer ser fodida agora.

Jagger sai de seu quarto, e eu nem percebi que ele estava lá. Scar desliza para fora de seu lugar entre mim e a parede.

— Ei, Jagger — ela resmunga, e isso me faz juntar as sobrancelhas. Incomoda que ele nos veja tão perto assim?

Porra.

Preciso parar de pensar tanto nisso.

Seus olhos deslizam dos dela para os meus.

— Indo para a festa?

Inclino o queixo.

— Sim. Se é assim que você chama.

— Por que você diz isso? — Scar pergunta, completamente alheia ao que estamos prestes a embarcar. Neo, sendo o idiota que é, decidiu fazer desta uma festa só para garotas, enquanto forçava nossa presença; ou seja, minha e de Jagger. Com nós três aqui, não há oportunidade para Scar comparecer à festa nas Ruínas. É um esquema de controle da parte de Neo.

— Neo planejtou tudo — digo a ela. — Não preciso dizer mais nada.

Scar estala a língua no céu da boca.

— Verdade.

— Acho que vejo vocês lá embaixo, então — Jagger diz, dando a Scar um sorriso crescente antes de correr escada abaixo.

Observo-a olhando para ele, sentindo uma lasca de ciúme em meu estômago.

Seu olhar se encaixa no meu, e ela pega minha carranca.

— O que está errado?

— Nada — respondo, tom monótono.

Um sorriso abre seus lábios e ela pega minha mão.

— Vamos, rabugento do caralho.

— Rabugento do caralho? — Eu rio. — Para que o xingamento?

Descemos as escadas, de mãos dadas, enquanto ela elabora:

— Para que a atitude azeda ultimamente?

— Apenas observando a situação. Absorvendo tudo.

— Situação? — ela fala lentamente. — Você diz nós dois?

Meus ombros sobem e descem.

— Nós. Você. Ele.

Scar me olha de soslaio, e posso dizer que quer pressionar mais, porém, quando chegamos ao fim da escada, sua linha de pensamento é interrompida. Ela dá uma olhada ao redor, se encolhendo com nossos convidados.

— Agora eu entendo o que você quis dizer. Neo tem que dar uma festa cheia de garotas seminuas.

— Não precisamos ficar muito tempo. Estamos em casa. Isso é tudo que importa.

Scar desliza até mim, seu rosto a uma polegada do meu, e sorri.

— O que voce tinha em mente?

— Ah, não sei. Você, eu e um banho quente.

— Talvez amanhã — Neo diz, cortando nossa vibe. — Até então, Lucy precisa de ajuda para abrir o barril.

Scar fica de mau humor, resmungando em meu ombro:

— Ele nunca vai embora?

— Infelizmente não. Acho que tenho trabalho a fazer. — Pego a mão dela, pronto para ir para a cozinha, onde o barril geralmente é colocado quando há uma festa aqui.

Neo me agarra pelo ombro.

— Não tão rápido. — Eu rosno, revirando os olhos, mas ele continua: — Preciso falar com Scar sobre uma coisa.

Eu não gosto disso. Nem um pouco.

— Está tudo bem — garante, olhando para mim. — Eu posso cuidar de mim mesma.

Sei que isso é verdade, mas não gosto da ideia de Neo entrar na cabeça dela de novo. Ele adoraria muito colocar Scar e eu um contra o outro para seu próprio ganho pessoal.

— Tudo bem. Volto já. — Beijo seus lábios; em seguida, deixo-a escapar do meu alcance. Eu não vou longe, no entanto. Lucy e o barril podem esperar.

Em vez disso, pressiono minhas costas contra a parede da cozinha e escuto.

— Que bom que você pôde vir à minha festa — Neo diz, usando um tom condescendente.

— Como se eu tivesse escolha. — Posso imaginar tudo agora. Ela está parada ali, os braços cruzados sobre o peito e um sorriso de Cheshire no rosto.

— Isso é verdade, mas você está aqui mesmo assim.

— O que você quer, Neo? Tenho coisas muito melhores para fazer.

— Tenho certeza que sim. Tem muitas garotas aqui. Talvez um pequeno trio esteja em seu futuro próximo? Sabe, Crew sempre gostou da companhia de muitas garotas ao mesmo tempo.

Filho da puta!

Está exigindo tudo em mim para não virar contornar esta parede e enfiar o rosto dele na parede.

— Talvez sim. Mas comigo, ele não precisa de mais de uma. Você pode dizer isso de si mesmo quando se trata de garotas? Ou é por isso que você tem que passá-las para seus amigos quando termina? Para elas não ficarem insatisfeitas?

O riso sobe pela minha garganta. Felizmente, *I Ain't Worried*, do OneRepublic, está tocando alto o suficiente para abafar o som.

— Você é uma verdadeira vadia, sabia disso?

— Claro que sim. E daí?

Não tenho certeza porque estava preocupado. Scar definitivamente pode cuidar de si mesma quando se trata de Neo. O que diz muito, considerando que ele é difícil de lidar.

— Lembre-se, Scar… você só está aqui porque eu permiti. Irrite-me e vou jogá-la para os malditos cachorros.

— Estranho — ela bufa com uma risada —, pensei que você fosse um cachorro?

— É aí que você está errada, gata. Eu não sou um cachorro. Sou o grande lobo mau sobre o qual sua mãe te alertou e é melhor você se cuidar, porque vou te comer viva no segundo em que estragar tudo. Estou assistindo e esperando. E estou com uma fome do caralho, Scar.

Posso dizer que ela está ficando entediada pelo som de seu suspiro.

— Não tenho medo de você, Neo. Pode lançar ameaças, mas elas não vão funcionar. Agora diga o que você precisa dizer, para que eu possa ficar o mais longe possível.

— Você deveria estar com medo, porque eu tenho conhecimento que pode destruir todo o seu mundo. Agora você tem que decidir se realmente quer arrastar Crew para sua confusão.

Viro a esquina, o sangue fervendo.

— Chega — ataco Neo, colocando um braço em volta da cintura de Scar, arrastando-a para mim. — Deixe-a em paz.

— Está tudo bem, Crew. — Scar dá um tapinha no meu peito arfante, olhando para Neo. — Ele não me intimida. Neo só precisa usar palavras grandes e raivosas para acalmar seu pênis triste e pequeno.

Neo sorri, balançando o dedo para Scar.

— Você vai pagar por isso.

— Cara, apenas caia fora. Há uma dúzia de garotas aqui. Por que foder com a minha? — Estou a segundos de despedaçá-lo, membro por membro, então é do interesse dele ir embora enquanto tem chance.

Neo acena com a mão no ar.

— Traidor de merda — resmunga, se afastando.

Olho para Scar com um pedido de desculpas.

— Desculpe. Eu nunca deveria ter deixado você sozinha com ele.

— Não fique culpado — pede —, eu disse que ficaria bem, e fiquei. As palavras de Neo não me machucam. Estou curiosa, no entanto. — Sua cabeça se inclina ligeiramente em direção ao ombro. — O que ele quis dizer sobre ter conhecimento que pode "destruir meu mundo"?

Estou tão estupefato quanto ela. Só posso supor que ele está se referindo ao acidente de Maddie novamente, mas todos sabemos que ele está se agarrando a isso.

— Nenhuma pista. — Scar morde o lábio, nervosa, então eu pergunto: — Por quê? Você está preocupada com isso?

— Ainda não tenho certeza. Neo sempre cuspiu palavras vis e ameaças para mim, mas a confiança em seu tom desta vez me deixou um pouco nervosa.

Puxo-a para um abraço reconfortante.

— Não se preocupe com ele. Neo pode pensar que te odeia, mas posso garantir que ele se odeia mais.

Sua cabeça descansa em meu ombro e, quando olho para a esquerda, vejo Jagger no sofá nos observando.

CAPÍTULO SEIS

JAGGER

A esta altura, acho que prefiro estar na festa nas Ruínas a esta merda: ficar sentado aqui assistindo Crew, que está segurando Scar, enquanto uma dúzia de garotas desfilam em roupas minúsculas, todas tentando impressionar seus todo-poderosos membros Ilegais — eu incluído. Provavelmente deveria ter pulado em defesa de Crew durante sua discussão com Neo, mas eu queria deixar as coisas acontecerem do jeito que deveriam.

Eu sabia exatamente o que Neo estava fazendo quando organizou esta pequena reunião. Ele quer fazer Scar se contorcer. Está faminto pelo desconforto dela e acho que esta festa resolveria o problema. Obviamente, ele não a conhece.

Scar não dá a mínima para que Crew seja um dos três únicos caras aqui com todas essas gatas gostosas. O que Neo não percebeu é que a confiança de Scar acompanha sua atitude de "eu não dou a mínima". Se alguém está se contorcendo, é Neo. Melody — que é uma líder de torcida, mas abandonou sua própria festa — está, mais uma vez, tentando ao máximo chamar a atenção de Neo. Ele não suporta aquela vadia e por que a convidou para entrar em nossa casa é um mistério que não quero tentar resolver.

No momento, tudo o que estou esperando é aquele momento em que Crew baixa a guarda e Scar escapa de seu controle. Eu só quero falar com ela. Garantir que as coisas estão tranquilas depois que disse o que não deveria hoje cedo. Infelizmente, Crew se apegou a ela como uma sanguessuga e não o vejo se distraindo tão cedo.

A voz de Neo vem atrás de mim e me tira da minha fixação em Scar.

— Há uma dúzia de garotas aqui que abririam a boca para o seu pau de bom grado, e você está secando aquela que não deveria querer.

Inclino minha garrafa de cerveja preta e tomo um pequeno gole, ignorando o idiota cantando em meu ouvido.

— Tudo bem — Neo diz com uma respiração pesada e cai ao meu lado no sofá —, você gosta dela. Eu posso ver isso. Então vá buscá-la.

Com a borda da garrafa pressionada em meus lábios, viro minha cabeça para olhar para ele.

— Repete?

— Eu disse, vá buscá-la. Crew não é dono de Scar. Na verdade, nem tenho certeza se eles se deram um título. Ela está aberta para ser tomada.

Ele está falando sério agora? Crew deveria ser um de seus melhores amigos. No entanto, ele está me dizendo para ir atrás dela. Sem falar que a odeia.

— Você está chapado?

— Não. — Ele ri, mas seus olhos semicerrados e a película rosa envolvendo o branco deles me dizem que está mentindo.

— Tudo bem, talvez um pouco. Mas, estou falando sério pra caralho.

Sigo em frente, colocando minha garrafa meio cheia na mesa, e dou a Neo toda a minha atenção.

— Você odeia Scar, então que tal me dizer o que diabos está fazendo.

— Ódio é uma palavra forte, mas vou aceitar. Só estou dizendo que talvez haja alguém muito mais desonesto que eu deteste mais.

— Uau. Você está falando sobre Crew?

Neo afunda de volta no sofá, seus olhos cheios de intenções sinistras.

— Ele está brincando conosco, Jagger.

Essa conversa ficou interessante.

— Brincando conosco, como?

Neo encara Crew, que distribui beijos no pescoço de Scar, fazendo-a se contorcer e rir em seus braços.

— Ele sabe o que ela fez com minha irmã. Mas olhe para ele. Zero intenção de me ajudar a derrubá-la. Ele a trouxe para esta casa para seu próprio ganho pessoal.

Eu já sabia disso. Sabia que Neo ainda estava decidido que Scar é a razão pela qual Maddie caiu. Neo acha que ela está orquestrando toda essa coisa de perseguidor também. Não contamos a Scar sobre o que encontramos nos túneis porque ele acha que agora estamos dois passos à frente. A verdade é que Neo está preso em seu próprio jogo de vingança e Crew vive na terra dos sonhos com a garota dos seus sonhos. Eu sou o único que sabe a verdade. Scar não está inventando nada. Alguém está atrás dela e, enquanto esses caras estão brincando com suas próprias merdas, sou eu quem está garantindo que ela esteja segura.

— Não é ela. Alguém *está* atrás dela. Talvez até de todos nós — afirmo, com total seriedade.

— Não me diga que você está acreditando nessa besteira também?

Só balanço a cabeça porque, sem fatos, Neo não vai acreditar em nada do que eu digo.

— Não importa no que eu acredito.

— Olha, cara. — Ele salta para ficar sentado, com as mãos nos joelhos. — Mesmo que Scar não esteja inventando essa merda e alguém realmente esteja atrás dela, isso não muda o fato de que a lealdade de Crew mudou. Mudou no dia em que Maddie caiu. Ele está de olho em Scar e isso é tudo com o que se importa. Ele se esqueceu completamente da garota que supostamente amava quando ela foi dormir e nunca mais acordou.

Isso é muito pessoal para Neo. Quero simpatizar com a maneira como ele está se sentindo. O cara perdeu a mãe e a irmã gêmea, que era sua melhor amiga. Seu pai está ausente e só se preocupa com seu status político e a imagem perfeita que sua família pinta para o mundo ver. Neo vive em sua própria cabeça e só vê o que sua mente lhe diz para ver.

Eu vou consertar isso, no entanto. Vou chegar à verdade, de uma forma ou de outra. Vou limpar o nome de Scar e espero que, um dia, Crew e Neo possam reparar os danos causados por essa tragédia.

Neo está certo sobre uma coisa, no entanto. Crew não é dono de Scar. Seu coração está aberto para alguém tomar. Supondo que o Crew ainda não tenha roubado tudo.

Observo Crew dar um beijo na bochecha de Scar, sussurrar algo para ela e depois ir embora.

Scar olha ao redor da sala e posso dizer que está se sentindo um pouco deslocada. Algumas garotas aproveitam a oportunidade para emboscar Crew, vendo uma abertura própria. Ela trava os olhos com ele momentaneamente, em seguida, se vira, sem se abalar.

Neo dá um tapa na minha perna.

— Agora é sua chance.

Aproveitando a oportunidade, eu me levanto, pego minha cerveja da mesa e vou direto para ela, entrando na cozinha.

Sou parado por Amber, uma veterana, que parece ter bebido demais.

— Ei, Jagger. Ótima festa. — Seu corpo balança e ela tenta se firmar no braço de outra garota.

Olho além dela, vendo que Scar agora saiu pelas portas de vidro deslizantes para a varanda.

— Estou ocupado.

Amber segura um copo cheio até a borda com um líquido transparente.

— Tome uma bebida comigo. É tequila.

— Cai fora, porra! — Tento mergulhar em torno dela, mas outra garota vestindo um biquíni se junta a ela, todas as três bloqueando completamente minha entrada na cozinha.

A nova garota desliza até mim. O calor de seus seios pressionados contra meu braço é atraente, mas não o suficiente para me manter aqui.

— Vi Neo de olho em vocês três mais cedo. Por que não dá a ele um pouco de atenção? Tenho certeza que vai fazer o dia dele.

É mentira, mas funciona. Três pares de olhos disparam por cima do meu ombro, em busca de Neo. Consigo deslizar entre elas e ir para a cozinha. Um olhar sobre meu ombro as mostra desfilando em direção a Neo como se ele fosse delas. Isso foi quase fácil demais.

Quando me viro, bato direto em Crew. Ele está segurando uma lata de água com gás, provavelmente para Scar, e uma garrafa de cerveja.

— Viu Scar? — pergunta, seu olhar dançando sobre meu ombro.

Meus lábios se franzem e percorro a sala casualmente.

— Não — minto —, não a vi.

Ele passa por mim em busca da namorada, enquanto vou direto para onde ela está.

CAPÍTULO SETE

SCAR

— Tudo certo? — A voz de Jagger soa ao meu lado. Ele se inclina na grade da varanda, afundando as mangas de seu moletom preto na neve.

— Sim — ofego —, só precisava de um pouco de ar fresco.

Meu corpo inteiro treme e estou começando a pensar que vir aqui com uma camiseta de manga curta com leggings finas foi uma má ideia.

— Você está tremendo — Jagger repara, tirando seu moletom.

Ele vai entregá-lo para mim, mas faço um gesto de negação.

— Estou bem. Sério. Eu provavelmente deveria voltar para dentro.

— Qual é a pressa? — O moletom vem sobre meus ombros, as mangas compridas penduradas na minha frente.

— Obrigada. — Sorrio, abraçando o moletom ao meu corpo e absorvendo qualquer lasca de calor que me traz. — Crew foi buscar uma bebida para mim e provavelmente está se perguntando onde estou.

— Na verdade, acho que ele está falando com Neo agora mesmo. Provavelmente é melhor evitar essa situação, se puder.

Argh. Ele tem razão. Neo provavelmente está enfiando bobagens na cabeça de Crew. Felizmente, confio em Crew e sei que ele não será influenciado pelas teorias de merda de Neo. Vou dar-lhes o seu tempo; caso contrário, vou entrar lá parecendo a pessoa ruim que Neo vê.

Eu me viro, olhando para o campo escuro que encontra a floresta. A neve está caindo levemente, o que é bom, mas o acúmulo é bastante profundo. Conversando um pouco, eu digo:

— Não me lembro da neve caindo tão cedo em casa.

Jagger compartilha minha opinião, se inclinando para a grade coberta de neve novamente, desta vez, com os braços nus.

— É um mundo totalmente diferente em Boulder Cove.

— Sem brincadeiras. Não tenho certeza se algo poderia ter me preparado para o que encontrei neste lugar.

Ele se vira para olhar para mim enquanto olho para a frente.

— Ainda estamos falando sobre o clima?

Encolho os ombros, porque é a resposta mais fácil, mas, no fundo, há tanto que quero dizer.

Endireito as costas e me viro para encará-lo.

— O que mudou, Jagger? — Quando ele levanta uma sobrancelha, eu elaboro. — Sei que Neo me vê como uma ameaça desde que éramos crianças, mas você e Crew nunca se importaram com a antipatia dele por mim naquela época. Já tive essa conversa com Crew, mas por que você se voltou contra mim daquele jeito?

Seus ombros caem em derrota.

— Foram os jogos, Scar. Eu precisei.

— Não estou falando dos jogos. Estou falando de tudo depois da queda de Maddie, até eu chegar aqui.

Jagger nunca foi tão malicioso quanto Neo, ou mesmo Crew. Eu poderia dizer que ele sempre quis ser imparcial, mas isso não muda o fato de que ainda concordava com a crueldade comigo.

Ele solta um suspiro pesado e então olha para as portas abertas da cozinha. Sigo sua linha de visão e vejo apenas uma garota lá, o que significa que as outras provavelmente estão ligadas a Crew e Neo. Quando ele olha para mim, me pega pelo braço, fazendo-me segurar com mais força seu moletom que está enrolado em mim.

— Venha aqui — convida, levando-me para o final da varanda.

Uma vez que estamos fora de vista, ele deixa cair a mão do meu braço. Deve estar disposto a compartilhar algo importante comigo se nos tirou dos olhares indiscretos de alguém.

— Eu nunca quis te machucar, Scar. O problema é que há tanta coisa acontecendo nos bastidores para os homens da Sociedade, e ainda mais quando você se torna um membro dos Ilegais. Os caras e eu sempre soubemos que assumiríamos esse papel por causa de nossa linhagem, mas quando o aceitamos, nós... ou eu... não tínhamos ideia do que isso realmente implicava.

— Eu sei de tudo isso. Crew me disse, mas quero saber o que isso tem a ver comigo.

Ele lambe os lábios, esperando um tempo, porque eu sei, e ele sabe, que não pode me dizer muito. Aprendi a não me intrometer quando se trata da colocação de qualquer membro na Sociedade porque é complicado, mas, se estou envolvida, tenho todo o direito de saber.

— Lealdade. Fizemos um pacto e cumprimos. Neo mudou depois que sua mãe morreu. Você sabe disso. Após o acidente de Maddie, ele se tornou irracional, absurdo. Ele nos convenceu de que você estava envolvida na queda de Maddie. Até que ponto, não tenho certeza, mas ele queria te fazer pagar e nós seguimos o que nos disse.

— E agora? Onde está a lealdade de Neo para você e Crew?

— Honestamente? Aposto que é inexistente. Neo só se preocupa com uma coisa agora e é vingança contra qualquer um que machucou Maddie. Ele nem se importa que haja uma ameaça para os alunos da Academia e da Sociedade.

— Espere. O quê? — cuspo. — Alguém está ameaçando os alunos *e a Sociedade*?

Por que só agora estou ouvindo sobre isso?

O rosto de Jagger cai, e posso dizer que ele falou demais pela sua expressão.

— Está tudo bem. Temos tudo sob controle.

— Jagger — chamo, lentamente —, explique o que você quis dizer.

Assim que ele abre a boca para falar, gritos estridentes das garotas de dentro soam em meus ouvidos.

Jagger e eu encaramos um ao outro, com os olhos arregalados.

— O que é que foi isso? — nós dois dizemos em uníssono.

Ele se dirige para a porta e o sigo rapidamente. Uma olhada para dentro das portas abertas mostra uma sala escura como breu. Duas garotas saem correndo pela porta, esbarrando em mim e arrancando o moletom dos meus ombros.

— O que aconteceu com as luzes? —pergunto a elas, me abaixando e pegando o moletom de Jagger. Eu o afasto, então o enrolo e o abraço contra o peito. A neve persistente penetra na minha pele e eu estremeço.

— Tem alguém aí — chama uma das garotas, e percebo que ela está de biquíni.

Entrego a ela o moletom, porque ela precisa dele mais do que eu.

— Aqui, envolva isso em você, então me diga o que diabos você quer dizer com *tem alguém aí*.

— Jill e Lucy estavam procurando um banheiro quando as luzes se apagaram e elas entraram no quarto errado e viram um garoto de roupão preto com uma máscara de esqui no rosto. Ele agarrou Lucy, mas, quando ela gritou, ele a empurrou contra algumas caixas e saiu correndo.

Jagger me pega pela mão, me puxando para dentro, enquanto mais garotas saem para a varanda. Não há muita luz, porém estamos com meia-lua, então é mais do que eles estão recebendo lá dentro.

— Scar — ouço Crew gritando —, onde diabos você está?

— Estou aqui.

Crew vem correndo em minha direção, seus braços envolvem minha cintura e ele enterra o rosto no meu cabelo.

— Jesus, Scar. Onde diabos você estava? Achei que tivesse acontecido alguma coisa com você.

— Eu estava lá fora... — Olho e percebo que Jagger se foi. — Estou bem. O que diabos aconteceu?

— Foda-se se eu sei. As luzes se apagaram e, quando eu vi, algumas garotas estão gritando que há um estranho na casa, o que fez todas surtarem e começarem a correr.

Do lado de fora, uma das garotas mencionou alguém caindo em caixas.

— Meu quarto. — Saio do abraço de Crew e vou para a sala de estar, onde de repente tudo fica estranhamente silencioso. Alguém acendeu uma vela, então há uma lasca de luz, mas não presto atenção em quem está aqui. Vou direto para a escada e subo, Crew seguindo de perto atrás de mim.

— O que você está fazendo? — indaga, com a mão na minha cintura.

— Acho que o canalha estava no meu quarto.

Crew faz mais perguntas, mas elas escapam pelos meus ouvidos como palavras vazias. Vou direto para o meu quarto, onde a porta está escancarada. *Eu sei que fechei antes.*

Isso não significa muito, porque as meninas são intrometidas demais e provavelmente estavam bisbilhotando, mas, nesta situação, as bandeiras vermelhas estão erguidas.

— O que diabos aconteceu? — Neo aparece do nada, segurando seu telefone com a lanterna ligada. Sua voz é severa e me dá calafrios.

— Scar acha que alguém estava no quarto dela — Crew diz a ele.

— Eu não *acho*. Eu sei. Me dê seu telefone — peço a Neo, não esperando que ele me faça a cortesia de entregá-lo. Eu o puxo de sua mão e ilumino meu quarto, procurando por algo fora do comum.

— Pare de brincar, Scar. Você sabe muito bem que ninguém está no seu quarto. Onde diabos você estava quando as luzes se apagaram?

Aponto a luz diretamente nos olhos redondos e oliva de Neo.

— Acha que eu fiz isso? — Eu deveria me sentir magoada por ele ter me acusado de tal coisa, mas não, estou com raiva. Estou furiosa pra caralho.

Acabo com o espaço entre nós, um passo pesado de cada vez.

— Desça da porra do seu pedestal. — Enfio as mãos em seu peito, o telefone ainda preso entre os dedos. — Coloque seu ódio por mim de lado por dois malditos minutos e talvez você veja que isso não é um jogo doentio da minha parte. Alguém está lá fora e quer machucar, não só a mim, mas a todos nós.

Não tenho certeza de quão verdadeiras são minhas palavras, considerando que não tenho ideia de por que alguém iria querer ferir a Sociedade, mas Jagger disse que há uma ameaça lá fora e isso prova que é verdade.

Empurro Neo novamente, levando-o para a parede atrás dele. Enquanto isso, o sorriso sinistro em seu rosto só se espalha.

Uma risada lhe escapa, e isso me enfurece. Jogo seu telefone no chão. Crew vem por trás, mas não presto atenção nele.

— Qual é a porra do seu problema, Neo? Diga! Diga por que você me odeia tanto que acha que eu tramaria e tentaria me fazer parecer uma vítima?

O telefone aponta diretamente para o teto, mas há luz suficiente para ver a expressão divertida em seu rosto. Isso me deixa doente. Faz meu estômago revirar, e não quero nada mais do que alimentá-lo com meu punho, enfiando os dentes em sua garganta nojenta.

— Responda! — grito, perdendo todo o controle.

A risada que escapa dele é um insulto. A raiva me consome enquanto puxo o punho para trás, pronta para acertá-lo em seu lindo rosto. Infelizmente, Crew agarra meu pulso.

— Calma, amor.

Minha atenção se volta para Crew, que está me dando nos nervos agora. Ele deveria ter me deixado socar esse filho da puta.

— Me acalmar? — Eu bufo. — Você ouviu do que ele está me acusando?

— Não há acusações se houver prova da verdade. — As palavras de Neo atingiram meus ouvidos e algo ainda mais vilanesco estalou dentro de mim.

— Ou alguém poderia dizer que suas acusações são realmente uma confissão. Eu estava lá fora com Jagger o tempo todo...

Crew tamborila os dedos no meu pulso.

— Você estava com Jagger?

Minha mente obstinada o ignora, me dirigindo a Neo:

— Diga, Neo. Onde você estava quando as luzes se apagaram?

Ele ri um som oco.

— Você está me acusando?

— Talvez eu esteja. Isso tudo pode ser você. Provocando, tentando me quebrar. Você tem o motivo e os meios. — Empurro meu braço para longe de Crew, não tentando ser rude, mas também sentindo a necessidade extrema de me defender de Neo de todos os ângulos.

Crew coloca um braço em volta da minha cintura por trás, me segurando.

— Primeiro de tudo — Neo começa, pegando seu telefone do chão —, eu nunca fiz segredo que não gosto de você, Scar. Se quiser te machucar, farei isso à luz do dia com testemunhas me cercando. Em segundo lugar, estava com Crew e cerca de seis outras garotas que podem confirmar minha história. Não que eu precise explicar alguma coisa para você.

Por um tempo, considerei Neo como a pessoa misteriosa que está me fodendo. Porém, meu instinto me diz que não é ele, já que muitas das notas estranhas que surgiram envolviam Maddie, e sei que ele não a usaria dessa forma, mas ainda não o descartarei completamente.

Crew vem em sua defesa.

— É verdade. Ele estava comigo.

Acho interessante que Crew esteja defendendo Neo neste caso, mas não tenha dito uma maldita palavra sobre eu ser inocente.

Olho por cima do ombro para Crew.

— Você acha que eu menti esse tempo todo? — Preciso ouvi-lo dizer em voz alta, na frente de Neo. Crew sabe muito bem que não estou mentindo sobre o que está acontecendo. Ele sabe que não estou bancando a vítima. Mas falou isso para Neo?

— De jeito nenhum — afirma, de uma vez. Seu olhar pousa em Neo. — Ela não está fazendo isso. Você e eu sabemos. Tem que deixar isso pra lá, cara.

Suas palavras cantam em meus ouvidos porque este momento aqui solidifica tudo entre Crew e eu. Não quero que ele tenha que escolher entre mim e seus amigos, mas é reconfortante saber que, quando chega a hora, ele está do meu lado.

Quando olho para Neo, é como se a raiva tivesse desaparecido de seu rosto e ele tivesse emoções com as quais não sabia como lidar. Quer muito me culpar por tudo de terrível em sua vida, porque é mais fácil do que admitir que não há ninguém para culpar. Ele não pode buscar vingança se não houver ninguém para recebê-la.

— Jagger — Neo grita, através do silêncio momentâneo. Tudo está quieto. Parece que o grupo lá embaixo simplesmente desapareceu.

Quando Jagger não vem, Neo pega seu telefone, e presumo que seja para enviar uma mensagem para ele.

— Onde todos foram? — sussurro para a Crew.

— Dissemos a todas as meninas para irem para as Ruínas. A festa aqui acabou.

Não tenho certeza do que era essa festa, mas tenho certeza de que foi uma tentativa maluca de me impedir de sair com minhas amigas de verdade. Talvez Neo esperasse que algumas garotas bonitas por perto tirassem a atenção de Crew de mim. Sei que ele odeia que estejamos juntos, e fará qualquer coisa em seu poder para nos separar.

Viro-me para olhar para Crew. Minhas mãos envolvem seu torso e falo como se Neo não estivesse atrás de mim. Ou talvez eu queira que ele ouça o que estou prestes a dizer.

— Obrigada por acreditar em mim. Não sei como passaria por tudo isso sem você.

Seus lábios pressionam suavemente os meus.

— Você nunca terá que descobrir.

— A menos que alguém a empurre de um penhasco. Então o quê? Você vai passar para a nova melhor amiga dela? Parece ser o seu *modus operandi*.

— Foda-se — Crew cuspiu —, meus sentimentos por Scar não têm nada a ver com Maddie.

Jagger finalmente surge e seu *timing* não poderia ser mais perfeito.

— Todos estão bem aqui?

— Onde diabos você estava? — Neo late para ele.

— Andei com as garotas para encontrar um Novato para levá-las para a outra festa. — Os olhos de Jagger dançam de pessoa para pessoa. — O que há com toda a tensão aqui?

— Você estava com Scar quando as luzes se apagaram? — Neo pergunta, indo direto ao ponto.

Suspiro, totalmente irritada por ele se recusar a acreditar em uma única palavra que eu digo.

— Sim. Estávamos na varanda. Por quê?

Crew me puxa para o lado dele, olhando para Neo.

— Neo acha que ela fez isso.

— Sério? — Jagger me encara, os olhos deslizando para baixo para a mão de Crew que está apertando meu quadril, então rapidamente de volta. — Scar esteve comigo o tempo todo. Uma garota disse que um cara de roupão e máscara agarrou Lucy Winters. Definitivamente não era Scar.

— Temos que olhar as coisas de todos os ângulos — Neo afirma, parecendo muito confiante para um cara tão incerto. — Mas agora sabemos que não foi ela. — O olhar condescendente que ele me lança me irrita profundamente, mas jogo de volta para ele.

Meus ombros apertam, e fico de pé.

— O que eu já lhe disse e você deveria ter acreditado.

— O que é aquilo ali? — Jagger pergunta, e todos nós seguimos sua linha de visão. Ele pega algo do chão. Um papel, talvez? Levanta-o e vejo que é um envelope comercial branco. — Isto é seu?

Balanço a cabeça, negando.

— Nunca vi isso antes. — Deslizo para fora do aperto de Crew e caminho até Jagger, olhando para o envelope enquanto ele abre a aba. Meu coração galopa em meu peito e, por mais que eu queira saber o que há dentro, outra parte de mim não quer reconhecer que isso está acontecendo de novo.

Neo, sendo o maníaco por controle que é, arranca o envelope da mão de Jagger antes que ele possa ver o conteúdo. Seu dedo desliza sob a borda e ele enfia a mão dentro. Quando puxa a mão, está segurando uma foto.

Demoro um segundo, mas percebo que é uma foto minha.

— Sou eu… quando era apenas uma criança. Parece uma das minhas festas de aniversário. Por que esse cara teria uma foto minha quando criança? — O pânico se instala, e puxo a imagem da mão de Neo. Parece que foi tirada através de uma janela. Como se alguém estivesse do lado de fora da casa da minha família, nos observando. Olho para os caras, que estão todos me encarando como se estivessem esperando que eu perdesse a cabeça. Ninguém diz nada, então tomo a responsabilidade de fazer a pergunta que tenho certeza que todos nós temos. — De onde veio isso? — Viro a foto e há algo escrito atrás.

Eu estava em todos os aniversários. Você simplesmente não sabia.

Meu coração afunda no meu estômago, e me encolho com as palavras. Eu estava sendo vigiada todos esses anos?

Quando ninguém responde, eu levanto minha voz:

— De onde diabos isso veio, caramba?!

Neo aponta uma lanterna diretamente para mim e sei que está esperando a reação que deseja. Ele quer ver o meu medo. Olho para ele, desejando que eu pudesse encontrar uma maneira de culpá-lo por tudo isso.

Quando Crew e Jagger compartilham um olhar enigmático antes de focar sua atenção em Neo, eu perco o controle.

— Alguém poderia dizer alguma coisa?

— Amor — Crew começa —, há algo que eu preciso te dizer... — Antes que possa terminar, ele é rudemente interrompido por Neo.

— Não se atreva a dizer a ela — Neo estala, agora apontando sua luz para Crew.

— Foda-se, Neo. Você não pode ver agora que Scar não está por trás disso? Outra pessoa está fazendo isso, e não é mais apenas sobre ela.

Jagger dá um passo à frente, finalmente tendo algo a dizer.

— Crew está certo. Se vamos proteger Scar e derrubar esse filho da puta, ela precisa saber de tudo.

Neo balança a cabeça em desaprovação. Seu puro ódio por esta situação irradiando pela sala. Porque é agora que Neo finalmente percebe que esteve errado o tempo todo. Ele sempre quis me culpar por tudo de ruim em sua vida e, pela primeira vez, sabe que não sou a culpada, e isso o mata.

— Diga — peço, olhando para Crew, então Jagger, e finalmente Neo. — Alguém me diga o que diabos está acontecendo.

Para minha surpresa, é Neo quem fala.

— Quer a verdade?

Crew para na minha frente, bloqueando minha visão de Neo.

— Deixem comigo. Vocês dois vão resolver a situação da luz.

Há alguns murmúrios antes dos caras voltarem na direção da porta.

— Grite se precisar de nós — Jagger diz para Crew, mas seus olhos estão em mim.

Uma vez que eles se foram, a luz também. Crew e eu ficamos de pé ao lado da minha cama com o brilho da lua reluzindo através da minha janela.

Ele pega a foto das minhas mãos e a joga na cama antes de envolver os dedos nos meus.

— Eu deveria ter te contado há um tempo atrás, mas pensei que estava te protegendo.

Faço uma careta para ele, não gostando de onde isso está indo.

— Me contar o quê?

— Lembra quando eu estava trancado nos túneis? — pergunta, e eu aceno. — Encontrei uma porta que nunca tínhamos visto antes. Ou talvez nós vimos, mas era diferente então. Tinha uma fechadura de combinação e, com alguma ajuda, eu e os caras conseguimos passar para o outro lado.

— E? — pressiono, querendo que ele vá direto ao ponto.

— E encontramos uma sala cheia de parafernália da Sangue Azul. — Posso ver o desdém em seus olhos enquanto ele continua: — Era uma loucura. Havia recortes de jornais, artefatos antigos, fotos...

— Minhas fotos?

— Não. Bem, sim. Uma vez lá dentro, encontramos outro quarto. — Ele engole em seco, e isso me faz fazer o mesmo. — Era uma sala cheia de... você.

— De mim? — Estico o pescoço. — O que isso significa?

— Era esse fodido santuário a você, Scar. Bastou uma olhada naquela sala para saber que esse doente estava obcecado por você.

Suspiro, sentindo como se meu peito estivesse desmoronando.

— Você está brincando, certo?

Ele balança seu não e cada movimento me deixa cada vez mais tonta. Dou um passo para trás, esbarrando no colchão novo, então me sento.

— Eu sabia — afirmo, mal reconhecendo minha própria voz. — Eu sabia que não estava imaginando tudo isso.

— Você não estava. Neo é um idiota. Não dê ouvidos a nada do que ele diz.

Suas palavras me escapam quando me concentro no fato de que Crew sabia — todos eles sabiam.

— Você sabia esse tempo todo e não me contou?

— Eu queria te contar, mas Jagger e eu pensamos que era melhor assim. Não queríamos que você se preocupasse. Mas juro que planejei te contar assim que tivéssemos um suspeito concreto.

— Ou Neo não queria que eu soubesse o que vocês encontraram porque estava convencido de que era eu e queria ficar dois passos à frente?

— Não — ele bufa —, Neo queria *expor você* desde o início, mas conseguimos convencê-lo a esperar. Queríamos encontrar algo que pudesse provar que não era você. E agora nós temos.

Meu intestino se retorce. Desde quando tenho que me provar para alguém, especialmente para Neo Saint? Primeiro, ele acha que sou a razão pela qual Maddie caiu, e agora, ele acha que sou uma vítima do meu próprio jogo.

Eu pulo e saio do quarto.

— Scar, espere — Crew pede, correndo para o meu lado. — Eu não queria te machucar.

— Você nunca quer, Crew. — O sarcasmo escorre de minhas palavras e a culpa imediatamente rói meu estômago. Paro de andar e ele faz o mesmo. — Desculpe. Eu não quis dizer isso. Estou tão farta de toda essa besteira. Quando isso termina, Crew?

— Eu sei, amor. Essa situação toda é fodida. Estamos todos apenas fazendo o melhor que podemos. — Seus braços me envolvem e eu caio nele, aproveitando este momento de segurança.

Ele me segura pelo que parecem minutos, só que mais perguntas invadem minha mente.

Quem faria isso? Por que fazer isso comigo?

Só há uma maneira de descobrir. Essa pessoa é boa, mas todo mundo erra de vez em quando. Deve haver algum tipo de evidência que possamos encontrar para tentar descobrir quem está fazendo isso.

Eu me inclino um pouco para trás, olhando para Crew.

— Eu gostaria de ver a sala nos túneis.

Seu corpo fica tenso assim que minhas palavras atingem seus ouvidos. Olhando para mim, ele diz:

— Não acho que seja uma boa ideia.

Mas não vou aceitar um não como resposta, e se não for a única que ele me der, vou encontrar outro jeito.

— Se aquela sala estiver cheia de informações sobre mim e minha vida pessoal, quero vê-la.

Ele não diz nada. O único som é o arrastar de pés no chão de madeira do quarto de Neo.

Crew encosta o ouvido para a porta, escutando.

— Parece que ele está no telefone com a diretora. Provavelmente dando uma bronca neles para ligar a energia de volta.

Minhas mãos plantam em meus quadris, e olho para ele.

— Você está fugindo do assunto.

— Não estou.

— Está sim. Eu quero ver o quarto, Crew.

Ele suspira pesadamente, passando os dedos pelos cabelos.

— Deixa eu falar com os caras.

Balanço a cabeça, desapontada, porque sei que eles vão dar todas as desculpas para eu não ir.

— Tudo bem — digo, sabendo que não está tudo bem.

Acho que se eu quiser ver o quarto nos túneis, terei que encontrá-lo sozinha.

De repente, a porta do quarto de Neo se abre.

— Temos que ir — avisa. —Traga a garota.

A garota? Babaca!

— Ir aonde? — Crew pergunta.

Neo passa por nós, levantando a voz e seguindo pelo corredor.

— Para as ruínas. Houve uma situação.

CAPÍTULO OITO

JAGGER

— Porra! — Crew grita, jogando seu capacete sobre o trenó. — Essa porra não liga.

Scar abraça o capacete sobressalente de Crew em sua jaqueta preta de enchimento, tremendo sob o poste na entrada da garagem.

Neo acelera o motor, não dando a mínima para que o trenó de Crew não esteja funcionando.

— Depressa! — Ele acelera novamente, pronto para rasgar as trilhas, deixando-nos comendo neve.

— Pare esse babaca — digo a Crew —, diga a ele que você precisa de uma carona. Scar pode ir comigo.

Crew olha para Scar em busca de aprovação e ela imediatamente diz:

— Bem, definitivamente não vou com Neo. — Ela coloca o capacete na cabeça e caminha em minha direção, antes de se virar para olhar para Crew. — Eu te vejo lá?

Ele acena com a cabeça em resposta, mas posso dizer que não gosta dessa situação.

— Fique segura — diz, suas palavras dirigidas a mim. — Se qualquer coisa acontecer com ela…

— Calma, porra. Nada vai acontecer com ela. — Crew está bem ciente de que sou um viciado em adrenalina que vive para a velocidade e a emoção, mas, com Scar a reboque, vou bem devagar.

Scar passa uma perna por cima do trenó e se acomoda atrás de mim. Seus braços envolvem minha cintura e, de repente, acredito no ditado: *tudo acontece por uma razão.*

Eu puxo para baixo o escudo aquecido em meu capacete, meu sorriso tímido fora de vista.

— Pronta?

Meus dedos balançam sobre o acelerador, o calor do corpo de Scar se infiltrando em meu casaco de esqui pesado. Seu toque por si só poderia descongelar queimaduras de quarto grau.

Nós decolamos, e não tenho certeza se Scar sabe exatamente no que se meteu pulando na parte de trás do meu trenó. Claro que vou dirigir com segurança, mas abaixo de nós está um dos *snowmobiles* mais rápidos e ferozes do mercado. Naturalmente, tenho que me exibir um pouco.

Dando um pouco de gás, ela aperta minha cintura, como previsto.

A ponta de seu capacete descansa em meu ombro, e estou me esforçando para não sair dessa trilha e nos perdermos juntos.

É tentador.

Tentador pra caralho.

Em uma reação automática, viro para a esquerda.

Neo e Crew podem lidar com o que está acontecendo nas Ruínas.

Scar conhece essas trilhas bem o suficiente para saber que não estamos indo na direção certa, mas ela não diz uma palavra, pelo menos, não que eu possa ouvir.

Em vez disso, ela me abraça mais forte. Meu coração bate acelerado sob as camadas de roupa em meu peito. Essa garota está me deixando imprudente. Seu rosto aparece em todos os meus pensamentos, em todos os meus sonhos. Sempre foi assim. Tenho sentimentos por Scar desde que éramos crianças. Provavelmente ainda mais do que Crew. Eu nunca disse a uma alma viva, no entanto. Nem mesmo a ela.

Ela não vem.

Eu deveria saber. Especialmente depois de tudo que aconteceu ontem. Eu também não deveria estar aqui. Era para estar com Neo, Crew e todos os outros que pararam na casa de Saint para prestar homenagem à sua família. Em vez disso, estou aqui. Esperando e desejando por alguma chance de Scar realmente aparecer.

Com os pés em terra firme, ando em frente à casa da árvore, jogando meu telefone para frente e para trás nas mãos. Olho para ele e vejo uma chamada perdida de Neo. Segundos depois, uma mensagem de voz toca.

Isso foi uma perda de tempo. Eu deveria estar com meus amigos.

O som de folhas esmagadas chama minha atenção e, de repente, "eu deveria estar com meus amigos" e "eu vou ficar aqui" estão travando uma guerra em minha cabeça.

Meus olhos se animam e eu a vejo.

— Você veio — comento, reprimindo meu sorriso. A vertigem dentro de mim se dissipa rapidamente quando vejo a tristeza em sua expressão. — Você está bem? — pergunto, imediatamente me arrependendo da pergunta porque, claro, ela não está bem. Nenhum de nós está.

Seus lábios se franzem e ela nega com a cabeça.

— Eu simplesmente não posso acreditar que ela se foi. A mãe de Maddie era uma das mulheres mais doces que já conheci.

É verdade. Carian Saint era a bondade e o calor personificados. Ontem, enquanto estávamos neste exato local, Neo recebeu a ligação de que algo aconteceu. Minutos depois, fomos informados de que Carian estava atravessando a rua quando foi atropelada por um carro. Ela morreu no local.

Envolvo meus braços em torno de Scar, sabendo que isso não vai aliviar a dor, mas esperando que nos dê algum tipo de conforto durante este momento trágico. Nenhuma palavra é dita. Eu apenas a seguro até que ela não queira mais.

Quando ela dá um passo para trás, enxugando as lágrimas dos olhos, pergunto:

— Como está Maddie?

Ela puxa uma respiração irregular, seu corpo inteiro tremendo.

— Nada bem. E Neo?

— O mesmo, mas ele não vai admitir. Ele está desligado. Provavelmente entorpecido pela dor.

— Provavelmente é melhor assim. Pelo menos por enquanto.

Meu telefone vibra novamente, e Scar olha para o bolso da minha calça jeans.

— Você deveria atender. Pode ser ele.

Eu o pego e atendo a ligação, enquanto Scar se vira e chora na manga de sua flanela enorme.

— Ei — digo para Crew.

— Onde você está? Neo está tentando entrar em contato com você.

— Estou por perto. Como ele está?

— Terrível. Aparentemente, seu pai quer que a investigação seja feita em segredo para que possam evitar qualquer atenção do público. Neo está chateado.

— O que podemos fazer? — indago, mas, ao fazê-lo, noto Neo vindo em minha

direção. — Ei. Ele está aqui. Eu te ligo de volta. — Desligo e pergunto a ele: — E aí, cara. Está tudo bem? — Ele não diz nada, apenas me encara e continua a bater os pés em minha direção. — Como você sabia que eu estava aqui?

— Por que você não estaria? Ela está aqui. — Ele bate agressivamente no telefone na minha mão, jogando-o no chão. — Minha mãe morre e é isso que você faz? Vem aqui com ela?

Scar vem para frente, seu tom tranquilo.

— Nós não estávamos...

— Cale-se. Eu não estava falando com você. — Neo rosna, seu olhar ardente agora em Scar.

— Eu vou indo — diz ela, se desculpando. — Sinto muito por sua mãe. Avise-me se você ou Maddie precisarem de alguma coisa.

— Não precisamos de nada de você. Crew está com Maddie, então volte para sua casa e fique longe dela.

Scar acena com a cabeça, lágrimas ameaçando cair dos cantos de seus olhos.

Se fosse qualquer outro dia, ela cuspiria palavras cruéis de volta para Neo. Mas ela sabe que não é hora para isso.

Quando se vira para sair, corro até ela para me despedir.

— Vou ficar com o Neo, mas me liga mais tarde se quiser conversar.

— Obrigada, Jagger.

Provavelmente não é o momento para isso também, mas eu digo:

— Tentamos de novo amanhã?

Ela força um sorriso no rosto.

— Claro. Amanhã.

Paro o trenó em frente à velha roda-gigante, o motor ainda ligado. Scar libera seu agarre sobre mim e levanta o capacete sobre a cabeça.

— O que estamos fazendo aqui?

Assim que tiro o capacete também, viro a cabeça para que ela possa me ouvir. Porra, não pensei que estaria tão nervoso. Meu coração está pronto para fugir do meu corpo. Depois de todos esses anos, finalmente estou fazendo algo por mim. Estou dizendo a ela a verdade sobre como me sinto. Desligo o motor, deixando-nos em silêncio.

— Tem algo que preciso te contar, Scar.

— Isso pode esperar? Estou muito preocupada com o que está acontecendo nas Ruínas. Riley está lá e Crew vai se perguntar onde estamos.

E assim, meu coração se estilhaça.

— Sim. Claro. Tentaremos de novo amanhã. — Mesma música, dança diferente.

Que porra eu estava pensando?

CAPÍTULO NOVE

SCAR

Jagger dirige direto por uma multidão de pessoas na frente das Ruínas, todos abrindo caminho para nós. Assim que paramos, arranco o capacete da cabeça e o deixo cair no chão.

— Crew — grito, sabendo que ele não vai me ouvir, porque não está à vista. — Onde ele está? — pergunto a Jagger, que agarra minha mão e me puxa para a frente da multidão.

— O que diabos aconteceu? — questiona a um cara aleatório que está subindo a escada dos túneis.

— Houve um ataque.

Meus olhos se arregalam e eu suspiro.

— Quem?

— Onde? — Jagger pergunta ao cara.

— Hannah Merril. Ela está bem abaixo. Aparentemente, sua amiga Melody a encontrou inconsciente. Quando ela voltou a si, disse que alguém com uma máscara e um roupão a jogou contra a parede e ela bateu com a cabeça.

— Crew está lá embaixo?

— Sim. Ele e Neo.

Jagger se vira para olhar para a multidão, drenando o sangue da minha mão.

— Todos, voltem para seus dormitórios. Se você for pego nos túneis daqui para frente, haverá consequências.

Meus olhos dançam em busca de Riley.

Jagger percebe minha apreensão.

— Quem é que voce esta procurando?

— Riley e Elias. Não os vejo em lugar nenhum.

Jagger puxa o telefone do bolso, falando e digitando.

— Tenho certeza que estão aqui em algum lugar. — Ele leva o telefone ao ouvido, e posso ouvi-lo tocando do outro lado.

Preciso encontrar Riley e Elias.

Tento puxar minha mão da de Jagger, mas seus olhos estalam nos meus e ele nega com a cabeça.

— Não deveríamos, tipo, chamar uma ambulância ou algo assim?

Mais uma vez, ele balança a cabeça negativamente.

— Onde diabos você está? — ele diz ao telefone. — Ela está comigo. Ela está bem. — Seus olhos permanecem fixos nos meus e eu gostaria que ele se apressasse, assim poderei saber o que diabos está acontecendo.

— Pergunte se viram Riley ou Elias.

— Que diabos? Tudo bem, estou descendo. — Jagger encerra a ligação.

— Você não perguntou!

— Seus amigos estão bem. Venha comigo. — Ele me leva até a escada, gesticulando para que eu vá primeiro. Enquanto desço, paro e olho para ele. — Você vai mandar alguém checar Elias e Riley? Garantir que estão bem?

Ele acena com a cabeça sutilmente.

— Claro. Se é tão importante para você.

Continuo descendo, Jagger me seguindo. Assim que meus pés tocam o chão, sou levada pelos braços de Crew.

— Por que diabos vocês demoraram tanto?

Olho por cima do ombro para Jagger, que já está nos observando.

— Fiquei presa em um galho na trilha — minto. É melhor assim.

Jagger respira fundo e caminha ao nosso redor, deixando Crew e eu sozinhos na entrada.

— Como está Hannah? — pergunto-lhe.

— Um pouco desorientada. Ela tem um corte de bom tamanho na cabeça, mas o médico de plantão está com ela.

— Bom. Estou feliz que alguém ligou para ele. Não me preocupo em perguntar sobre as autoridades, porque todo mundo aqui sabe que a polícia de fora não se envolve. No entanto, os Ilegais são obrigados a relatar incidentes como este aos Anciãos.

— Ligou para o pai de Neo?

Ele balança a cabeça em movimentos lentos, mastigando o lábio inferior.

— Não. Não estamos envolvendo o Chefão ou os Anciãos. Se os puxarmos para isto, eles irão duvidar da nossa capacidade de pegar este cara. E *vamos* pegar esse cara.

Envolvo meus braços em seu pescoço, minha cabeça descansando contra sua clavícula.

— Espero que você esteja certo.

De repente, algo me atinge.

— Ei — chamo, me afastando —, Melody está com Hannah?

— Sim. Por quê?

— Lembra daquele horário que encontrei na biblioteca quando tive certeza de que alguém estava me observando?

— Eu lembro. E aí?

— Era de Melody. Não acha um pouco estranho eu ter encontrado a agenda dela quando vi aquele cara e agora sua melhor amiga foi atacada?

— Provavelmente uma coincidência.

— Vale a pena perguntar, no entanto. Não acha? E se esse cara estiver atrás de Melody também?

— Não estou preocupado com Melody ou Hannah. Estou preocupado com você. — Ele beija meus lábios antes de se afastar para me olhar melhor. — Então, Jagger prendeu o trenó em um galho, hein?

Concordo com a cabeça, sentindo uma pontada de culpa por não ter contado a verdade. Quando eu disse isso, ainda estava em pânico e as palavras simplesmente saíram da minha boca. Achei que seria melhor se ele não soubesse, mas minha consciência não concorda.

— Isso é estranho. Peguei a mesma trilha que leva até aqui e não vi nada no caminho. Deve ter caído depois que passei.

— Eu menti — deixo escapar, incapaz de prolongar minha história. — Sinto muito, Crew, mas eu menti. Não havia galho.

Ele dá um passo para trás, esfregando o queixo.

— Ok — ele arrasta a palavra. — Então, o que realmente aconteceu?

Massageio minha têmpora, odiando a posição em que estou. A última coisa que quero é começar uma discussão entre Jagger e Crew. Crew já está convencido de que tenho sentimentos por Jagger e isso só vai aumentar essa suposição.

— Eu realmente não sei — digo a ele, sincera. — Percebi que saímos da trilha, mas não disse nada. Achei que talvez ele tivesse que parar em algum lugar no caminho.

Crew suspira pesadamente.

— Apenas me diga o que diabos aconteceu, Scar.

— Nada — engulo em seco —, é a pura verdade. Nada aconteceu. Nós paramos…

— Onde?

Droga. Eu respiro fundo. Realmente não quero entregar o lugar especial de Jagger.

— Apenas... em algum lugar.

— E?

Parece que estou sendo interrogada agora e odeio isso.

— E nada. Ele disse que queria falar comigo sobre uma coisa, então perguntei se podia esperar, porque eu queria chegar aqui.

Crew lambe os lábios, pensando demais nisso, tenho certeza.

— Tem certeza de que foi só isso que aconteceu?

Inclino minha cabeça para o lado, abrindo um sorriso. É meio fofo que ele esteja com ciúmes.

— Tenho certeza. — Deslizo até ele, colocando as mãos em volta de seu pescoço, e as fechando juntas. Levanto o queixo e seus olhos me fitam. Ele ainda está carrancudo, mas acho que posso mudar isso. Meus lábios encontram os dele e instantaneamente sinto seu corpo relaxar contra o meu. — Eu estou aqui agora. Com você.

Ele bate na minha bunda com as duas mãos, forte, e meu corpo estremece. Seus dedos se curvam na carne do meu rosto.

— Vamos manter assim.

— Scarlett! — Eu ouço Riley logo acima. — Você está aí embaixo?

— Estou aqui — grito de volta, correndo para a escada. Olho para cima e vejo seu rosto em pânico. — Estou bem.

Ela aperta o peito.

— Porra, obrigada. Pensei que você estava morta.

Eu rio de sua histeria.

— Porque você pensaria isso?

— Ah, não sei. Talvez por causa da companhia que você mantém. Ou porque ouvi dizer que uma garota foi espancada até virar uma polpa sangrenta lá embaixo.

Esses são os boatos que correm então...

Riley começa a descer a escada, sua bunda à mostra sob sua minissaia jeans.

— Hannah também está bem. Ela acabou de bater a cabeça na parede.

No minuto em que seus pés tocam o chão, ela se joga em mim.

— Nunca mais me assuste assim de novo.

— Todo mundo está bem. Eu prometo.

Ela dá um passo para trás, as mãos pressionadas nos meus ombros.

— Desta vez! E da próxima? E quando for você? Eu sabia que morar com aqueles caras era uma má ideia. — Ela olha por cima do meu ombro, reconhecendo Crew. — Desculpe, mas é verdade.

Olho para Crew, que está com as mãos no ar.

— Sem ofensa. Mas acho que nós dois sabemos que Scar está mais segura conosco.

— Duvido — ela sussurra para ele, e estou um pouco surpresa com seu tom de confronto. Riley geralmente é tímida e reservada quando se trata dos Ilegais.

— Onde está Elias? — pergunto a ela, precisando mudar de assunto rapidamente antes que isso se transforme em outra situação na qual estou presa no meio.

— Todo mundo foi mandado de volta para seus dormitórios, mas de jeito nenhum eu iria para lá sem ter certeza de que você estava segura primeiro.

— Ry! — gaguejo. — Você esteve lá fora sozinha quando havia um louco à solta? O que diabos você estava pensando?

— Eu estava pensando que se alguém quisesse me machucar, já poderia ter feito isso. Estou sozinha o tempo todo. É com você que estou preocupada.

Meu pescoço se estica em confusão.

— Comigo? Por quê? — Acho que todos nós temos todos os motivos para estar preocupados, mas o que não entendo é por que Riley está tão preocupada com minha segurança de repente. Ela nem sabe que esse cara maluco está atrás de mim.

— Ouvi todo mundo falando sobre o que aconteceu na casa dos Ilegais. Alguém invadiu seu quarto?

Crew vem para o meu lado, colocando um braço em volta da minha cintura.

— Scar está segura. Como te prometemos que estaria.

Riley olha furiosa para Crew e eles trocam palavras não ditas. É como uma batalha sobre quem pode me manter mais segura e, sinceramente, é muito desconfortável.

— Vocês dois, parem! Ao contrário do que você possa pensar, sou perfeitamente capaz de cuidar de mim mesma. — Eu sorrio, olhando para Riley. — Crew está certo, no entanto. Eles não deixariam nada acontecer comigo.

Ela coça a nuca, avaliando Crew antes de me fitar e dizer:

— Tudo bem. Por que você não vai para casa comigo e fica lá hoje à noite até que voltem a ligar a energia na casa dos caras.

— Não — Crew deixa escapar, justificando um olhar interrogativo tanto de Riley quanto de mim. — Eu não a quero nos dormitórios. Neo ligou para a diretora e ela garantiu que a energia voltaria esta noite.

— Scarlett? — Riley diz, querendo saber como me sinto sobre esta situação.

— Crew está certo. É melhor eu ficar na casa deles. — Uma ideia surge na minha cabeça. — Mas, como as festas foram um fracasso, ainda poderíamos sair hoje à noite.

Os olhos de Riley se iluminam.

— Adorei essa ideia! — Seus braços voam ao redor da metade superior do meu corpo. — Sinto sua falta desde que se mudou.

Crew e eu trocamos um olhar.

— Ela é sempre assim — digo a ele.

— Se por *sempre assim* você quer dizer superfeliz em sair com minha melhor amiga, então sim!

— Ok. Está resolvido então — Crew diz, claramente entediado com esta conversa. — Tenho que verificar as coisas com os caras, então seu encontro terá que esperar. — Ele pega minha mão e Riley segura a outra.

— Espere — diz Riley, puxando-me em sua direção —, por que não voltamos para o meu quarto até que Crew termine e ele possa parar e pegar você depois?

Ainda bem que não temos aula amanhã, mesmo sendo quinta-feira. Tenho a sensação de que vai ser uma noite muito longa.

— Tudo bem — diz Crew, com os olhos em mim —, vou chamar alguém em quem confio para acompanhá-las até o dormitório e passarei por aqui quando terminarmos.

Aperto sua mão, buscando segurança.

— Tem certeza de que não se importa?

— Não. Isso não deve demorar. — Ele se inclina para perto, os lábios roçando minha orelha. — Mas espero que você me faça uma visita em meu quarto quando chegarmos em casa esta noite.

Um sorriso brinca em meus lábios e sussurro de volta:

— Farei o meu melhor.

— Sabe, eu poderia me acostumar com isso — Riley diz, chutando a perna e sacudindo a neve que está se infiltrando em sua bota de tornozelo.

— Com o quê? — Congelar sua bunda em uma minissaia em temperaturas geladas?

— Não. — Ela ri. — De ter um guarda-costas.

Olho por cima do meu ombro para Victor, que está seguindo silenciosamente atrás de nós. Infelizmente, o pobre Vic estragou tudo de novo e nunca foi promovido do posto de Novato. Agora, ele realmente é escravo dos Ilegais. Recebeu ordens estritas para nos seguir até a Toca das Raposas.

Quando nos aproximamos do final da trilha, vejo Elias. Ele está caminhando em nossa direção, enrolado em um sobretudo com um chapéu de caçador na cabeça.

— Aí está você — diz ele a Riley —, estou te procurando em todos os lugares.

— Você não deveria estar no seu dormitório?

— Tecnicamente, sim. Mas os Ilegais ainda estão nos túneis. O que os olhos não veem, o coração não...

Suas palavras desaparecem quando ele me encara. Tenho a impressão de que ele pensa que saí do lado dele e me juntei aos Ilegais.

— Não se preocupe, Elias. — Dou um tapinha em seu ombro. — Seus segredos estão seguros comigo. Sob uma condição.

Seus olhos se animam.

— Uma condição?

— Uhumm. Diga porque me deu um bolo ontem. Esperei por você na biblioteca e você não apareceu.

Elias quebra o contato visual, olhando por cima do meu ombro.

— Na verdade, eu apareci. — Ele olha para mim, uma expressão de indignação em seu rosto. — Seu garoto, Jagger, me mandou embora.

— Ele o quê? — Suspiro. *Jagger o mandou embora?*

— Sim. Me fez ir buscar um barril para a festa e levá-lo para a casa deles.

— Por que ele faria isso?

— Porque é o Jagger, um membro dos Ilegais, e eles são idiotas de primeira classe.

Jagger geralmente não é um valentão com os outros alunos. Ele não dá ordens como Crew e Neo. Só pode significar uma coisa... ele estava mantendo Elias longe de mim.

Estava preocupado com a minha segurança ou com ciúmes. E não sei o que fazer com nenhum dos dois conceitos.

— Acho que não tenho escolha a não ser perdoá-lo e manter seu segredo então.

— Bom. — Ele sorri. — Então, o que acha de irmos até a lanchonete e enchermos a cara nos degraus da biblioteca como nos velhos tempos?

— Aaah — Riley sorri —, é uma ótima ideia.

Eu estremeço.

— Não acho que seja uma boa ideia. Crew vai aos dormitórios para me pegar em breve e prometi que estaríamos lá. Não quero que ele se preocupe. Sem mencionar que alguém foi atacado esta noite. Não deveríamos ficar em segurança por um tempo?

— Ah, qual é, Scar — Riley diz, e é estranho porque ela nunca me chama assim. — Viva um pouco. Somos veteranos apenas uma vez e esses caras já te colocaram em uma coleira apertada.

Ela tem um bom ponto. Eles têm me vigiado de perto. Eu entendo, mas viver um pouco soa muito bem.

Victor dá um passo à nossa frente.

— Vamos, garotas. Tenho ordens a cumprir.

— Não se preocupe — Elias diz a ele. — Cuido delas daqui.

Victor ri em tom de zombaria.

— Foda-se isso. Não vou irritar esses caras ainda mais.

— Vic — eu digo, jogando um braço em volta de seus ombros —, posso te chamar de Vic? Somos velhos amigos, certo? — Ele nega com a cabeça, não gostando de onde isso está indo. — Você já quebrou uma regra. Não deveria falar conosco. Além disso, Elias garantirá que cheguemos onde precisamos estar.

Seus ombros caem e ele se afasta de mim.

— Você vai me colocar em problemas pra caralho. Sabe disso?

— Vou garantir que não haja problemas para você. Prometo. — Não tenho certeza se ele acredita em mim, mas deve saber que tenho alguma influência com Crew e Jagger agora. Afinal, moro na casa deles.

— Tudo bem — Victor resmunga. — Mas se eles descobrirem e...

— Eles não vão — asseguro-lhe. Minhas mãos pousam em seus ombros e o giro na direção oposta, em direção aos dormitórios masculinos. — Volte para o seu quarto e tudo ficará bem.

Contra seu melhor julgamento, ele sai com um suspiro pesado. Uma vez que ele está fora de vista, Riley ri.

— Droga, garota. Você realmente tem jeito com os caras aqui. Estou impressionada.

Eu rio, porque, embora possa ser verdade, Riley também não tem ideia de por que eu tenho jeito com os caras. Tudo se resume aos segredos que guardamos.

Estamos andando devagar, lado a lado, enquanto Elias e Riley se dão as mãos e discutem sobre Hannah e o ataque. As calçadas estão estranhamente silenciosas desde que os alunos foram mandados de volta para seus dormitórios. Um poste de luz tremeluz à distância e uma sensação de arrepiar os cabelos toma conta de mim.

Talvez tenha sido uma má ideia mandar Victor embora. Estou realmente duvidando da capacidade de Elias de nos proteger, caso esse maluco venha atrás de um de nós. Elias é um cara esperto, mas não tem muita força, e não tenho dúvidas de que seria dominado por qualquer cara da Academia.

— Devemos ir para o dormitório — cuspo, interrompendo a conversa. Ambos olham para mim, surpresos com minha explosão. — E se a pessoa que invadiu meu quarto e atacou Hannah e Lucy ainda estiver por aí? — Olho em volta, tendo a sensação de que estamos sendo observados.

— Calma, miga. Estamos bem — Riley diz, com muita confiança.

Entendo. Ela é uma garota apaixonada e está aproveitando esses últimos minutos com Elias antes que a noite termine. Isso não muda o que aconteceu e o que poderia acontecer, no entanto.

— Não gosto disso.

Elias para de andar, ainda segurando a mão de Riley com força.

— Não acha que, se alguém quisesse chegar até você, já o teria feito?

— Eu... eu acho que sim. — *Porra. Não sei.* Talvez seja hora de ser honesta com Riley e Elias. Eles são meus amigos mais próximos aqui e pode ajudar se souberem o que está acontecendo. Aceno em direção às escadas em frente à biblioteca. — Podemos pular os lanches e nos sentar? Há algo que preciso dizer a vocês dois.

— Você está bem? — Riley pergunta.

Ao mesmo tempo, Elias diz:

— Sim. Claro.

Mordo meu lábio, sentando no último degrau. Minhas pernas se estendem na minha frente e giro meus polegares no colo, tentando descobrir por onde começar.

— Socorro! — alguém grita ao longe, chamando toda a nossa atenção. Estou de pé novamente, meu coração disparado.

— O que foi isso?

— Não sei. Parecia uma garota — diz Riley.

Olhamos em volta, esperando que alguém apareça, quando o som angustiante dos gritos de uma garota ecoa pela praça da pequena cidade.

Riley começa a caminhar firmemente em direção ao som e eu grito atrás dela:

— Não vá, Ry. Você não sabe quem está lá fora!

Elias corre para o lado dela, tentando impedi-la.

— Alguém está com problemas — Riley sibila, tirando o braço de Elias de seu quadril. — Temos que tentar ajudar.

Estou tremendo incontrolavelmente. Frenética. Aterrorizada. Não tenho certeza se devo ir com ela ou ficar para trás. Estou com muito medo de tomar uma decisão.

Antes que eu tenha que decidir, ao longe, alguém sai cambaleando da floresta. Riley e Elias correm para o lado dela e pressiono as pontas dos dedos nas têmporas, sem saber o que diabos está acontecendo.

— Quem é? — grito, com muito medo de descobrir por mim mesma. *Ela está machucada? Está viva?*

— É Melody — Riley grita de volta.

Recompondo-me, corro até eles e vejo Melody sentada no chão, abraçando os joelhos contra o peito. Seu rosto está manchado com uma mistura de lágrimas e sujeira. Seu cabelo está uma bagunça e sua jaqueta branca está rasgada na manga.

— Ai, meu Deus, Melody — berro, caindo ao lado dela —, você está bem?

Ela nega com a cabeça, chorando.

— Alguém me agarrou. Ele está lá dentro.

— Dentro onde? — pergunto. — Na floresta?

Ela acena com a cabeça, o corpo tremendo. Seus olhos se fixam nos meus e sua expressão muda para um medo profundo.

— Ele quer você, Scarlett.

— Eu? — gaguejo. — Por que você diria isso? O que ele disse?

Ela estende a mão para mim e abre o punho. Em sua palma está um pequeno pedaço de papel dobrado.

— O que é isso? — indago, embora eu possa ver claramente o que é.

— Ele me disse para te dar.

Relutantemente, pego o bilhete dela com a mão trêmula.

— Abra — Riley me pede, consolando Melody com a mão em seu ombro.

Olho de pessoa para pessoa, não tenho tanta certeza se quero saber o que esta nota diz.

— O que diabos você está esperando? Abra! — Melody empurra, e posso ver que voltou ao seu estado normal de vadia.

Lentamente, eu o desdobro. Meus olhos se fecham e, quando os abro, leio as palavras em minha cabeça.

Era para ser você.

Estremecendo, deixo o papel flutuar até chão. Caio de bunda na neve.

— Não. Não! — Isso é tudo que posso dizer porque não consigo pensar com coerência suficiente para formar uma frase completa.

Riley pega o papel, lê e entrega para Elias enquanto ela olha para mim com olhos apavorados.

— O que isso significa? *Era para ser você?*

Melody arranca a nota de Elias, em seguida, embola-a e joga em mim.

— Isso significa que minha melhor amiga nunca deveria ter sido atacado. Deveria ser ela. Claro que isso é tudo culpa sua.

— Não — balanço a cabeça, negando —, não é minha culpa.

— É sim, e agora Hannah está ferida por sua causa.

— Cala a boca, Melody — Elias resmunga. — Como diabos Scarlett deveria saber que Hannah seria ferida naqueles túneis?

— Espere — eu digo, meio pensativa —, e se ele não estiver se referindo a Hannah, mas sim a Lucy? Alguém agarrou Lucy no meu quarto, mas, quando ela gritou, ele a empurrou e saiu correndo. E se ele estivesse tentando me sequestrar?

Melody zomba ao se levantar:

— Bem, de qualquer forma, a culpa é sua. Sugiro que você se entregue para evitar que alguém se machuque.

Algo simplesmente não está somando aqui. Como Melody está subitamente envolvida nisso, afinal? Melhor ainda, por que ela está?

Olho para ela, carrancuda.

— Por que eu deveria acreditar em qualquer coisa que você diz? Pelo que sei, é você que está fazendo tudo isso. Você me odeia, então por que não?

Ela ri.

— Ah, sim… e eu apenas decidi bater a cabeça da minha melhor amiga na parede. Você se ouve?

O cronograma de aulas de Melody. Outra peça de evidência que entra em jogo.

— Eu tenho uma pergunta para você, Melody? Onde está o seu cronograma de aulas?

Ela zomba.

— Que inferno, eu sei lá.

— Eu sei. Encontrei-o no chão da biblioteca depois que alguém o deixou cair. Agora estou pensando se esse alguém era você.

— Eu? — Ela ri, sarcástica. — Na Biblioteca? Agora você está realmente parecendo louca.

— Você estaria disfarçada. Então sim.

— Alguém, por favor, diga a essa garota que ela oficialmente enlouqueceu.

— Talvez eu tenha enlouquecido. Mas por que você não nos conta o que essa pessoa misteriosa na floresta estava vestindo, Melody? — enuncio o nome dela, acrescentando um toque do meu próprio sarcasmo.

— Umm. Uma túnica preta com capuz e uma máscara de esqui preta.

Exatamente o que vi na biblioteca.

— Ele falou com você?

— Não, Scarlett. Ele usou linguagem gestual para me dizer para lhe dar esta nota. Sim, ele falou comigo, porra.

Cara, eu realmente quero socar essa vadia estúpida. Mas não vou. Ainda não.

— E por acaso você reconheceu a voz dele?

— Você não acha que, se eu reconhecesse a voz dele, eu te diria quem era? — Ela escova a neve de seu jeans branco. — Eu tenho que ir. Elias, pode me acompanhar até meu dormitório, por favor? Realmente não quero ficar sozinha depois do que acabou de acontecer.

Elias troca um olhar comigo e com Riley antes de dizer:

— Sim. Acho que você pode caminhar conosco? — Ele olha para mim. — Tudo bem por você?

Dou de ombros.

— Tanto faz.

Na caminhada de volta, estou perdida em meus pensamentos. E se eu realmente for quem esse cara quer? As pessoas estão se machucando no processo, tudo para que ele possa chegar até mim.

Talvez Melody esteja certa. Talvez eu precise me entregar. Mas, antes de decidir, preciso saber o que estou enfrentando. Parte de mim espera que realmente seja Melody, para que eu possa finalmente acertá-la onde dói... bem na porra da mandíbula.

CAPÍTULO DEZ

JAGGER

Ontem à noite, depois que Crew buscou Scar, ela nos contou sobre uma situação que envolvia Melody Higgins. As coisas estão ficando muito complicadas e, se não fizermos algo logo, vamos perder o controle completo sobre o corpo discente. Se isso acontecer, os Anciões serão forçados a intervir e os caras e eu corremos o risco de perder toda a nossa autoridade.

— Talvez eu devesse não ir ao jogo — diz Crew, andando pelo chão do meu quarto. Seus olhos estão fixos nos pés; ele tem estado imerso em pensamentos a manhã toda.

Vasculho os moletons no meu armário, procurando pelo meu favorito.

— E que bem isso faria?

— Scar precisa de proteção extra. Ela está minimizando demais isso, e acho que não percebe o perigo que corre. Se eu não for ao jogo, posso ficar com ela.

Minhas mãos caem para os lados quando me lembro que deixei Scar ficar com meu moletom do Essex High ontem à noite. Tenho certeza que ela emprestou para a garota frenética no convés. Não tenho certeza se ela pegou de volta.

— Olha. Neo e eu ficaremos de olho em Scar. Ela vai ficar bem.

— Neo? — Crew ri. — Eu não confiaria naquele filho da puta com um peixinho dourado, muito menos com a minha garota.

Sua garota. É isso que ela é?

— Você confia em mim?

Há um momento de silêncio antes que ele diga:

— Claro que sim.

Mas confia mesmo?

— E diz isso com convicção?

— Eu não deveria confiar em você?

Pego um moletom aleatório de um cabide e o seguro — um preto com o logotipo azul-petróleo da BCA. Uma vez que o puxo sobre a cabeça e deslizo os braços dentro, viro-me para encarar Crew.

— Depende do que estamos falando. No que diz respeito a manter Scar segura, é claro.

— E — ele fala lentamente, olhando para mim — em relação à outra coisa...?

— Então não. Você provavelmente não deveria.

Quando o encaro, ele está carrancudo. Inclina a cabeça para o lado.

— Se importa de explicar melhor?

Eu não tinha intenção de insistir nisso agora, mas estamos sozinhos e é hora de dizer alguma merda.

— Você sabe que eu gosto dela. — Minhas palavras saem tão suaves quanto uma conversa casual durante o café da manhã.

— Não me diga. Mas você sabe que estamos juntos agora. Aparentemente, isso não significa merda nenhuma, no entanto. Significa?

— Não sabia que você e Scar tinham um rótulo em seu relacionamento, mas, de qualquer forma, não quero ficar entre os dois, se é isso que você está pensando.

— E daí? — Ele ri ironicamente. — Você só quer que eu a compartilhe com você? Eu não sou Neo, e esta não é uma garota aleatória.

Todos nós compartilhamos garotas mais vezes do que posso contar, mas não é isso que estou pedindo. Se estou sendo técnico, não estou pedindo nada. Não preciso da permissão de Crew, mas, por respeito, estou deixando-o saber do meu posicionamento.

— Não se trata de uma foda de uma noite e você sabe disso.

— Então do que se trata? Explique-se, *melhor amigo*. — Ele enfatiza o título, sentando-se na cadeira da minha escrivaninha. As veias em seus braços se projetam quando ele estala sua mandíbula.

— Scar já te contou sobre o primeiro beijo dela?

Suas sobrancelhas se juntam e ele bufa.

— Não. Por que diabos eu me importaria com o primeiro beijo dela?

— Fui eu. — Pressiono meus lábios juntos, observando-o atentamente para uma reação.

Seus ombros recuam, o peito apertado.

— Besteira.

— É verdade. Quatro anos atrás, para ser exato. Também fui o segundo, terceiro, quarto...

— Cale a boca. Mesmo que isso seja verdade, não importa. O que importa é o último beijo dela. Que serei eu.

Estalo minha língua no céu da boca.

— Vamos ver.

A próxima coisa que sei é que Crew está de pé, avançando sobre mim. Quando vou empurrá-lo de volta, não querendo fazer essa merda de novo, ele agarra minha cintura e me joga no chão. Minhas costas batem com um baque, tirando o ar de mim.

— Qual é o problema com você? — Rosno para ele, nariz com nariz.

— Eu a perdi uma vez e não vou perdê-la novamente porque de repente você decidiu que tem uma queda pela minha garota.

Trocamos golpes enquanto ele tenta me agarrar pelo pescoço.

— Não é uma paixão repentina. Eu tenho sentimentos por Scar há anos.

— Mentiroso! Eu conheço você, Jagger. Você não tem sentimentos por garotas. Você quer transar com ela e deixá-la como faz com qualquer outra garota.

Quando ele faz um movimento errado, eu fico com a vantagem. Em um gesto rápido, chuto minha perna para cima, jogando-o para longe de mim e de costas. Com os dois pulsos presos em minhas mãos contra o chão, ele não tem chance.

— Talvez eu tenha desistido de todas as outras porque estava esperando por ela.

— Bem, irmão, você esperou demais. Ela está comigo agora.

— Sei que ela sente algo por mim. Você também sabe disso. Se não o soubesse, não se sentiria tão ameaçado por mim.

— Eu não vejo merda nenhuma e com certeza não me sinto ameaçado.

Ele se contorce, tentando se libertar, mas empurro seus pulsos com força no chão.

— Então me dê uma chance com ela. Na pior das hipóteses, ela não vai retribuir meus sentimentos e ficará com você.

— Ela não vai fazer isso. De jeito nenhum.

Ele diz as palavras, mas o ressentimento em sua expressão diz a verdade — ele está preocupado.

— Você não sabe.

Crew se rende e vira a cabeça, olhando para a esquerda. Quando me encara, ele curva o lábio.

— O que você quer dela?

É simples, realmente.

— Eu só quero uma chance.

Eu o solto e saio de cima dele. Crew se levanta, rolando os pulsos e rangendo os dentes.

— Dê o seu melhor. Mas não espere nada dela em troca. Ela não vai te dar. Com isso, ele sai do meu quarto, batendo a porta com força atrás de si.

— Sabe — Scar começa, dando uma mordida em seu cachorro-quente —, normalmente eu diria que estou bem e não preciso de sua proteção, mas, depois de ontem, meu orgulho está ficando em segundo plano. — Seus braços acenam pela cozinha, cachorro-quente na mão. — Vou ficar satisfeita com toda a segurança deste ponto em diante.

Pego meu prato de papel vazio da mesa e empurro minha cadeira para trás.

— Que bom. Porque não tenho intenção de deixá-la fora da minha vista. Somos você e eu esta noite, garota.

Com a boca cheia, ela aponta seu cachorro-quente meio comido para mim.

— É um encontro.

Se fosse...

— Então — continuo —, o plano é ir para o jogo, então voltar aqui para uma noite tranquila. Colocamos um toque de recolher temporário até pegarmos esse cara. Todo mundo está em seus dormitórios às onze horas neste fim de semana.

Ela ri, encontrando humor na situação.

— Se você realmente acha que todo mundo vai respeitar isso, você está delirando.

— Honestamente? Eu não me importo com todos os outros. Só me importo com você.

Ela está no meio da mordida quando se detém.

— Crew disse a mesma coisa ontem à noite.

— Acho que Crew e eu pensamos da mesma forma.

Mais do que eu gostaria de admitir.

Piso na alavanca da lata de lixo e jogo meu prato dentro.

— O pontapé inicial é em dez minutos. Provavelmente deveríamos ir.

Scar enfia o resto do cachorro-quente na boca, enchendo as bochechas e mastigando. Eu rio para ela, dando-lhe um olhar.

— O quê?

— Apenas admirando sua etiqueta no jantar.

Ela aponta para a boca, mastigando e falando.

— É um cachorro-quente. Cachorro-quente não exige etiqueta.

— Bom ponto. — Estendo a mão para ela, que a pega.

Estamos andando pela cozinha quando Scar para na geladeira.

— Será que o todo-poderoso líder dos Ilegais me penalizaria se eu levasse um pouco de bebida para o jogo esta noite? — Ela bate os cílios, tentando me cortejar… e está funcionando.

— Depende. Você planeja compartilhar com seu todo-poderoso líder dos Ilegais?

— Absolutamente. — Ela me cutuca com o cotovelo. — Somos amigos agora, certo?

Amigos. A palavra é como uma faca direto no estômago. *Somos apenas amigos.*

Ela tira meia garrafa de uísque da geladeira, o que é adequado para esta noite fria.

— Sim — eu digo —, somos. — Passo um braço em volta do ombro dela e a levo para fora da cozinha. Uma vez que estamos perto da porta, eu a solto. Ela calça as botas de neve e veste o casaco de inverno, enfiando a bebida no bolso interno da jaqueta, enquanto amarro minhas botas pretas de combate.

Estamos na metade do caminho para fora da porta quando o ar frio me atinge, então pego uma jaqueta do cabide. É de Neo, e ele provavelmente vai criar um inferno por causa disso, mas é melhor do que congelar minha bunda em apenas um moletom.

Não está nevando agora, mas há pelo menos um centímetro no chão e, quando o vento aumenta, flocos caem das árvores.

Levo Scar até meu trenó e entrego a ela o capacete coberto de neve. Ela o limpa e diz:

— Ainda bem que não fiz nada de especial com meu cabelo hoje. — Então o veste.

Assim que colocamos nossos capacetes, ligo o motor e saio. Esta é a segunda vez em vinte e quatro horas que Scar anda na minha garupa, e estou começando a me acostumar com a sensação de seu corpo pressionado contra o meu. Agora, quando ela não estiver lá, sentirei falta do calor que emana dela. Para alguém que sente frio o tempo todo, ela com certeza emite muito calor corporal.

Paro nas arquibancadas do campo de futebol, virando algumas cabeças. Ou todas elas, para ser sincero.

Uma olhada ao redor da área prova que Neo não está aqui, e não estou nem um pouco surpreso. Ultimamente, seu tempo é gasto cavando no mistério que nos cerca. Isso o consome, assim como o caso de Maddie. Isto é, até que foi fechado, mas mesmo assim, ele continuou cavando e chegou à conclusão de que a culpa era de Scar. Não há como dizer aonde sua mente o levará desta vez.

Scar e eu descemos do trenó e prendemos nossos capacetes no guidão.

— O público não está ruim — comenta. — Com um louco à solta, imaginei que mais alunos ficariam perto de seus dormitórios.

— É. Duvido que a maioria deles leve essa merda a sério. No que lhes diz respeito, é apenas mais um jogo nosso.

Scar me lança um olhar interrogativo, como se ela mesma estivesse se questionando. Ela pode ter certeza de que não é.

— Você precisa saber que este não é um dos nossos jogos, não importa o que tenhamos feito.

— Eu sei — diz ela. — Você pode me culpar por considerar isso, no entanto?

Nego com a cabeça.

— Não. Nem um pouco. — Observo a multidão, os jogadores de futebol, o cenário. Todos nesta escola têm uma programação, até eu. *Especialmente eu.*

— Ei. — Ela sorri, as marcas em suas bochechas pronunciadas. — Me encontra embaixo da arquibancada. — E com isso ela sai andando firme e me deixando em sua sombra.

Mordendo o lábio, olho em volta novamente, certificando-me de que ninguém está assistindo — não sei por que me importo — e corro atrás dela.

Quando a alcanço, ela está tirando a garrafa da jaqueta.

— Aqui — diz, entregando-a para mim.

Olho de soslaio para ela, sorrindo.

— Está tentando me embebedar?

— Talvez eu esteja. — Ela me dá um sorriso sedutor que me faz questionar toda a declaração de amigos que fez antes.

Com a garrafa na mão, abro a tampa e engulo uma boa dose. A poderosa pitada de canela desce pela minha garganta, inflamando meu esôfago. Entrego de volta para ela, que toma um golinho.

— Ah, vamos lá. Se eu estou ficando bêbado, você também está.

Ela faz uma careta, pressionando a garrafa em seus lábios rosados. O que eu não daria para ser aquela garrafa agora. *Porra.* Eu quero devorar sua boca. Risque isso. Eu *preciso* devorar sua boca e seu corpo. Quero tudo isso. Cada pedacinho dela. Suas lágrimas depois de um dia difícil. Seu sorriso quando está feliz. Até a atitude dela quando está de mau humor. Vou saborear tudo. Crew nunca apreciará esses pequenos momentos como eu. Ele nunca pode se entregar totalmente a ela, porque está muito preocupado com seu lugar na Sociedade. Pelo menos, é o que sempre pensei. Estou começando a me perguntar se ele percebeu que ela vale a pena perder tudo e a reação de Neo também.

— Jagger — chama, sacudindo a garrafa na minha frente. Quando olho para baixo, percebo que está apenas um quarto cheio.

— Puta merda, garota. Você não está brincando hoje.

— Estamos ficando bêbados, não estamos?

Pego a garrafa, virando-a para outro gole, depois pego a tampa da mão dela.

— É melhor se você se controlar. Você não está acostumada a beber.

— Quem disse? — Ela bufa. — Você tem me observado?

Torço a tampa de volta e engulo um sorriso.

— Talvez eu tenha.

— Parece ser o *modus operandi* de todos aqui.

— Mas nem todos temos os mesmos motivos. Isso eu posso garantir.

Abraçando o casaco contra o peito, ela pergunta:

— Qual é o seu motivo? O que você quer de mim, Jagger?

Não é o que eu quero de você, mas com você.

— Sua segurança. Isso é tudo que me importa. — Não é mentira.

Os olhos de Scar queimam nos meus, e eu me pergunto se ela espera que eu diga mais. Devolvo a garrafa, cortando o momento tenso.

— Aqui. Mais um não vai doer.

Depois de alguns minutos de conversa fiada sobre o tempo, o álcool começa a fazer efeito.

— Jagger — Scar diz, apreensiva.

— Sim?

— Posso confiar em você com um segredo?

Esse parece ser um assunto pesado ultimamente entre nós quatro. Mas tem que haver uma razão para ela estar perguntando isso.

— Claro. Você pode me dizer qualquer coisa.

— Que bom. Porque vou ser brutalmente honesta com você. — *Ah, merda. Lá vem.* — Eu não planejava te contar, mas vou aos túneis hoje à noite.

— De jeito nenhum você vai! — As palavras voam da minha boca sem nenhum processo de pensamento por trás delas. — Você está louca?

Completamente indiferente à minha explosão, ela joga os ombros para trás.

— Eu estou indo, e você não pode me impedir.

Sua determinação é fofa, mas não vou desistir.

— Eu posso e vou te parar, mesmo que isso signifique amarrar você na sua cama.

— Excêntrico. Mas não. Vou para os túneis, checar aquela sala que você e os caras encontraram.

— Então serei forçado a deixar Crew e Neo entrarem em seu plano.

Sua testa franze, as sobrancelhas apertadas.

— Você disse que eu podia confiar em você.

Droga. Por que ela está me colocando nesta posição? Minha cabeça cai para trás e estou olhando fixamente para as arquibancadas acima de mim.

— Tudo bem — cuspo. — Você pode ir. — Seus olhos se iluminam, mas eu não terminei. — Mas eu vou com você.

— Ok.

— Ok? — Estou um pouco surpreso por ela ter concordado tão rapidamente.

— Realmente não queria ir sozinha de qualquer maneira. Agora, se alguém vier atrás de mim, posso usar você como isca. — Ela ergue o queixo e, quando faço uma careta, ela ri. — Estou te zoando. Com toda a seriedade, fiquei um pouco assustada com a ideia de ir lá sozinha.

— Como deveria. Essa merda não é brincadeira, Scar.

— Ok, então. — Ela enfia a bebida de volta no bolso. — Vamos fazer isso. — Seu braço engancha em volta do meu, e ela nos pula para fora das arquibancadas, seu zumbido óbvio.

Antes de sairmos, eu me abaixo e olho para os dois lados. Há um grupo de alunos reunidos à esquerda, mas não preciso me preocupar com ninguém. A pessoa que estou procurando provavelmente ainda não está aqui — Neo. Se ele vir Scar e eu subindo no meu trenó e saindo juntos, vai fazer perguntas. Crew está em campo, então não preciso me preocupar com ele. Assim que tenho certeza de que a barra está limpa, solto meu braço e a pego pela mão, levando-a para fora.

— Direto para o trenó. Não fale com ninguém.

— Você está bem para dirigir? — pergunta, e percebo que o álcool também a deixa barulhenta.

— Estou bem — sussurro.

O riso escapa dela.

— Por que você está sussurrando? Ninguém pode nos ouvir durante o jogo com todas as pessoas aqui.

Pego a mão dela, olhando para a frente.

— Você não entende em quanta merda vou me meter se alguém descobrir sobre isso. Então, apenas vá com calma.

Ela ri de novo, e posso ver que sua coragem disparou com apenas alguns shots.

Chegamos ao trenó e estou empurrando o capacete para ela, esperando que se apresse. Quando digo que estarei em sérios problemas se Neo e Crew descobrirem, não estou exagerando. Essa sala está cheia de teorias da conspiração, ameaças e segredos. Sem mencionar tudo relacionado à vida de Scar nos últimos dois anos.

— Calma, *pai!* — Ela ri de novo, e torço meus lábios para ela.

— Pelo amor de Deus, nunca mais me chame assim de novo.

Subo no trenó e ela está de volta ao seu lugar atrás de mim. Temos uma boa hora antes do jogo acabar, e só precisamos voltar antes que alguém saiba que saímos.

Sem perder tempo, saio daqui a toda velocidade, fazendo com que Scar me abrace ainda mais forte. Não há nada como estar entre as pernas dela, mas prefiro estar encarando a outra direção com o rosto para baixo. *Porra.* O pensamento faz meu pau estremecer nas calças.

Quando viro para a direita, Scar resmunga sob o escudo de seu capacete.

— Onde você está indo?

Levanto a voz e grito:

— Entrada diferente.

Se entrarmos pela Montanha Eldridge, não será uma caminhada tão longa pelos túneis.

Ela se acomoda de volta no lugar, descansando o queixo no meu ombro. Mesmo com o capacete e a brisa fria, ainda consigo sentir seu cheiro. Ou talvez o perfume dela esteja tão arraigado em minha mente que nunca sai de verdade — baunilha e lavanda — e caramba, ela cheira bem.

Dez minutos depois, estou parando no lado leste da Montanha Eldridge. Há uma velha porta que leva a uma escada que nos guiará direto para os túneis. Não é frequente usarmos esta entrada, mas foi como entrei da última vez que fui a essa sala e eliminou cerca de dez minutos de caminhada.

Viro a chave, desligando o trenó, e Scar joga a perna para o lado e se levanta. Pego o capacete dela, pendurando-o na alça, depois faço o mesmo com o meu.

— Vamos fazer isso rápido — digo a ela.

Enquanto caminhamos, Scar pega a garrafa de bebida e toma outro gole. Ela passa para mim, abrindo um sorriso.

— Quer um pouco de coragem?

Contra o meu melhor julgamento, pego dela e bebo a última gota, depois jogo a garrafa vazia à minha direita.

Minha língua varre meu lábio, absorvendo o excesso de líquido.

— Por aqui. É apenas uma pequena caminhada até a porta.

— Então — ela começa, olhando para mim com olhos sérios —, é um pouco tarde para perguntar isso, mas você tem proteção se precisarmos?

Paro de andar, olhos arregalados. *Ela realmente acabou de me perguntar isso?*

— Umm, sim. Eu sempre tenho proteção.

— Que bom. Segurança nunca é demais.

Ela está insinuando o que eu penso que está? Crew me disse para dar o meu melhor, mas eu não tinha ideia de que seria tão fácil. Não que dormir com Scar fosse o que eu estava me referindo quando disse que só queria uma chance. Mas se ela topar, não há nenhuma maneira no inferno que eu vou negá-la.

Nós nos aproximamos da porta e minha mente está em qualquer lugar, menos naquela sala. Cada passo faz meu coração disparar, e cada batida faz minha ereção latejar. Eu já provei a boca de Scar antes — senti o aperto de sua boceta com meus dedos, o tempo todo sonhando como seria enterrar meu pau dentro dela.

— Espere — digo, agarrando-a pela cintura e pressionando suas costas contra a velha porta coberta de trepadeiras. Seus olhos olham para mim, maravilhosos e cheios de luxúria.

— O que foi? — ela pergunta, em tom plácido.

Não tenho certeza se é a bebida ou as palavras dela brincando com minhas emoções, mas preciso descobrir se Scar retribui meus sentimentos.

Dê o seu melhor.

Minhas mãos se movem para sua cabeça, embalando-a em minhas palmas como um objeto quebrável.

Quando seus olhos dançam em minha boca, sei que ela sente a tensão crescendo entre nós.

Lentamente, aproximo seus lábios dos meus. Minha língua se arrasta levemente em seu lábio inferior, o doce sabor da canela acendendo algo dentro de mim.

— Jagger — ela sussurra, o calor de sua respiração enviando calafrios por todo o meu corpo.

Sei que ela quer isso tanto quanto eu. Posso sentir isso em meus ossos. Mas, esta não é uma garota qualquer — é Scar — e preciso da aprovação dela primeiro. Mas assim que conseguir, nunca mais pedirei.

Com nossos narizes se encostando, meus olhos queimando os dela, eu imploro:

— Diga-me para te beijar.

Quando ela hesita, minha postura relaxa e toda a esperança se perde. Esta era a minha chance, e eu estraguei tudo. Agora, isso nunca mais pode acontecer.

Ela pigarreia, suas palavras estalando.

— E Crew?

— Ele me disse para dar o meu melhor. Provavelmente não pensei que realmente faria isso. Mas aqui estou. — Engulo em seco. — Então, de novo... diga-me para te beijar, Scar.

Scar passa os dedos pelo meu cabelo bagunçado.

— Está bem então. Me beija.

Minhas sobrancelhas vão parar na minha testa.

— Sério?

Ela acena com a cabeça, sua bela boca levantada nos cantos.

— Se você não fizer isso, eu vou te beijar. — Antes que eu possa reagir, ela agarra meu rosto, puxando meus lábios para os dela.

É bruto e natural, como já fizemos mil vezes. Nossas línguas se entrelaçam e, se eu não tinha certeza antes, tenho agora. Sou louco por essa garota.

Meus dedos roçam suavemente suas bochechas e suas mãos se movem para minha cintura, me segurando no lugar. Movo a mão para seu quadril, deslizando-a sob todas as camadas em busca de sua pele macia. Quando carne encontra carne, eu rosno em sua boca.

— Foda-se, Scar. Você não tem ideia de quanto tempo esperei por isso.

Eu caio nela, meu peito arfando contra o seu. Soltando-a, pressiono as mãos em ambos os lados da porta, meus dedos ficando emaranhados nas teias de hera. Sua cabeça repousa para trás, os olhos fechados, e passo meus lábios por seu pescoço, chupando e beijando.

Respiro fundo, inalando-a. O cheiro de seu cabelo, combinado com um aroma fresco e amadeirado, inunda meus sentidos e meu corpo inteiro se enche de calor. Desta vez, tenho certeza de que o uísque quente não tem nada a ver com as chamas dançando em meu estômago.

— Vamos entrar — ela cantarola na minha boca. — E se...

Suas palavras falham, mas sei o que está pensando. *E se alguém nos vir?* Ela pode não se arrepender do que está acontecendo e sabe que Crew está ciente de nossa situação, mas deve haver uma parte dela que se sente desconfortável conosco aos olhos do público. Não que haja pessoas passando por aqui, de qualquer maneira. Estamos sozinhos, mas, para acalmá-la, seguro sua bunda e a levanto. Suas pernas envolvem minha cintura e já sinto falta do gosto de sua língua na minha.

Segurando-a com um braço, enfio a mão no bolso do casaco, tirando minhas chaves. Quando sua boca encontra meu pescoço, e ela o salpica de beijos, fico tentado a jogá-la no chão e tomá-la sobre este cobertor de neve.

Assim que destranco a porta, abro com um chute e a levo para dentro.

CAPÍTULO ONZE

SCAR

Não pense demais sobre isso, Scar.

Estava para acontecer há muito tempo. Eu sei isso. Jagger sabe. E o mais importante, Crew sabe disso. Ele disse para avisar a ele se alguma coisa mudasse entre mim e Jagger, e eu direi a ele. Vou contar tudo a ele.

O gosto salgado da pele de Jagger molha meus lábios e o aroma de cravo e sua colônia invadem minhas narinas. Calor sai de seu corpo, aquecendo cada centímetro do meu. Eu o seguro forte, não querendo soltá-lo, porque temo nunca mais tê-lo em meus braços novamente.

Tudo sobre isso está errado, mas, meu Deus, parece tão certo. No momento em que a boca de Jagger encontra a minha, eu ganho vida. Estou viva com Crew, mas é diferente com Jagger. Minha conexão com os dois é igual, mas, ainda assim, muito diferente.

Jagger dá um chute rápido na porta e ela se fecha. Afasto-me de seu pescoço, já sentindo falta de seu gosto quando pergunto:

— Devemos trancar?

Como uma besta enlouquecida, ele rosna:

— Não tem ninguém vindo.

Minhas costas batem na parede de tijolos do túnel, minhas pernas ainda apertadas em volta de sua cintura. Jagger resmunga na dobra do meu pescoço:

— Eu preciso de você. Agora. — Sua voz é rouca e faminta e eu quero mais do que tudo que ele se alimente de mim.

— Pode me pegar. Devore-me. Sou sua.

Ele se afasta, os olhos brilhando nos meus com uma expressão sombria que me diz que ele não acredita em mim.

— Tem certeza do que está dizendo?

— Agora mesmo. Sim.

É como se algo mudasse dentro dele e a agressividade tomasse conta.

— Então eu vou saborear cada maldito segundo disso.

Sim. Por favor, faça. Eu queria isso há muito tempo. Por anos, me perguntei quais eram os sentimentos de Jagger por mim. Depois de cada encontro secreto na casa da árvore — cada beijo compartilhado —, eu tinha certeza de que ele estava se apaixonando por mim. Então a casa da árvore se foi, e ele também. Não no sentido real, mas emocionalmente, ele desistiu. Eventualmente, eu fiz o mesmo. Não adiantava segurar alguém que já tinha largado.

Agora aqui estamos nós. De volta onde começamos.

Jagger deixa cair as mãos dos meus quadris e meus pés pousam em terra firme. O zíper do meu casaco voa para baixo e ele puxa os ombros para trás. Ofegante com cada respiração, tiro os braços para fora.

Meu casaco cai no chão e, antes que qualquer outro artigo seja retirado, Jagger me beija novamente. Desta vez, a paixão chia. Eletricidade corre através de mim, atingindo cada nervo com uma necessidade desesperada. *Mais. Quero tudo isso. Tudo dele.*

Não importa quão perto ele esteja, não é o suficiente. Eu retribuo o favor, tirando o casaco para ele, nossos lábios nunca se separando. Uma vez que ele está livre, tira o moletom e o deixa cair. Minhas mãos sobem por sua camisa, apalpando os músculos rígidos de seu abdômen. É muito difícil vê-lo, então uso o tato, o paladar e o olfato como meus únicos sentidos. E agora, estou amando o que sinto. Jagger tem sido muitas coisas para mim: um amigo, um segredo, um inimigo e um ladrão, mas a única coisa que tem sido constante é a atração física que sinto por ele. Ele, Crew e Neo são três dos caras mais lindos que já vi, e eu nunca negaria isso, mesmo durante meses — anos — de hostilidade.

Nossos lábios deslizam juntos com facilidade enquanto a frustração sexual queima até o ponto de combustão. Agarro a bainha de sua camisa, levantando-a e quebrando nosso beijo. Com um arremesso, ela cai em algum lugar no escuro. Em seguida, minha camisa deixa meu corpo. Então meu sutiã. Dedos frios mexem no botão do meu jeans, abrindo-o. O único som é a nossa respiração pesada antes de Jagger dizer:

— Vire-se.

Obedeço, virando-me para a parede. Ele pega uma das mãos, pressionando-a contra o tijolo frio. Depois a outra. Eu as mantenho no lugar enquanto ele puxa para baixo meu jeans e minha calcinha, deixando-os em volta dos meus tornozelos. Meu corpo estremece em resposta, e definitivamente não é por causa da temperatura fria. Cada sentimento dentro de mim é devido a Jagger e o que ele está fazendo comigo — e o que ele não está fazendo comigo.

Quando sua calça jeans cai, um sorriso rasteja em meu rosto.

Isso está realmente acontecendo. Posso estar agindo como uma prostituta agora, fodendo o melhor amigo de Crew, mas, no fundo, sei que Crew previu isso e me convenci de que ele não se importaria. Eu sabia desde aquele dia na roda-gigante; era inevitável.

Os dedos de Jagger espanam a parte interna da minha coxa, deslizando mais e mais até que ele para na fenda da minha boceta. Sua outra mão varre meu cabelo para o lado e seu hálito quente no meu pescoço envia arrepios pelas minhas costas.

— Eu vou te foder, Scarlett. — Suas palavras são uma canção em meu ouvido. — Eu vou te foder com tanta força que você vai andar de pernas tortas por dias. Então, eu vou te foder de novo.

Puta merda. Meu corpo treme, as pernas fraquejando como se tivessem vontade própria.

Quando seus dedos acariciam minha boceta com uma pequena pressão, fico desesperada.

— Faça isso. Agora. — Minhas palavras saem ofegantes e angustiadas.

Ele ri, um som ameaçador.

— Paciência, minha linda.

Minhas pernas se abrem, as costas arqueadas, e permito a entrada dele. Não estou muito longe de implorar neste momento e, se ele não me der o que preciso logo, vou pegar eu mesma.

— Por favor — choramingo.

Arrastando seus dedos para trás, eles deslizam entre minhas nádegas. Em círculos febris, ele esfrega meu buraco, e é outra coisa que nunca senti antes. Só estive com um cara em toda a minha vida e, embora Crew seja incrível na cama, ele não é agressivo — além do sexo cheio de ódio que tivemos, que foi insanamente gratificante.

Curiosamente, é bom, então deixo Jagger me usar do jeito que quer.

— Você já foi fodida na bunda, Scarlett? — A maneira como ele está dizendo meu nome de batismo e não o apelido com o qual me rotularam é sexy pra caramba.

— Não — digo a ele, honestamente.

Com o queixo no meu ombro, ele sussurra suavemente em meu ouvido:

— Ótimo. Guarde isso para mim. Vou foder da próxima vez.

Ele move a mão e eu volto a implorar.

— Faça alguma coisa. Qualquer coisa.

Sua boca se arrasta pela pele do meu pescoço, os dentes roçando a carne sensível. Um gemido de desespero sobe pela minha garganta, e pra mim já chega.

Eu giro, com as mãos plantadas em seu peito, e o empurro para trás, até que suas costas estejam pressionadas contra a parede da escada. Não posso ver seu rosto, mas posso sentir a resistência em seu corpo, embora ele não me afaste.

— Se você não me der o que eu quero, então terei que pegar eu mesma. — Abaixo-me, envolvendo seu pau na minha mão, e suspiro audivelmente. Meu Deus, ele é enorme. Acho que isso explica seu grande ego e a razão pela qual tantas garotas caem aos seus pés. Não tenho certeza se minha boca poderia abrir o suficiente para caber tudo.

— Algum problema? — Jagger pergunta, e fico sem palavras. — Você disse que pegaria o que quisesse, então vá em frente. Pegue. — Sua mão pressiona o topo da minha cabeça e ele força a pressão até que eu esteja ajoelhada na sua frente.

— Não é exatamente o que eu tinha em mente — gaguejo. — Mas tudo bem. — Dou a ele algumas bombeadas, incapaz de envolver meus dedos em torno de sua circunferência total.

Jagger pressiona a parte de trás da minha cabeça, guiando-me em direção ao seu pau monstruoso. Engulo em seco, lambo meus lábios e os abro bem.

Ele desliza com facilidade e, ao se encaixar, meus dentes se arrastam em sua cabeça. Engulo o máximo que posso, sentindo-o bater no fundo da minha garganta. Minha mão bombeia em sincronia com os movimentos da minha boca, dando atenção à outra ponta de seu pênis.

Quando ele agarra meu cabelo e resmunga, satisfeito com meu desempenho, sinto um impulso de confiança. Alcanço entre suas pernas e seguro suas bolas, acariciando-as na palma da minha mão.

— Hmm. Você está indo tão bem.

Tirando-o da minha boca, arrasto a língua para baixo em seu comprimento, em seguida, chupo-o de lado, trabalhando meu caminho de volta para cima. A saliva cobre sua ereção e a limpo com as mãos, acariciando-o para frente e para trás.

Jagger manobra a si mesmo para que esteja de volta na minha boca, sua mão regulando cada movimento meu. Ele empurra profundamente, me fazendo engasgar, mas eu continuo, porque cada gemido de sua boca me deixa faminta por seu êxtase.

— Meu pau ama sua boca, minha linda.

Suas palavras me apaziguam, e pego meu ritmo, sua mão se arrastando pelo meu cabelo, emaranhando mechas em seus dedos. Assim que o sinto inchar contra minhas bochechas, puxo minha boca para longe dele. Ele empurra minha cabeça para trás para que eu o encare, embora não consiga ver seu rosto.

— Mãos e joelhos. Agora — grita a ordem, e faço o que ele manda. Quando percebo, Jagger está de costas e sua cabeça está entre as minhas pernas. As mechas finas de seu cabelo se arrepiam na parte interna da minha coxa, e ele diz: — Sente-se na minha cara.

Hesito, sentindo-me um pouco constrangida e inexperiente quando se trata desta posição. Quando não me mexo, ele aperta as pontas dos dedos em cada uma das nádegas da minha bunda e me puxa para baixo.

— Ai, porra! — exclamo. Eu não estava esperando isso. Seus dentes mordiscam meu clitóris e pisco para afastar as estrelas cintilando em meus olhos.

Dois dedos se enfiam dentro de mim e não há nada de gentil na maneira como ele os está trabalhando.

Até os nós dos dedos, ele enrola os dedos, bombeando-os continuamente. Posso sentir minha excitação escorrendo de mim, e ele usa sua língua para limpar a bagunça que estou fazendo.

— Caramba. Você está encharcada.

Ele chupa com mais força, então volta a passar a língua enquanto mordo meu lábio com força. Meu peito sobe e desce em movimentos rápidos, quadris balançando.

Quando ele puxa os dedos para fora, eu resmungo:

— Não se atreva a parar, porra.

— Alguém é mandona. — Sua risada vibra contra o meu sexo. — Mas eu estou no controle aqui e você não vai gozar até que eu deixe.

— Boa tentativa, mas ninguém me controla. — Empurro para cima com as mãos até que minhas costas tenham apenas um leve arco, e rolo e me movo, deixando-o sem escolha. A barba curta de seu queixo raspa contra minha boceta, e eu grito de prazer.

Duas mãos pousam na parte interna das minhas coxas, beliscando com tenacidade e trazendo sangue à superfície, e sei que devo esperar dois hematomas. Jagger empurra para cima, me puxando para longe de seu rosto.

— O que você está fazendo? — pergunto, sem fôlego.

— O que eu quiser. — Ele vem por trás de mim, seu peito tocando minhas costas. Um dedo pressiona meu queixo e ele levanta. —Você me diz se estiver sendo muito duro, tudo bem, linda?

Aceno contra seu toque.

— Que bom. Porque aí vou te foder com mais força. Quero ouvir você gritar, Scarlett.

Estou fodida — literalmente. Quem sou eu e desde quando deixo qualquer garoto me controlar assim? Está fora do normal para mim, mas, caramba, eu rastejaria de joelhos e imploraria neste momento.

Respiro fundo, me preparando, mas, antes que eu possa expirar, Jagger está mergulhando seu pênis bestial dentro de mim.

Meus pulmões esvaziam com o impacto e meu corpo se sacode para a frente, as unhas arranhando a superfície do piso de concreto abaixo de mim.

Duas mãos pousam em meus quadris, dedos enterrando em minha pele. Jagger me empurra para longe, então me puxa de volta, me preenchendo completamente. Meu estômago incha com cada impulso, onde seu pau se acomoda dentro de mim. Ele gira os quadris para a esquerda e para a direita, moldando-me em si; embora haja uma pontada de dor, não vou fazê-lo parar. Nunca vou fazê-lo parar.

— Dói? — pergunta, sua voz inebriante e rouca.

— Não — garanto, soltando o ar.

Não satisfeito com a minha resposta, ele agarra um punhado do meu cabelo, puxando para trás e expondo meu pescoço. Eu suspiro, e empurra mais fundo, mais forte, mais rápido. Minha bunda ricocheteia em seu osso pélvico e meus joelhos batem no chão, pedrinhas de concreto se encaixando em minhas rótulas.

— E agora?

Sou minha pior inimiga quando respondo:

— Não.

Ele empurra com mais força, e meus folículos capilares estão pegando fogo. Quando envolve a mão em volta da minha garganta, apertando, eu engulo em seco. Choramingo. Gemo. Grito. Consigo dizer as palavras:

— Ai, meu Deus, Jagger.

Meu corpo inteiro paralisa. Meu sangue bombeia mais rápido. Meu coração dispara e o pulso em meu pescoço bate contra a palma da mão. Minhas paredes se apertam, envolvendo seu pau, até que ele desacelera seus movimentos para nada mais do que um constante entrar e sair. Suas mãos voltam para meus quadris, e imploro internamente para que ele me sufoque novamente.

— Eu já disse que você poderia gozer?

— Termine logo isso, caramba. — Minhas palavras são cheias de intenção porque, se ele não o fizer, vou prendê-lo no chão e cavalgar seu pau até esguichar por todo o estômago.

— Já que você pediu tão educadamente. — Ele me penetra novamente, sua mão batendo na minha boceta enquanto ele rosna um som animalesco. Ergo as costas e o encontro, impulso após impulso, chegando ao auge do meu clímax. Posso sentir a cabeça de seu pênis se expandir antes de ele grunhir e gozar dentro de mim.

Minha boca se abre para expirar todo o ar reprimido em meus pulmões.

Mais algumas estocadas e ele sai, antes que eu caia direto no chão, completamente nua. Minha mente está em um estado alterado; não consigo pensar com clareza.

— Isso foi... intenso — finalmente digo, através de cordas vocais secas e lábios rachados.

Eu posso senti-lo sair do meu lado, então me levanto do chão frio, limpando a areia e a sujeira do meu corpo o melhor que posso.

— Eu definitivamente vou precisar de um banho...

Antes que eu possa terminar minha frase, seus lábios estão nos meus. Dedos enraizados no meu cabelo, mais uma vez. Só que desta vez, é suave e gentil, e é o Jagger que eu conheço.

Retribuo o beijo e envolvo meus braços em seu pescoço.

— Obrigado — murmura em minha boca.

— Pelo quê?

— Por ter me dado uma chance. — Ele me beija de novo, e sorrio contra seus lábios.

Não tenho certeza se algum dia vou me arrepender do que acabamos de fazer, mas espero que Crew possa me perdoar por querer fazer isso de novo.

CAPÍTULO DOZE

JAGGER

Depois que Scar e eu recuperamos o fôlego e nos vestimos, pego sua mão e a conduzo pelos túneis. Não fui capaz de ver seu rosto naquela sala onde corrompi seu corpo, mas posso vê-la agora e o sorriso em seu rosto reflete o meu.

Este momento, bem aqui, é tudo que eu estava esperando. O sexo foi incrível, mas sexo pode ser feito com qualquer um. É a mão dela na minha e eu sendo a razão do seu sorriso que tanto desejei.

— Ei, Jagger? — chama, e volto meu olhar para o dela. — Lembra ontem quando você me levou para a roda-gigante e me disse que queria me contar uma coisa?

— Sim — respondo.

— O que era?

Meu polegar roça o ponto macio entre o polegar e o dedo indicador. Abro um sorriso.

— Não importa agora.

Ela para.

— Ah, vamos lá. Você me levou até lá, mesmo quando pensávamos que o corpo estudantil estava sob ataque. Deve ter sido importante.

Estamos sob a luz fraca de uma arandela, seus olhos arregalados em consideração.

— Realmente quer saber?

— Realmente quero.

Pego sua outra mão, puxando-a para perto, depois coloco seus braços sobre meus ombros. Cara a cara, pergunto:

— Você se lembra da última vez que nos beijamos? Na noite anterior à casa da árvore pegar fogo? — Ela acena com a cabeça, então eu continuo:

— Eu nunca quis que fosse a última vez. Simplesmente... fazia sentido acabar com nossos encontros, sabe?

— Por causa de Neo. — Não é uma pergunta, mas sim uma afirmação.

— Sim. Neo. E Maddie. E até a Crew. — No dia do incêndio, percebi que as probabilidades estavam contra nós. Scar e eu nos encontramos todas as noites na casa da árvore depois daquela primeira vez. Depois de duas semanas de encontros e amassos, fui lá um dia e encontrei a casa da árvore pegando fogo. Scar veio segundos depois, e era tarde demais. Neo a queimou até o chão. Ele me atacou por ter ido atrás de Scar na noite em que sua mãe morreu, em vez de estar lá com ele. Acho que serviu como um lembrete do dia em que ele recebeu aquela ligação.

— Além disso — continuo —, nós tínhamos apenas quatorze anos, e se bem me lembro, você me acusou de ser um... como você chamou isso? Um jogador?

Ela ri.

— Sim. Eu disse. E todos os dias depois disso. Realmente pensei que você fosse. Eu te observava. Via como você atraía as garotas e as afastava depois de conseguir o que queria.

— E agora?

— Agora estou começando a me perguntar se talvez você nunca tenha mantido nenhuma outra garota por perto — ela morde o lábio, considerando a possibilidade do que quer que esteja pensando — por minha causa.

Seus olhos azuis queimam nos meus e, pela primeira vez, estamos exatamente na mesma página.

— Era isso mesmo. Ninguém jamais se igualou a você, e acho que parte de mim estava esperando para ver se teríamos nossa chance novamente.

Sinto uma pontada no peito quando lembro que ela já tinha alguém. Esta noite foi um sonho, mas não é realidade. Crew fez um lar dentro do coração dela, e mesmo que tenhamos esse momento, onde eu me encaixo na sua vida? Ainda sou sua antiga paixão, que virou um inimigo e virou um amigo? Ou eu sou mais? Pareço um fracote do caralho, mas não tenho nenhum problema em confessar como me sinto.

Scar aperta minha mão, percebendo minha apreensão.

— O que está errado?

Com as sobrancelhas franzidas, digo a ela:

— Tudo. — Eu a solto, olhando para baixo e passando as mãos pelo cabelo. — Acabamos de foder com tudo, Scar?

— Não — ela bufa, e meus olhos se erguem para os dela —, nós não fodemos tudo, Jagger. Não me arrependo, se é isso que você está pensando. Crew sabe que tenho sentimentos por você. Não tenho certeza do que esses sentimentos significam, mas eles estão aqui e são reais.

Só assim, o peso no meu peito parece mais leve.

— Venha aqui. — Eu a pego pela mão e puxo seu corpo para o meu. — Também não sei o que isso significa, mas, aconteça o que acontecer, estou dentro.

— Percebe que tenho que dizer a ele, certo?

— Sim. Achei que diria. E, se você não o fizesse, provavelmente eu o faria.

Ela assente, mordendo a parte interna da bochecha.

— Está preocupada?

— Um pouco — admite. — Eu me importo muito com ele.

Meus dedos se entrelaçam com os dela.

— Eu sei que você quer, e eu também.

Começamos a andar de novo, conversando sobre tudo, desde o jogo de futebol até Maddie, e quando nos aproximamos da porta da sala secreta, nossa conversa muda para o Stalker da BCA — esse é o nome que decidimos dar a ele.

— Então é aqui? — ela pergunta, referindo-se à porta.

— Sim — afirmo, olhando para a frente.

— Como entramos?

Dou alguns passos e corro meus dedos pela fechadura.

— Quando Crew e eu o encontramos, pedimos a alguém que descesse e ajudasse com a fechadura. Eu ajudei, então consegui o código para entrar. Depois daquela noite, fizemos um pacto para ficar fora daqui até termos uma pista. Se essa pessoa souber que encontramos seu covil, provavelmente responderá. Pode ser uma ameaça. Pode ser um cadáver. Ou pode ser uma armadilha que nos tira do rastro dele.

Scar me olha de soslaio, sobrancelha erguida.

— Mas você voltou, não foi?

Começo a girar o dial para inserir a combinação.

— Você me conhece muito bem.

Ela está observando atentamente e tenho certeza que é para memorizar a combinação. Eu também a conheço bem.

Uma vez que a fechadura estala e giro a maçaneta, olho para Scar.

— Tem certeza de que quer fazer isso?

Ela me empurra para fora do caminho e abre a porta.

— Claro que sim.

Sigo atrás dela, apalpando meus bolsos em busca do meu telefone.

— Merda — resmungo. — Acho que esqueci a porra do meu telefone.

Os olhos de Scar se arregalam e ela reclama.

— Você o quê?

— Me perdi no momento em casa antes de sairmos e devo ter deixado no balcão da cozinha.

— Droga, Jagger. Não teremos luz. E se precisarmos pedir ajuda?

— Não. Nós ficaremos bem. Vamos fazer isso rápido. Veja o que precisa ver e vamos dar o fora daqui.

— Como você espera que eu faça isso sem luz? Assim que a porta se fechar, não poderei nem mais ver você.

Reviro meu cérebro para encontrar a resposta para essa pergunta, mas a única coisa que consigo pensar é ela segurar a porta enquanto procuro uma lanterna, um isqueiro ou uma vela.

— Fique aqui — peço, apontando para onde estou. — Segure a porta enquanto eu olho em volta.

Assim que ela abre a porta, movo minha mão e entro mais fundo na sala. Há um feixe de luz fraca que se projeta em um pequeno espaço, mas não adianta muito, já que as prateleiras correm ao longo das paredes. Continuo em frente, estendendo a mão para não esbarrar em alguma coisa.

— Já encontrou alguma coisa? — Scar pergunta, sua voz elevada, e vou me afastando cada vez mais da porta.

— Nada ainda.

O bater de uma porta faz com que meus olhos se voltem para a esquerda, exatamente de onde veio o som.

— Que porra foi essa?

Era definitivamente uma porta. Deve haver outra ali, possivelmente outra entrada. O que significaria que alguém sabe que estamos aqui. Também significa que os túneis não terminam aqui.

— Jagger! Por favor, me diga que foi você.

Olho em sua direção, o dedo pressionado em meus lábios.

— Shh. — Voltando-me, sigo o som, mas tropeço em algo no chão. — Filho da puta. — Chuto o que parece ser uma lata de alumínio para fora do caminho. Tanto para ficar quieto.

— Jagger, estou ficando um pouco assustada. Por que não fazemos isso outra hora?

Ignorando seu apelo, minha curiosidade leva o melhor de mim. Batendo em uma prateleira na parede oposta, procuro por qualquer coisa que pareça uma lanterna ou isqueiro.

Meus olhos disparam por cima do ombro quando percebo que um pouco da luz diminuiu.

— Scar?

Quando ela não responde, entro em pânico, correndo de volta para a porta. Uma vez lá, percebo que está aberto com um cano de cobre de trinta centímetros. *Porra.*

Abro a porta e dou um suspiro de alívio quando a vejo.

— Que diabos está fazendo? — indago, enquanto ela bate a mão no candelabro fixo na parede do túnel.

— Algo que deveríamos ter feito em primeiro lugar. Funciona com bateria, certo?

Puta merda, minha garota é um gênio.

Corro para o lado dela, empurrando-a para fora do caminho.

— Ei — ela sussurra —, estava quase conseguindo.

— Eu sei que sim, mas temos que ser rápidos. Alguém estava lá, e se nos apressarmos, podemos pegá-lo.

— O quê? — ela engasga. — Você perdeu a cabeça? Não podemos tentar pegá-lo. E se nos matarem?

Com ambas as mãos, empurro para cima, liberando a luz.

— Se quisessem nos matar, já o teriam feito. Tenho a sensação de que a morte não é o fim do jogo. Pelo menos, não conosco.

— Não sei, Jagger. Quem quer que seja parece muito inteligente. Acho que é uma má idéia.

— Vamos, Scar. Você é uma das garotas mais fodas que eu conheço. Se você pode pular de uma montanha para uma roda-gigante antiga, pode fazer isso também. Além disso, eu nunca deixaria nada te acontecer.

Ela hesita, e é tempo que não podemos desperdiçar. Finalmente, diz:

— Tudo bem. Vamos fazer isso, eu acho. Estou feliz por você ter trazido proteção.

Estou embalando o acessório como um bebê delicado enquanto voltamos pela porta.

— Merda. Sinto muito, Scar.

Claro! Não usei proteção como ela pediu. Ou ela não sabe que não usei, ou está me criticando porque não usei.

— Por que você sente muito? — Ela ri. — Você disse que tem algo para nos proteger se formos emboscados, certo?

Eu paro de andar, as sobrancelhas franzidas com força.

— Espere. Você quis dizer *proteção*, proteção, certo? — Nunca me senti tão idiota quanto agora, e o olhar em seu rosto diz que ela concordaria comigo. — Você quis dizer algum tipo de arma, não é?

— Sim. O que você… — Ela dá uma gargalhada. — Você pensou que eu quis dizer um preservativo?

— Não.

Ela me golpeia de brincadeira enquanto eu continuo na sala.

— Você pensou sim. Mas, se você tinha camisinha, por que não usou?

Solto um suspiro pesado antes de lhe contar a verdade.

— Calor do momento. É uma loucura, porque sempre usei camisinha, mas, com você, esqueci totalmente. Você está brava?

— Não estou brava. Eu tenho um DIU, então estamos tranquilos nisso.

Ufa. Eu tinha certeza que ela ficaria chateada.

Estamos no meio da sala quando Scar para e olha em volta. Seus olhos arregalados absorvem tudo, enquanto ilumino a área aberta, expondo recortes de jornais, fotografias antigas e árvores genealógicas dos Anciãos.

— Ai. Meu. Deus. — Ela engole. — Crew não estava brincando. Quem fez isso é completamente obcecado pela Sangue Azul. — Ela olha para mim, seus olhos curiosos com um brilho de medo neles. — Onde é meu quarto?

Eu respiro fundo, realmente esperando que ela esteja preparada para isso. Quando inclino a cabeça para a direita, ela segue minha linha de visão.

— Lá?

Concordo com a cabeça, caminhando em direção à outra porta.

— Uma olhada rápida e então procuramos por outra porta. Tenho quase certeza de que há outra saída ou entrada.

Suas mãos descansam na maçaneta, e trocamos um olhar antes de eu acenar com a aprovação. Ela a abre e observo seu rosto o tempo todo.

Assim que seus olhos pousam na parede à sua frente, ela junta as mãos no peito.

— Quem é esse monstro? — Ela pega a luz das minhas mãos e a ergue. — Isso é doentio, Jagger. Doentio para um caralho.

Não digo nada, mas concordo com ela. Quem quer que seja essa pessoa, tem algum tipo de obsessão doentia por Scar. O mais louco é que não parece ser uma obsessão sexual, mas sim uma obsessão desdenhosa, como se essa pessoa a culpasse por algo — semelhante à obsessão de Neo em se vingar dela por causa de Maddie.

Quando Scar pega uma foto, eu deixo escapar:

— Não toque em nada! — Sua mão se afasta e abaixo minha voz. — Tenho certeza que ele sabe que estamos aqui agora, mas pode não saber que encontramos este quarto.

Crew ficou furioso, rasgando fotos de Scar, e fizemos o possível para esconder as evidências de nossas descobertas, mas ainda não temos certeza se fomos discretos o suficiente. De qualquer forma, não queremos irritar essa pessoa mais do que por estarmos aqui em primeiro lugar.

Um baque alto faz com que ambos os nossos olhos disparem na direção do som.

— O que é que foi isso?

Pressiono meu dedo nos lábios.

— Fique aqui — sussurro.

— Não. Não, não, não — ela repete para si mesma.

Olhando ao redor no chão, vejo outro pedaço de cano velho, este com uma ponta afiada que poderia cortar alguém ao meio. Agacho-me e pego, então digo a ela novamente:

— Fique. É sério.

Ela acena com a cabeça em movimentos rápidos, e espero que sinceros.

Passos suaves e lentos me levam de volta à sala principal. Quando meus olhos pousam na porta, eu rosno:

— Filho da puta!

Em dois segundos, ela está ao meu lado, com a luz na mão.

— O que aconteceu? — Ela encara a porta, vendo o que eu vejo. — Está fechada. O que isso significa, Jagger?

— Vamos torcer para que não signifique nada. — Apresso-me até lá, Scar no meu encalço. Quando pego a maçaneta e a giro, está confirmado... estamos presos.

— Está trancada? Diga-me que não está trancada — ela sussurra em meu ouvido com a cabeça aninhada nas minhas costas.

Minhas mãos caem para os lados, deixando o cano cair no chão.

— Está trancada. E, a menos que encontremos outra saída, ficaremos presos aqui.

CAPÍTULO TREZE

SCAR

— Presos! — deixo escapar. — Não. Tem que haver outra saída. — Olho ao redor da sala, mas vejo apenas quatro paredes com prateleiras ao longo de toda a largura e a porta do "meu" quarto.

Jagger se vira, de frente para mim.

— Não se preocupe, vamos encontrar uma saída. Esse canalha não pode nos manter aqui para sempre.

Suas palavras não fazem nada para resolver meu desconforto, porque não temos ideia do que é o plano desse lunático. Não temos comida. Não temos água. E quando a arandela começa a piscar, percebo que é apenas uma questão de tempo até que fiquemos sem luz.

— Deixe-me ver isso. — Ele estica a mão para a nossa única fonte de luz e a entrego. Sigo-o de perto enquanto ele procura outra saída. Estou tão perto dele que as pontas das minhas botas batem nas dele a cada passo que damos.

Depois de minutos andando pela sala, não encontramos nada. Finalmente paro de segui-lo, porque tenho certeza de que ninguém mais está aqui embaixo. Se houvesse, já saberíamos. Podemos estar presos, mas pelo menos estamos seguros, por enquanto.

Com as costas pressionadas contra a porta da sala ao lado, deslizo até o chão. Joelhos dobrados, abraço as pernas contra o peito.

— Isso é inútil — informo a Jagger, que ainda está procurando por algum tipo de milagre. — Não vamos sair até que sejamos liberados.

— Foda-se isso. Vamos dar o fora daqui.

Gosto da confiança dele, mas também posso dizer que está ficando muito chateado com a situação, assim como eu, mas o estresse também me deixou exausta. Então, por enquanto, vou sentar aqui e deixá-lo resolver essa merda.

Mais minutos se passam. Não tenho certeza de quantos, sessenta talvez. Estou com sede. Estou com fome e cansada. O jogo já deve ter acabado e Crew provavelmente está perdendo a cabeça, tentando descobrir onde estou.

Por que fui tão estúpida? Nunca deveria ter vindo aqui em primeiro lugar. Então, novamente, estou feliz que tenha acontecido dessa forma, porque se eu não tivesse contado a Jagger, teria tentado fazer tudo sozinha. Gosto de pensar em mim como uma garota forte, mas acho que a Academia está começando a me quebrar aos poucos.

Minha cabeça levanta quando Jagger bate os nós dos dedos na parede.

— O que você está fazendo?

— Alguém bateu a porta aqui quando estávamos na outra sala. Tem que haver outra saída em algum lugar.

Realmente espero que ele esteja certo, porque a ideia de ficar presa aqui, mesmo que seja por uma noite, me dá um nó no estômago.

Jagger coloca suas habilidades de detetive para trabalhar e eu olho em volta para alguns dos documentos sobre a mesa. Pego um artigo de jornal datado de 1963. Meus olhos percorrem as palavras que se concentram no assassinato de uma senhora chamada Betty Beckett. Nada sobre isso soa familiar, então o coloco de volta no chão e pego uma foto antiga de um casal. É em preto e branco, mas sorrio com o gesto doce de um homem beijando a bochecha da mulher. O tempo muda tantas coisas, mas pelo menos o amor ainda existe hoje.

— Acho que encontrei algo — Jagger anuncia, e largo a foto e sigo em sua direção. Ele está a apenas trinta centímetros de distância com a luz acesa.

Meu olhar se volta para ele, que não está mais focado uma parede; em vez disso, está olhando para cima.

Um grande passo e estou ao lado dele. Sigo seu olhar até um contorno quadrado no teto, onde parece haver algum tipo de inserção.

— Acha que é uma porta?

Ele chuta uma caixa velha, e presumo que seja para ver se é resistente o suficiente para ele ficar de pé, mas quando seu pé passa por ela e fica preso, eu seguro o riso.

— Filho da puta! — Ele dá um pontapé, ficando todo nervosinho. Olha para mim e eu reviro os lábios. — Algo engraçado?

— De jeito nenhum.

Com o canto do olho, vejo um escabelo embaixo da mesa em que eu estava. Ando até lá e pego, então entrego para um Jagger furioso.

Finalmente, ele abre um sorriso e me passa a luz. Antes de colocar o banquinho para usar, passa um braço em volta da minha cintura e me puxa para seu peito, a luz servindo como uma barreira entre nós. Seus olhos pousam nos meus antes de me beijar, fazendo com que todas as minhas preocupações desapareçam por um momento.

— Obrigado.

— De nada.

Ele coloca o banquinho logo abaixo do recorte no teto e pisa nele. Seus dedos deslizam ao longo dos cumes.

— Acho que não consigo segurar bem. — Ele me encara. — Veja se você pode encontrar um pé de cabra ou qualquer coisa que eu possa enfiar lá para tentar abri-lo.

A luz começa a piscar ainda mais e posso dizer que estamos ficando sem tempo. Carregando-o perto do peito, procuro no quarto qualquer coisa que possa nos ajudar.

— Ei — Jagger diz, sua palma pressionada contra o teto, preparando-se —, pegue aquele cano que eu tinha antes. Coloquei na prateleira ali. Ele inclina a cabeça para a direita.

Passos apressados me levam até lá.

— Rápido — pede Jagger, me apressando.

Acelerando o passo, volto para ele e entrego-lhe o cano.

— Alguém está mandão esta noite — provoco, só encontrando humor agora porque estou esperançosa de que esta seja a nossa fuga.

— Precisamos dar o fora daqui antes que Crew e Neo percebam que fomos embora do jogo. — Ele enfia a ponta do cano em uma das rachaduras. — Toda a merda vai bater no ventilador se não o fizermos.

— Sabe, nunca entendi essa afirmação. Quando é que a merda atinge um ventilador?

— Eu também não sei, mas é apropriado. — Ele empurra com mais força, então se curva, fazendo com que o cano amasse no meio. — Vamos, merda. — Usando o antebraço, ele enxuga as gotas de suor na linha do cabelo.

Quando percebo, um quadrado de um metro no teto está se abrindo e Jagger está pulando do banquinho para que não o acerte.

Meus braços voam ao redor dele.

— Você fez isso!

Finalmente, a tensão em sua expressão desaparece. Sou arrebatada em seus braços e ele me gira.

— Isso aí!

Assim que ele me coloca no chão, volta e olha para cima.

— Há uma escada de puxar. — Dá um passo para trás no banquinho, estendendo a mão. Depois de segurar bem a corda, pula dali, puxando a escada com ele.

— Isso é uma loucura. Para onde você acha que vai?

Suas sobrancelhas atingiram sua testa.

— Não sei, mas estamos prestes a descobrir. Vamos. — Ele acena em direção à escada. Sobe alguns degraus e me oferece a mão. Meus dedos envolvem os dele, enquanto seguro a luz sob o outro braço. Subimos juntos, eu diretamente atrás.

Na subida, Jagger deixou cair alguma coisa.

— Espere — aviso, me abaixando e pegando o papel quadrado dobrado e estendendo para ele. — Você deixou cair.

— Coloque no bolso e pode me dar mais tarde.

A luz pisca novamente e, desta vez, apaga completamente.

— Ai, não!

Somos deixados na escuridão total, em uma escada que se estende de uma sala secreta em um túnel para Deus sabe onde.

Não importa, porém; vamos dar o fora desse lugar.

CAPÍTULO QUATORZE

CREW

— Onde diabos eles estão? — Chuto um monte de neve nos trilhos perto das arquibancadas, jogando-o para fora da minha bota antes de fazê-lo novamente.

— Eles definitivamente estiveram aqui. Ninguém mais veio de trenó para o jogo.

— Eles estiveram aqui, não me diga. Mas o que eu quero saber é onde diabos eles estão agora! Teve notícias de Victor?

— Ainda não. Tenho seis caras fazendo uma varredura nos terrenos da Academia. Victor deve estar chegando em nossa casa a qualquer momento.

— Não podemos esperar que ele volte para cá. Quem sabe o que pode acontecer se esperarmos demais. Juro por Deus, se Jagger a colocar em perigo, eu vou matá-lo.

Neo se senta em seu trenó e apoia os cotovelos no painel.

— Calma, seu bundão. Tenho certeza que eles estão bem. Provavelmente apenas transando em algum lugar, matando essa vontade.

Minha mandíbula aperta, narinas dilatadas.

— Foda-se.

— Estou apenas dizendo. Jagger tem uma queda pela sua garota.

— Sim. Sem merda. Todo mundo tem uma queda pela minha garota. Não me surpreenderia se você a tratasse como merda, só para esconder que também está a fim dela.

Neo joga as mãos para cima, balançando a cabeça.

— Nem uma maldita chance. Eu odeio essa p…

— Não diga isso. — Balanço o dedo para ele em negativa, olhando-o de soslaio com uma carranca. — Não se atreva a dizer isso.

— Vou dizer o que quero dizer e quando quero dizer, mas, agora, precisamos encontrar esses idiotas antes que eles sejam mortos e tenhamos que explicar aos Anciãos por que a filha de Kol Sunder foi encontrada morta.

— Você realmente tem jeito com as palavras, sabia?

Ele sorri, satisfeito consigo mesmo.

— Obrigado. Eu também acho. — Com o torcer dos dedos, ele liga o trenó. — Suba.

— Tente ligar para o telefone de Jagger novamente primeiro.

Suspirando, ele puxa o telefone, toca nele e o pressiona contra o ouvido.

E eu espero.

— Correio de voz. De novo. — Ele desliza para fora da tela e coloca o telefone de volta no bolso interno do casaco.

Neo é um idiota do caralho, mas agora preciso dele ao meu lado. Vou passar uma perna por cima do assento, diretamente atrás dele, e assim que o faço, o filho da puta decola, me jogando para trás e me deixando cair em uma pilha de neve.

— Idiota! — grito, com os braços no ar.

Ele faz a volta com a moto, rindo pra caramba e retornando até mim.

— Vamos tentar de novo — sugere, parando ao meu lado.

Com o punho cerrado, dou um soco forte no ombro dele, que continua a rir. Salto para trás, estico os braços atrás de mim e seguro as barras de apoio.

Neo não tem nenhum capacete com ele, porque se acha invencível, mas eu não sou fã de coisas voando na minha cara, então sempre tenho um ou dois capacetes à mão.

Começamos a desacelerar e Neo levanta a voz sobre o ronco do motor.

— Vamos seguir seus rastros e esperar que nos levem até eles.

Onde diabos você a levou, Jagger?

Ele levá-la para algum lugar é o cenário com o qual estou lidando, porque, se deixar minha mente vagar em outro lugar, vou perder a calma. Ele disse que a manteria segura e eu deveria confiar nisso, mas, com toda essa merda estranha acontecendo, não tenho certeza se alguém está seguro aqui.

CAPÍTULO QUINZE

SCAR

Jagger está batendo no alçapão por uns bons dez minutos, furioso e xingando, enquanto eu sento no degrau abaixo dele. Nós dois estamos exaustos neste ponto e meus pensamentos internos se tornaram uma transcrição de uma carta de despedida...

Para quem encontrar isso,

Nós tentamos ao máximo sair. Quase conseguimos. Mas os gritos e xingamentos contínuos de Jagger Cole me deixaram louca. Então o matei e fugi.

Não me procure,

Scarlett Sunder

— Entendi! — ele diz, e eu fico de pé.

— Você fez isso! — Abraço suas pernas, sorrindo de orelha a orelha. — Nunca duvidei de você nem por um segundo.

A nota será o nosso segredinho.

Preciso sair desta escada. Estou oficialmente perdendo a cabeça.

Conforme ele sobe, eu sigo sua liderança. Qualquer esperança que eu tinha de luz diminui rapidamente quando não vejo nenhuma, mas sair daquele túnel é um progresso, então vamos pegar o que pudermos.

Uma vez que os pés de Jagger estão no chão, ele se abaixa e pega minha mão. Assim que saio da escada, dou um forte suspiro de alívio.

— Onde estamos? — pergunto, olhando ao redor.

Há um brilho de luar através de algumas janelas, oferecendo um pequeno vislumbre da área.

— Estamos em uma casa.

— Sim. Parece a cabana de alguém. — Jagger puxa a corda, levantando a escada, e uma vez que ela se acomoda no lugar, ele fecha o alçapão. — Mas estamos fora dessa masmorra, então isso é uma vitória por si só.

Exatamente o que pensei.

Vou até uma das janelas.

— Jagger — chamo, olhando para o quintal na minha frente. — *Estamos* na casa de alguém. — Parece que há uma varanda na frente e um quintal com um poste baixo que não está ligado. — Ai, meu Deus. — Eu suspiro. — Existem pegadas. Frescas.

Jagger vem por trás de onde estou parada na frente da janela. Suas mãos pressionam a parede de cada lado de mim, me prendendo.

— Imaginei. Eu disse que ouvi alguém bater a porta. Se tivesse que adivinhar, aquele filho da puta estava se preparando para descer e ouviu nossas vozes, então fechou o alçapão com força. Deve ter dado a volta por uma entrada diferente e desceu para nos trancar. Provavelmente não achou que encontraríamos a casa dele.

O pânico se instala. Viro-me, de frente para ele.

— Nós precisamos ir. Agora mesmo.

Jagger estende a mão, embalando meu rosto nas suas.

— Estamos seguros agora. Não vou deixar nada te acontecer. — Seus lábios pressionam os meus e meus nervos se acalmam um pouco. Quando ele se afasta, diz: — Precisamos olhar ao redor. Essa pode ser nossa única chance de encontrar uma pista de quem está fazendo isso.

Eu aceno contra suas mãos.

— Tudo bem. Comece a procurar um interruptor de luz.

Nós dois corremos nossas mãos ao longo da parede. Contornando a porta externa, encontro um interruptor. Eu o viro para cima, depois para baixo, depois para cima e para baixo novamente.

— Ou a lâmpada está queimada ou não há eletricidade.

— Droga — ele bufa, quando encontra outro botão, aperta e nada acontece.

— Talvez seja uma cabana abandonada e o cara seja apenas um sem-teto que gosta de atormentar as pessoas.

— Duvido. Ele tem algum tipo de conexão com a família Beckett e aquele quarto abaixo. Você não é apenas um alvo aleatório.

O pensamento deixa uma sensação inquietante na boca do estômago. Olho pela janela novamente e sussurro para mim mesma:

— O que ele quer de mim?

Sou tirada de meus pensamentos quando um feixe de luz atinge o lado do meu rosto. Olho para cima para ver Jagger com um sorriso largo e uma lanterna na mão.

— Sim! Sim! Sim! — cantarolo. — Ok. Vamos fazer isso.

Travo meu braço ao redor de Jagger, nossos ossos do quadril colidindo com meu aperto forte sobre ele. Meus olhos seguem o facho da lanterna enquanto ele a move pela sala.

— Está mobiliado.

— Sim. Só que tudo velho e empoeirado pra caralho.

— Equipe de limpeza ruim?

— Ou isso, ou está vago por um tempo. Não tenho tanta certeza se alguém mora aqui agora, mas alguém definitivamente morou uma vez.

Há um sofá floral marrom que parece algo que você veria em um programa de TV do final dos anos noventa. Um relógio de pêndulo alto, coberto de poeira, encostado na parede e sem funcionar.

— Eca. Nojento. — Coloco minha mão em volta da boca e do nariz quando vejo moscas pululando sobre uma pia cheia de pratos mofados.

— Acho que você estava certa sobre a limpeza ruim.

Jagger aponta a luz para uma mesa suja. Jornais velhos estão jogados, além de latas de cerveja velhas e amassadas. Algo brilha na mesa e chama minha atenção.

— Espere. Volte com a luz. — Vou até a mesa e pego o amuleto. — De jeito nenhum. — Enfio a mão no bolso da jaqueta, contornando o papel que Jagger deixou cair antes, e puxo a outra metade do coração. Com um em cada mão, eu os seguro juntos — um ajuste perfeito.

Jagger se inclina sobre meu ombro, observando as metades.

— Onde você conseguiu isso?

— Encontrei na biblioteca na quinta-feira. O dia em que você me encontrou na trilha e caminhou comigo. Lembra? — Meus olhos varrem preguiçosamente sobre ele. — O dia em que você mandou meu parceiro de estudo buscar um barril para você, sobre o qual precisamos conversar, a propósito.

— Ah, naquele dia. Eu me lembro disso. Alguma ideia de quem deixou cair?

— Não. Estava no chão, perto da mesa em que me sento.

Ele lê as inscrições em voz alta:

— Estou com você onde quer que você vá. Kenna. — E a outra: — Estou com você onde quer que vá. Jeremy.

— Kenna e Jeremy? — repito os nomes. — Minha mãe uma vez mencionou uma tal de Kenna. Tenho certeza de que foi sua colega de quarto durante sua estada aqui.

— É sério?

— Talvez eu devesse ligar e perguntar a ela. Pode ser algum tipo de pista sobre quem está ferrando com a gente. — Pegando os amuletos, coloco-os no bolso do casaco.

— Não faria mal. Mas você teria que minimizar isso, para não levantar suspeitas.

— Eu precisaria do seu telefone.

Jagger apalpa os bolsos como forma de me lembrar de que não trouxe.

— Vai ter que esperar.

O som de um motor se aproximando faz os olhos de Jagger, e os meus, dispararem para a porta. Meu coração pula na minha garganta.

— Merda. Acho que alguém está vindo. — Eu vou para a esquerda, depois para a direita, em um estado de pânico. — Para onde vamos?

Jagger apaga a luz e me agarra pela cintura, apontando para o sofá.

— Vamos nos esconder lá atrás. Podemos realmente ver o rosto dessa pessoa.

— Sim — suspiro —, então eles podem nos matar! — Arrasto-nos em direção à porta novamente. — Temos que deixar esta cabana, Jagger!

Ele estende a mão e agarra meus quadris com as duas, puxando minhas costas para seu peito.

— Não. Precisamos nos esconder.

— Meu coração vai explodir para fora do peito.

Ele me leva até o sofá e eu deslizo para trás com ele me seguindo.

— Procure bem fundo pela Scar Fodona. Sei que ela está lá em algum lugar.

Eu me abaixo com ele, meus joelhos batendo.

— Scar Fodona está na cama dormindo, onde eu deveria estar — sussurro.

Jagger pega minha mão, puxando-a entre suas pernas agachadas.

— Deixe-a dormir então. Eu cuido de você.

Pela primeira vez em toda a noite, me sinto segura. Mesmo quando estamos nos escondendo de um louco, que pode entrar por aquela porta a qualquer segundo — Jagger está comigo.

Pelo menos, estava. Tão rápido quanto pegou minha mão, ele me solta.

— Fique aqui — exige, se levantando e saindo de trás do sofá.

— Jagger! Volte aqui! — Sua resposta é um abafado *shhh*. — Maldito! — Espreito com a cabeça ao redor e o observo entrar na ponta dos pés na cozinha. Ele abre uma gaveta, depois outra, e quando sua mão se levanta, pego a ponta brilhante de uma faca de açougueiro.

Meus olhos se arregalam de medo quando ele caminha até a porta com a faca na mão. Suas costas pressionam a parede ao lado dela, e ele descansa a cabeça para trás.

A cada segundo que passa, minha respiração fica cada vez mais difícil.

— Jagger — chamo, fervendo, mas ele não responde.

Um olhar pela janela faz com que ele abandone sua postura cautelosa.

— Que porra! É o meu trenó. Aquele idiota deve ter feito uma ligação direta para trazê-lo aqui.

Eu pulo para cima, as mãos segurando a parte de trás do sofá.

— Seu trenó? Você pode ver quem é?

— Venha aqui. — Ele acena para mim com a faca. Saio de trás do sofá e ele continua acenando com a mão. — Se apresse.

Bufo uma respiração pesada.

— Estou chegando.

Uma vez que estou ao seu lado, ele abre a porta.

— Mostra a cara, seu covarde! — grita, a faca ainda na mão.

Continuo olhando para ele, esperando muito que ele não precise dela.

Quando ninguém responde, Jagger sai para a neve que se acumula na varanda.

— Ouviu? — repete. — Mostre a porra da sua cara.

Olho para o trenó dele, que está estacionado no meio do quintal, pegadas frescas ao seu redor.

— Há mais pegadas — indico. — E elas levam para a floresta.

Um passo à frente faz com que Jagger me leve dois passos para trás.

— Uau. Não estamos procurando problemas esta noite. — Ele enfia a mão no bolso do casaco e tira as chaves. — Vou levar você para casa em segurança, então eu e os caras vamos rastrear esse filho da puta.

Normalmente eu diria que ninguém me diz o que fazer, mas, agora, ir para casa parece bom.

Jagger joga a faca para o lado e ela afunda na neve da varanda. Ele agarra minhas mãos, me levando junto.

— Vamos dar o fora daqui.

Estamos andando pelo quintal, o único som é o tilintar de suas chaves, quando vejo algo com o canto do olho.

— O que é que foi isso? — Meus olhos se voltam para a direita e me deparo com alguém correndo. Jagger levanta a lanterna, acendendo-a, e é quando eu a vejo. Uma garota. Pelo menos, eu suponho que seja.

— Lá! — Indico para Jagger, mas é tarde demais, ela se foi.

— Onde?

— Lá! — Aponto meu dedo na direção de onde a garota foi novamente. — Jagger… era uma menina. Eu vi cabelos loiros saindo do capuz de uma túnica preta. — Eu repito: — Uma garota. Não é um cara fazendo isso; é a porra de uma garota!

— Vamos. — Jagger puxa minha mão enquanto corremos para seu snowmobile.

Neste ponto, tenho certeza de que meu coração fugiu do meu corpo, enquanto todo o sangue foi drenado do meu rosto.

Seguimos em frente, notando que os capacetes não estão aqui, e ligamoso motor.

— Vá atrás dela!

Jagger sai tão rápido que meu corpo voa para trás e quase caio. Ele está a toda velocidade, desbravando trilhas e desviando de árvores. Neste ponto, tenho certeza de que minha morte é iminente, e não será nas mãos daquela vadia que está me atormentando. Não. Jagger vai matar nós dois.

Eu quero gritar para ele diminuir, mas estou determinada a pegar essa garota. Tão rápido quanto decolamos, paramos, o motor desligado agora.

— O que você está fazendo?

Jagger vira a cabeça e sussurra:

— Se ela ficou na trilha que começou a correr, devemos encontrá-la a qualquer momento.

Puta merda. Isso está realmente acontecendo. Tudo vai acabar esta noite.

Jagger lança lentamente uma perna sobre o trenó, depois a outra, enquanto se levanta. Eu deslizo para a frente e agarro o guidão.

— O que você está fazendo? — pergunto, o tom abafado.

Ele não responde. Em vez disso, se agacha e caminha em silêncio e com cuidado pela neve. Quando me dou conta, ele está correndo o mais rápido que pode, pronto para atacar.

Meu coração pula na garganta e me afasto do trenó, correndo atrás dele.

— Quem é? — grito, esperando não ter estragado seu ataque, mas minha paciência está tirando o melhor de mim.

Seu corpo se joga direto no chão e, quando o alcanço, vejo que ele está deitado em cima de alguém.

— Você a pegou!

A menina se contorce e chuta, mas não diz uma palavra, tomando cuidado para não revelar sua identidade. Não importa, no entanto. Nós estamos com ela agora.

Com os braços contidos e Jagger montado em suas costas com as pernas em cada lado seu, ela enterra o rosto na neve.

Ando para o lado dela, pressiono meu joelho no chão e agarro o capuz de seu roupão. Nem preciso ver o rosto dela para saber exatamente quem é. Mas viro a cabeça dela com as duas mãos de qualquer maneira, e quando meu palpite é comprovado, eu suspiro.

— Melody!

— Não é o que vocês pensam. Eu juro. Eu tive de fazer isto. — Palavras voam de sua boca, só que eu nem mesmo compreendo porque estou muito chocada, embora não devesse estar. Ela gagueja e chuta, finalmente se rendendo quando percebe que não vai a lugar nenhum.

Minha cabeça balança repetidamente em desapontamento — com ela, comigo mesma.

— Eu deveria saber. — *Como eu não vi isso?*

Jagger a vira, ainda segurando-a na neve. Ele fica bem na cara dela, mandíbula travada, e grita:

— A diversão acabou, Melody. Pelo menos para você. Para nós, está apenas começando.

— Eu juro para vocês dois, não sou eu. Ele ou ela ou alguém me fez fazer isso. Não sei quem é.

Jagger, que espero não estar acreditando em suas mentiras de merda, pressiona por respostas:

— Quem fez você fazer o quê?

— Não sei quem é. Recebi bilhetes. Fui chantageada. Disseram que se eu não fizesse exatamente o que fui instruída, meus segredos seriam expostos.

Estou me esforçando para não pressionar a cabeça dessa cadela, mas me contenho porque quero ouvir o que ela tem a dizer.

— Que segredos? — Jagger pergunta, vapor saindo de suas narinas dilatadas devido à temperatura fria.

— Coisas que não podem ser reveladas. Como meus negócios na Academia... e outras coisas.

Seus segredos são a menor das minhas preocupações. Eu só preciso da verdade. Não tenho certeza se ela vai me contar, mas facilito para ela de qualquer maneira.

— Sente-a — digo a Jagger, e quando ele o faz, pega as mãos dela atrás das costas e as segura com força. Eu me movo diretamente para a frente dela, esperando poder farejar suas mentiras. — Que tarefas você realizou para esta pessoa?

— Hmm. — Ela lambe os lábios, em seguida, sopra uma mecha de cabelo do rosto, gastando tempo.

— Já chega! — grito. — Estou cansada. Estou com fome. E estou realmente com raiva, então se você não responder minhas perguntas agora, não terei nenhum problema em arrastá-la para aquela cabana e jogá-la em seu covil, para que ele possa te torturar até a morte.

— Ok. Ok. Foi apenas algumas vezes. Principalmente apenas deixando bilhetes para você.

— Quando? — exijo.

— Apenas algumas vezes. Eu deveria deixar um na biblioteca, mas você me viu antes que eu pudesse, então eu saí, foi aí que perdi meu calendário.

— E ontem, quando você saiu da trilha?

— Eu realmente nunca o vi, mas agi como se o visse. — Ela leva um momento para recuperar o fôlego, e estou ficando realmente impaciente. — Escrevi o bilhete porque precisava eliminar qualquer suspeita de que fazia parte disso.

— E Hannah? Como ela se encaixa nisso tudo?

Melody engasga. Lágrimas começam a escorrer por seu rosto antes que ela comece a chorar feio.

— Isso não era para acontecer. — Ela funga e bufa, seu peito tremendo a cada respiração. — Isso nunca deveria ter acontecido.

— O que diabos você fez com ela?

Sua cabeça cai para trás e ela fecha os olhos, as lágrimas caindo.

— Ela não deveria estar lá embaixo.

— Foi você, não foi? Foi você quem a empurrou?

Trazendo a cabeça para trás, ela abre os olhos.

— Ela estava muito bêbada. Me viu com a máscara e o roupão, eu estava tentando tirá-lo, então não tive escolha. Tive que fazer algo antes que ela percebesse que era eu.

— Sua melhor amiga! — grito. — Você nocauteou sua melhor amiga, só para poder manter seus segredos estúpidos?

Ela engole em seco, assentindo.

— Sim, eu fiz. — Sua expressão muda, seus olhos se tornam sinistros, e ela curva o lábio. — E aposto que você faria exatamente a mesma coisa.

— Nunca! Eu nunca machucaria meus amigos assim.

— Ah, é? Então por que empurrou sua melhor amiga de um penhasco?

Suas palavras são como um soco no estômago, mas quando as repito na minha cabeça, eu perco o controle.

— Sua puta do caralho! — Ambas as mãos se estendem e a agarro pelo pescoço, apertando com vontade.

— Pare com isso! — Jagger sibila. — Não é hora, Scar. — Eu o ouço, mas não obedeço ao jogar o corpo no dela, fazendo com que nós duas colidamos com Jagger.

— Por que você diria isso? — rebato, fervendo, o sangue em minhas veias correndo quente. — Quem te disse isso?

Melody está à minha mercê quando ela finalmente diz:

— Ele me disse em um bilhete. Por isso fiz o que fiz com você sem um pingo de remorso. E quer saber, eu faria tudo de novo.

Pulo sobre ela novamente, indo direto para seu lindo cabelo loiro.

— Agora não! — Jagger exige. Soltando-a, eu caio de bunda na neve. Não me levanto; apenas dobro as pernas e coloco as mãos sobre os joelhos, tentando me recompor.

— Eu não queria machucar Hannah — Melody continua, com mais gritos de desespero. — Ela é minha melhor amiga e eu a amo.

Jagger assume, apertando seus pulsos e mantendo-a no lugar.

— Por que você veio aqui esta noite?

Melody olha para seu colo, lambendo as lágrimas de seu lábio.

— Um bilhete foi colocado debaixo da minha porta esta noite. Eu tive que faltar nosso último jogo por causa dessa merda. Disseram-me para entrar nos túneis e fechar a porta de um quarto em que você estava, depois pegar seu snowmobile, que já estava ligado para mim e trazê-lo aqui. Era isso. Eu estava saindo para voltar para os dormitórios quando vi vocês dois.

Jagger e eu trocamos um olhar, e posso dizer que ele está acreditando. Independente disso, ela não vai se safar do que fez.

— Mesmo que acreditemos em você, isso não muda o que você fez — afirmo, falando com Melody antes de olhar para Jagger. — Acho que ela precisa colher as consequências de suas ações.

Ele acena para mim em concordância. O olhar sinistro em seu rosto imitando o meu.

— Toda escolha tem consequências. O que você sugere?

Dou de ombros, sorrindo maliciosamente. Melody sempre foi uma cadela para mim, e agora tenho a chance de fazer o que eu quiser com ela.

— Jagger, qual é o bem mais precioso de uma garota?

Jagger levanta os ombros.

— A boceta dela?

Balanço a cabeça.

— Não. O cabelo dela.

Melody vai fugir, mas Jagger a puxa de volta.

— Não. Por favor. Eu farei qualquer coisa. Não toque no meu cabelo.

Pego um punhado de seus cachos deliciosos e olho para Jagger.

— Faça-me um favor?

— Diga.

— Você poderia entrar na cabine e me trazer uma tesoura?

— Sua puta maldita! — Melody chora. — Você é insana. Vocês dois são insanos!

Jagger se levanta e eu agarro o cabelo de Melody com mais força. Se ela tentar correr, estará correndo com uma careca no alto da cabeça.

— Talvez eu seja louca, mas você já parou para pensar que talvez seja por causa de vadias como você?

— Scarlett, por favor. — Ela olha para mim com tristeza. — Eu não queria fazer isso. Eu tinha que proteger meus segredos.

— Expondo os meus? — grito. — Me provocando? Você age como uma inocente exibindo as falhas de todos os outros, mas é tão insana quanto o resto de nós. E agora, vai aprender a lição sobre enfiar o nariz onde não deve.

Jagger retorna um minuto depois com uma tesoura de aço enferrujada. Ela parece bem cega, mas devem servir.

Enrolo o cabelo de Melody no punho, puxo sua cabeça para baixo e posiciono as lâminas bem acima da minha mão, prontas para cortar uns bons dez centímetros.

— Tome isso como um aviso, *Melody* — enfatizo o nome dela. — Da próxima vez que você foder comigo ou com meus amigos, você vai pagar.

Então eu cortei até que seus lindos fios loiros e sedosos caíssem na minha mão. Pego sua palma, abro e dou a ela a mecha de cabelo cortado, depois fecho seus dedos em volta dela.

Seus gritos ecoam pelo ar, ecoando nas árvores que nos cercam.

Jagger a agarra pelo braço e a levanta.

— Volte para o seu dormitório e não saia até que um dos membros dos Ilegais lhe dê permissão. Não me importa quantos malditos bilhetes você receba, você não vai sair de lá. Entendeu?

A palma da mão desliza pelo nariz ranhoso e ela funga um pouco mais.

— Estou sendo expulsa? Você vai me denunciar aos Anciãos? Contar aos meus pais?

Ele se repete, enunciando cada palavra.

— Entendeu?

Ela acena com a cabeça em resposta.

— Que bom. Agora vá.

Não há hesitação quando ela se levanta e foge para a floresta, soluçando e carregando o cabelo consigo.

Jogo a tesoura na neve e fecho os olhos. Respirando fundo, tento processar o que acabou de acontecer. Quando abro meus olhos, Jagger vem para o meu lado, colocando um braço em volta dos meus ombros.

— Droga, garota. Não esperava isso. Lembre-me de nunca te deixar irritada.

Levantando uma sobrancelha, eu sorrio de volta para ele.

— Ah, você já deixou. Só não exatamente como aquela garota.

— Então — ele começa —, você acredita nela?

— Realmente não quero acreditar. Adoraria simplesmente culpar aquela cadela, mas sim. Acho que ela está falando a verdade.

— Acho que voltamos à estaca zero?

Esfrego minhas têmporas agressivamente, odiando que toda essa confusão esta noite tenha sido um desperdício.

— Parece que sim.

Ficamos sentados ali por mais alguns minutos em silêncio, ambos perdidos em nossos próprios pensamentos, antes de Jagger dizer:

— Vamos levar você para casa.

CAPÍTULO DEZESSEIS

CREW

— Ainda está bravo comigo? — Scar pergunta, fazendo beicinho de onde ela está deitada na minha cama.

Estou olhando para o teto, os braços cruzados sobre o peito nu.

— Você sabe minha resposta para essa pergunta. — Deixo minha postura irritada e rolo para o lado para encará-la. — Como posso estar depois de tudo que fiz com você? Essa *sempre* será a minha resposta a essa pergunta.

Com as mãos pressionadas entre a bochecha e o travesseiro, ela abre um sorriso.

— Você pode ficar com raiva de mim, Crew. Estou muito brava comigo mesma.

— Que bom. Vou deixar você ficar com raiva de si mesma por nós dois.

Scar muda de assunto rapidamente, provavelmente tentando aliviar um pouco do descontentamento.

— Ainda não consigo acreditar que Melody é capanga desse filho da puta.

— Sim. Estou bastante surpreso com isso também. Melody é bem trouxa. Simplesmente não consigo imaginar aquela garota correndo sozinha na floresta a qualquer hora da noite.

Nós dois começamos a rir com o pensamento e é a primeira vez que Scar sorri a noite toda.

— Estou feliz que você esteja em casa e segura. — Jogo um braço em volta da cintura dela e a puxo para mais perto. Seu rosto se aninha em meu peito e pressiono meus lábios em sua testa.

— Então, o que vocês farão com ela? Vão expulsá-la?

— Não tenho certeza. Neo quer acabar com a raça dela, naturalmente. Jagger acha que podemos usá-la para atrair esse cara. A partir de agora, essa pessoa não sabe que estamos atrás de Melody.

Seus olhos olham para mim e ela pergunta:

— E o que você acha?

— Eu acho que foi você quem teve que suportar a maior dor de suas ações, então deve ser sua escolha.

— Minha? — Ela ri. — Não estou em posição de tomar decisões autoritárias.

Meus dedos correm por seu cabelo úmido.

— Com certeza está. Você mora aqui, não é? Você é tipo a primeira garota não-oficial entre os Ilegais.

Ela solta um suspiro pesado de riso.

— Provavelmente é melhor você nunca deixar Neo te ouvir dizer isso.

— Foda-se o Neo.

Ela levanta a cabeça, olhando para mim.

— Você realmente está indo além de provar que aquele cara não te controla mais.

— Isso é porque ele não controla. Vou cumprir nossos pactos e promessas, mas, na minha vida pessoal, Neo pode se foder.

Desde que ele pegou Scar e eu juntos após o acidente de Maddie, Neo me fez sentir inferior a ele. Por um tempo, aguentei, porque minha consciência culpada me disse que deveria. Não mais. Seus dias de estar no controle de mim acabaram. Espero que, em breve, Jagger tenha a mesma mentalidade que eu, e nós dois possamos derrubá-lo de seu pedestal.

Jagger. Outra pessoa sobre a qual preciso falar com Scar, mas não consigo fazer isso. Eu poderia pensar em fazer isso, na minha cabeça, e simplesmente perguntar a ela se algo aconteceu, ou esperar que ela me diga, se e quando algo acontecer. De qualquer maneira, uma vez que eu saiba, não há como esquecer — mesmo que eu pudesse perdoar.

— Bem — Scar começa, inclinando seu rosto sobre o meu —, realmente espero que um dia, quando tudo estiver resolvido e exposto, todos vocês possam consertar as partes de suas amizades que foram quebradas. Eu odiaria ver tudo ser em vão.

Levantando a cabeça da cama, tomo a decisão consciente de encerrar *esta* conversa. Só por esta noite, quero fingir que não existe mais ninguém além de nós dois neste quarto. Minha mão pressiona a parte de trás de sua cabeça e puxo sua boca para a minha.

— Não fale mais.

— Mas eu queria ouvir sobre o seu jogo que perdi.

Inalo suas palavras que rolam em minha boca.

— Ganhamos e acabou, agora me beije.

E ela beija. Sua boca se abre ligeiramente, dando espaço suficiente para eu deslizar minha língua entre seus doces lábios.

Scar sobe em cima de mim, montando no meu colo. Meus dedos apertam sua cintura sob sua camisa e levanto meus quadris, esfregando contra ela.

Com seu cabelo em volta do meu rosto, arrasto seu perfume direto para meus pulmões, me perguntando como fiquei tanto tempo sem ele. Todos aqueles anos perdidos em que ela poderia ter sido minha, mas deixei minha consciência culpada levar o melhor de mim. Se eu pudesse voltar atrás, faria tantas coisas diferentes, como beijá-la sempre que pudesse.

Puxo seu rosto para mais perto do meu, nossos narizes se tocando. Enquanto ela abre e fecha a boca contra a minha, arrasto meus dentes ao longo de seu lábio inferior, lembrando-me da vez em que ela me mordeu. Louco o quão longe chegamos.

— De costas.

Ela balança a cabeça negativamente.

— Quero montar em você.

Meu pau pulsa, ameaçando o tecido da minha calça.

— Tudo bem. Monte em mim, querida.

Cruzo os braços sob a cabeça, dando a ela controle total. Ela se levanta, um sorriso nos lábios inchados. Endireitando as costas, puxa a blusa branca transparente sobre a cabeça, liberando os seios. Quero estender a mão, agarrá-los e chupar seus mamilos, mas me contenho. Em vez disso, apenas a observo em perfeita forma.

Levantando-se, ela empurra para baixo sua calcinha *boyshort*, em seguida, a leva até os tornozelos e a chuta para longe.

— Foda-se, Scar. — Eu rosno. — Ser tão sexy deveria ser um pecado.

Ela morde o canto do lábio antes de deslizar pelo meu corpo, abrindo o botão da minha calça e me libertando dela. Resolvo ajudá-la um pouco, arranco a camisa pela cabeça e a jogo no chão.

Duas mãos plantam no meu peito e ela me empurra de volta para baixo.

— Hmm. Gosto quando você assume o controle. De onde vem isso?

Não deveria ter feito essa pergunta. *Não vá lá, idiota. Não se atreva a ir lá.* Para desligar os pensamentos que ameaçam invadir minha mente, agarro dois punhados de sua bunda, apertando e esperando deixar uma marca para qualquer outro cara, ou seja, Jagger, que possa olhar para o que é meu.

— Tire as mãos — ela estala, agarrando minhas mãos e colocando-as ao meu lado.

Lambo meus lábios, faminto por qualquer prova dela que eu possa ter.

— Deixe-me lamber sua boceta primeiro.

Ela balança a cabeça negativamente.

— Então deixe-me tocá-la com os dedos.

Outro não.

— Temos que te molhar de alguma forma.

Suas mãos correm pelo meu peito e o olhar lascivo em seus olhos me faz pensar se ela pode querer fazer o trabalho sozinha.

Meu coração dispara com o pensamento. Não acho que poderia haver uma visão mais bonita do que minha garota dando prazer a si mesma. Vou pegar a mão dela, mas Scar se afasta.

— Hã-hã. Mãos para si mesmo — exige e, puta merda, isso me excita.

— Toque-se, querida.

Sua testa franze, bochechas coradas.

— Não posso fazer isso.

— Certamente você pode. Incline-se para trás, abra as pernas e apenas brinque consigo mesma. Somos só eu e você.

Há alguma hesitação, mas posso dizer que ela quer. Não há nenhuma maneira no inferno de Scar não ter se tocado antes, e se ela disser que não, vou dizer que está blefando. Inferno, se eu fosse uma garota com uma boceta tão apertada e nua, meus dedos viveriam dentro dela. Tenho certeza que qualquer cara concordaria.

Eventualmente, com alguma persuasão, ela se inclina para trás, mantendo-se apoiada no cotovelo pressionado contra o colchão. Suas pernas se abrem e ela coloca uma mão entre elas. Meus olhos imediatamente pousam nos hematomas duplos na parte interna de suas coxas, mas não vou me permitir imaginar como eles foram parar ali — não agora.

— Essa é a minha garota.

Seus olhos se fixam nos meus, nunca vacilando, enquanto ela massageia seu clitóris.

— Puta merda — resmungo, minha voz rouca e grossa.

Ela se contorce, gostando do prazer que está trazendo para si mesma. Seus dedos esfregam mais rápido, a boca aberta, seus olhos permanecendo cimentados nos meus.

Quebro nosso contato visual, precisando ver exatamente o que está bem na frente do meu rosto.

— Vamos, Scar. Goze em cima de mim. — Abaixo a mão, pegando meu pau ereto, e o bombeio. Minha cabeça bate em sua entrada com cada golpe enquanto ela esfrega círculos viciosos em sua protuberância sensível.

Se eu morrer esta noite, morrerei um cara feliz. Nunca vi nada mais bonito em toda a minha vida. A maneira como ela se diverte enquanto me deixa assistir — é o sonho de todo cara.

Quando a mão dela se curva, os dedos tortos, Scar enfia dois na boceta e eu perco a cabeça. Apoio-me em um cotovelo, obtendo uma visão melhor, e coloco meu pau em punho e bombeio mais rápido.

Jogando a cabeça para trás com a boca aberta, sons de êxtase rasgam suas cordas vocais.

— Crew — choraminga, trazendo a cabeça para frente e fechando os olhos nos meus novamente.

— Você é sexy pra caralho, Scar. Venha, amor. Goze no meu pau. — Seguro meu pau em sua entrada enquanto ela goza, esguichando a prova de seu orgasmo em cima de mim.

Um gemido pesado ressoa em meu peito.

— Jesus Cristo. — Sua excitação escoa, cobrindo seus dedos, e eu me desfaço. Bombeando através do meu próprio orgasmo, o esperma sai, encharcando sua boceta.

Suas pernas se contorcem, gotas de esperma rolando entre suas dobras. Quando ela junta as pernas, agarro sua mão e a puxo para o meu lado.

— Essa foi sem dúvida a coisa mais sensual que eu já vi.

— Sério? — Ela levanta a cabeça, boquiaberta para mim em um estado sem fôlego. — Você nunca viu uma garota fazer isso antes?

— Não. — Ergo o rosto, beijando seus lábios. — Você fez tão bem, amor.

Scar se enrola sob meu braço, sua cabeça no meu peito. Isso era exatamente o que precisávamos depois do dia de merda que ambos tivemos.

Já se passaram três dias desde que Scar e Jagger foram trancados nos túneis. Três dias que Melody está confinada em seu quarto e jurou não falar com ninguém. E três dias que não pergunto sobre os detalhes daquela noite em relação ao que aconteceu com Scar e Jagger.

Eu sei a essência disso. Eles ficaram trancados lá. Scar encontrou um amuleto que se conecta a outro. E Melody estava trabalhando com o Stalker da BCA.

O que eu não sei é o que aconteceu entre Scar e Jagger nessas horas que eles ficaram sozinhos. Com todo esse tempo ocioso, sei que algo aconteceu. Como não? Ela gosta dele; ele gosta dela. Sem mencionar que os hematomas em suas coxas são um sinal revelador de que Jagger afundou os dedos em sua pele.

A parte realmente fodida disso é que nem tenho certeza se quero saber. A única coisa que me incomoda é o fato de que nenhum deles veio até mim com a informação. Eu não deveria ter que perguntar. Eles me devem esse respeito.

— É como o amanhecer dos mortos neste lugar — comenta Jagger, olhando ao redor do refeitório antes de colocar sua bandeja de almoço para baixo e sentar-se à minha frente.

Sigo o rastro de seu olhar, notando que ele está extraordinariamente quieto.

— Acha que Melody disse alguma coisa?

— É melhor aquela cadela não ter dito nada.

Scar se junta a nós, sentando-se ao meu lado.

— Por que tão sérios? — pergunta, batendo um canudo na mesa e puxando-o para fora da embalagem de papel.

— Estávamos apenas observando como todos estão quietos hoje. Parece estranho, certo?

Antes de se sentar, ela olha para os alunos, alguns que estão sussurrando e olhando em nossa direção.

— Sim. Algo está definitivamente errado. — Seu canudo desliza na abertura de sua caixa de suco de laranja e ela toma um gole.

Neo, que ficou quieto o tempo todo, atira para trás em sua cadeira e pula. Ele olha para o grupo de alunos e grita:

— Que porra está acontecendo?

Encaro Scar, coçando o topo da cabeça.

— Acho que não vamos nos perguntar por muito tempo.

Ela pega uma colher de sopa e sopra.

— Bem a cara do Neo — sussurra, antes de provar um pouco.

Ninguém responde Neo, então ele fica mais agressivo:

— É melhor alguém me dizer o que está acontecendo agora ou o baile de Halloween será cancelado.

Meus olhos se arregalam, espelhando os de Scar, que me encaram.

— Ele está brincando com eles, certo?

Eu aceno sutilmente, lábios franzidos.

O som de uma cadeira raspando no chão me faz olhar por cima do ombro. Para nossa surpresa, é Hannah quem se levanta. Além do corte na cabeça, ela também está com um olho roxo e uma bochecha inchada devido ao impacto contra a parede.

— Vou te contar sobre o que são os sussurros — começa, caminhando em nossa direção.

Neo assume uma postura dominante: peito estufado, ombros esticados, braços cruzados contra o peito.

— Desembucha. Agora.

Assim que Hannah está em nossa mesa, todos nós nos viramos para encará-la. Ela olha cada um de nós nos olhos, parando em Scar.

— Há rumores de que Scarlett é quem me empurrou, e todos nós estamos nos perguntando o que diabos vocês planejam fazer sobre isso.

— Uau. — Scar pula, na defensiva. — Onde diabos você ouviu isso?

Deslizo minha cadeira para trás e me levanto também, seguido por Jagger. Todos nós nos reunimos em um lado da mesa para ouvir o que Hannah tem a dizer, sabendo que são mentiras fabricadas.

Hannah puxa para trás o lado de seu cabelo castanho, expondo a fileira de pontos em seu couro cabeludo.

— Está vendo isso? — Ela solta o cabelo, os olhos brilhando para Scar. — Foi ela quem fez!

O restante dos quase cinquenta alunos começa a se mexer e sussurrar em seus assentos, então eu os silencio. Minha mão corta o ar.

— Todo mundo, quieto!

Eles se acomodam e volto minha atenção para Hannah.

— Diga-nos de onde diabos você ouviu essas mentiras de agora ou será processado por difamação e calúnia.

Ela engasga.

— Eu? — Acenando para Scar, ela mostra um olhar de choque. — Mas e ela?

— Agora! — Jagger reforça. — Diga onde você ouviu isso.

Hannah respira fundo, seu nervosismo aparente. Quando ela solta o ar, pergunto:

— Foi Melody?

Eu juro por tudo que é sagrado, se Melody falou com alguém sobre esta situação e inventou sua própria versão da história, vamos destruir aquela garota. Manter seus segredos seguros será a menor de suas preocupações.

— Não — ela finalmente diz —, não foi Melody. Foi Victor Hammond.

Quando percebo a pele corada de Scar e suas narinas dilatadas, coloco um braço em volta dela.

— Nós vamos lidar com isso.

— Victor — Jagger grita, do outro lado da sala —, pode vindo aqui.

Esse disse me disse perdeu a graça. Claro que haveria rumores, mas eles não deveriam envolver Scar.

Scar pula em sua própria defesa, pronta para acabar com essas mentiras.

— Eu juro para você, Hannah, Victor está mentindo. Não tenho certeza de onde ele ouviu isso ou por que disse, mas a garota que empurrou você...

Aperto o quadril de Scar enquanto Neo e Jagger ficam tensos. Ela olha para mim e nego com a cabeça.

— Não.

— Você diz que não foi você, mas era uma menina? — Hannah questiona. — Quem? Riley? Por que ela iria querer me machucar? — Hannah fica frenética, quase inconsolável. — Por que alguém iria querer me machucar?

Scar se encarrega de colocar um braço em volta dos ombros de Hannah, saindo do meu controle.

— Não é você que eles querem machucar. — Ela a conduz para a esquerda. Uma encarada por cima do ombro me fez dar-lhe um olhar de advertência, e tenho certeza que ela sabe o motivo. Ela não pode dizer nada, ou isso arruinará qualquer plano que tenhamos para Melody, quaisquer que sejam eles.

Victor avança como um cachorro com o rabo entre as pernas, a cabeça baixa, evitando o contato visual.

— Foi um boato estúpido. Eu não quis dizer nada com isso.

Neo agarra a cabeça de Victor com as duas mãos, erguendo os olhos.

— Explique-me agora por que você disse o que disse. Sem mentiras, Hammond.

Victor engole em seco.

— Na outra noite, quando eu estava levando Scarlett e Riley para a Toca das Raposas, voltando das Ruínas, eu... eu as entreguei para aquele garoto, Elias. Queria ter certeza de que estavam seguras, então segui silenciosamente atrás. Quando me dei conta, Melody estava correndo para fora da floresta e dizendo que foi atacada. — Neo aperta a cabeça com mais força, as veias das mãos salientes. — Não consegui ouvir a conversa inteira, mas escutei Melody gritando com Scarlett que sua melhor amiga ter sido ferida foi culpa dela. É isso. Essa é toda a história.

— E, com essa informação, você decidiu abrir sua boca nojenta e espalhar mentiras?

— Eu não quis fazer mal. Estávamos conversando na aula de educação física e isso surgiu.

Neo dá um empurrão na cabeça de Victor.

— Da próxima vez, pense antes de falar. Ou, melhor ainda, não fale nada. Agora abaixe-se!

Sorrindo, eu incito Neo.

— Isso mesmo. Chute a bunda dele.

Os olhos arregalados de Victor encaram interrogativamente para Neo, e quando ele não faz o que ele manda, Neo o gira pelo ombro e o empurra para baixo até que fique de quatro.

— Ouça — ele levanta a voz para que todos possam ouvir —, que isso sirva de lição quando você abrir a boca e espalhar mentiras. — Ele agarra Victor pela cintura e enfia o joelho em sua bunda.

Todos engasgam, alguns gritam. Cubro minha boca, lutando contra o riso crescendo dentro de mim. Neo é implacável pra caralho.

Victor cai para frente e Neo late para ele.

— Levante-se. Ainda não terminei com você. — Assim que o cara volta a se apoiar nas mãos e nos joelhos, Neo pressiona a sola da bota nas suas costas. — Vinte flexões. E vai.

Victor tenta levantar seu corpo, mas Neo força mais seu peso nas costas de Victor. Ele finalmente se levanta, os músculos de seus antebraços tensos.

— Um.

Seu peito bate no chão e Neo o humilha ainda mais.

— Vamos, seu babaca do caralho. Quer falar merda e tentar ser legal, mas está deitado no chão como um inútil. Todo mundo vê como Victor Hammond é um inútil?

Todos assistem por uns bons quinze minutos e, finalmente, Victor paga suas vinte flexões. Assim que Neo tira a bota de suas costas, Victor cai no chão em uma poça de suor.

Neo se agacha ao lado de sua cabeça, agarra seu cabelo e o levanta.

— Você não deve falar com um único aluno da Academia até que eu mande. Entendeu?

Victor acena com a cabeça na mão de Neo, que é empurrada para trás.

Bem, a partir de agora, parece que temos dois alunos silenciados. Pergunto-me quem é o próximo na fila.

— Essa merda está ficando fora de controle. — Jagger bufa, girando e caminhando direto para onde Scar está consolando Hannah.

Eu as observo, enquanto Hannah chora no ombro de Scar, e é óbvio que nada foi mencionado sobre Melody. Jagger se junta a elas, colocando uma das mãos nas costas de Scar. Em vez de reagir, deixo acontecer. Vejo se ela vai se afastar dele. Mas não. Depois que Hannah se afasta, ela se vira para encará-lo e passa o polegar pelo queixo dele, rindo como se o cara tivesse uma mancha de algo no rosto.

Jagger retribui sua atitude com um sorriso galanteador, sua mão acariciando seu quadril.

— Ainda acha que nada está acontecendo entre eles? — Neo pergunta, sua voz um zumbido no meu ouvido.

— Não. Acho que você está certo. Algo definitivamente está acontecendo. — Eu me viro e pego minha bandeja da mesa e atravesso o refeitório, nem Scar nem Jagger notando minha ausência. Quando chego à porta, jogo tudo no lixo. — Evan — digo, chamando sua atenção da porta —, pesque minha bandeja do lixo e coloque-a na pilha suja.

Com isso, eu saio — minha namorada e meu melhor amigo ficam sem saber de nada.

CAPÍTULO DEZESSETE

CREW

Scar coloca seu livro de literatura dos Estados Unidos na mesa e se senta ao meu lado.

— O que aconteceu com você na hora do almoço?

Corro meus dedos pelo cabelo, os olhos no meu livro aberto.

— Só precisava de um pouco de ar.

— Crew? — Ela pega minha mão, colocando-a em seu colo. — O que há de errado?

Enredando meus dedos nos dela, forço um sorriso, porque a última coisa que quero é que Scar sinta mais um tumulto emocional.

— Apenas muito pensativo hoje.

— Quer falar sobre isso?

Antes que eu possa responder, Jagger deixa cair seus livros com um baque do outro lado de Scar.

— Que merda de almoço foi hoje.

Scar não olha para ele, apenas mantém seu foco em mim. Apertando minha mão, pergunta novamente:

— Crew? Quer falar sobre isso?

— Falar de quê? — Jagger se intromete e, de repente, não estou com vontade de falar sobre nada. Solto a mão de Scar e me viro na cadeira.

— Nada agora — murmuro, e percebo que estou me comportando como uma criança mimada. Afasto os pensamentos que invadem minha mente… de Jagger e Scar e como nenhum deles veio falar comigo sobre o que quer que tenha acontecido entre os dois.

O senhor Collins começa sua discussão sobre o modernismo, e consigo bloquear sua voz completamente.

— Você está bem? — Scar sussurra, com a mão na minha perna.

— Sim. Apenas acompanhando a explicação.

Não é até Scar estender a mão e virar meu livro do jeito certo, que percebo que estava de cabeça para baixo. Meus olhos se erguem e a vejo sorrindo, e é difícil não fazer o mesmo. Por que ela é tão sedutora? Tão perfeita? Jagger vê como ela é incrível?

Porra. Eu não posso fazer isso!

Fecho meu livro com força, empurro minha cadeira para trás e me levanto. Deixando todas as minhas coisas sobre a mesa, ando rapidamente atrás da última fileira de alunos e vou direto para a porta.

Sem olhar para trás, eu a abro e saio da sala, fechando-a atrás de mim. O painel de vidro no meio chacoalha e estou grato por não ter quebrado. Então, novamente, eu não daria a mínima agora se isso acontecesse.

Estou no meio do corredor quando ouço a voz dela.

— Crew!

Meus pés param de se mover, mas não me viro. Ombros erguidos, jogo a cabeça para trás e fecho os olhos, esperando que ela me alcance.

Uma vez que ela chega, começa a cutucar novamente.

— O que diabos está acontecendo? — Sua mão pousa no meu ombro e ela me vira para encará-la. Minha cabeça desce e abro os olhos, uma expressão vazia no rosto.

— Amor, me diga o que está te incomodando?

Eu poderia simplesmente colocar tudo para fora. Dizer que sei que algo está acontecendo entre ela e Jagger e que ela quebrou sua promessa de me avisar se e quando essa hora chegasse.

Minha única resposta é uma expiração profunda, então ela tenta novamente.

— Isso é sobre Jagger?

Finalmente, ela menciona o nome dele. Talvez estejamos chegando a algum lugar, afinal.

— Por que seria sobre Jagger? Há algo que você precisa me dizer?

— Na verdade — ela morde o canto do lábio, e tenho certeza que é uma tática para suavizar o golpe — há algo que preciso te dizer. Estava planejando esperar até que toda essa coisa com Melody acabasse, mas isso tem me atormentado nos últimos dias.

— Tudo bem — eu digo, em tom monótono —, manda ver.

Aqui vem. A verdade que não posso negar. Ela se apaixonou por ele e eu virei história.

— Este realmente não é o lugar. Mas, assim que chegarmos em casa, precisamos mesmo conversar.

Claro. Mais tempo gasto vivendo na miséria.

Eu aceno, aceitando sua resposta.

— Está bem então. Mal posso esperar. — Giro, sentindo como se meu mundo inteiro estivesse a uma hora de quebrar. Assim que ela terminar comigo, provavelmente vou arrumar minhas coisas e deixar este lugar. Não vai sobrar nada para mim aqui.

Não! Dane-se isso.

Eu vou lutar por ela. Recuso-me a desistir tão facilmente, especialmente quando se trata de manter o que sempre foi meu.

— Crew! — Scar estala, agarrando-me pelo braço. — Quer parar? Você está agindo como um pirralho.

É verdade, estou.

— Eu sinto muito, querida. Toda essa merda está me afetando. Não pretendo descontar em você.

— Eu sei. — Ela agarra minhas mãos. — Tem sido difícil para todos nós. Não me surpreende que estejamos todos um pouco nervosos depois de tudo o que aconteceu. Que tal uma noite boa e tranquila em casa? Só você e eu. Sem distrações.

— Soa perfeito.

O sinal final toca e os alunos saem correndo de suas salas de aula, enchendo o corredor.

— Ei — Jagger fala para Scar, de passagem —, encontro você lá na frente?

— Na verdade — continuo —, a temporada do futebol acabou. Vou acompanhá-la até em casa de agora em diante.

Jagger e Scar trocam um olhar, e posso ver a decepção em seus olhos.

— Bem, que tal caminharmos todos juntos então — Scar sugere, agora olhando para mim em busca de aprovação. — Está tudo bem com você?

Não. Foda-se, não. Não está bem.

— Na verdade — Jagger diz, antes que eu possa responder —, se você estiver de boa, eu preciso cuidar de algumas coisas depois da escola.

— Ah. Ok. — Scar acena com a cabeça, parecendo muito desapontada.

— Vejo vocês dois em casa. — Jagger se despede e desaparece na mistura de alunos.

Scar e eu entramos na sala de aula para pegar nossos livros. O senhor Collins está sentado em sua mesa e não ousa dizer uma palavra sobre Scar ou sobre minha saída alguns minutos atrás.

Fazemos uma parada rápida em cada um de nossos armários, depois caminhamos de volta para casa.

CAPÍTULO DEZOITO

SCAR

— Alguma notícia sobre quando seu snowmobile será consertado? — pergunto, jogando conversa fora antes de mergulharmos nas coisas profundas.

— Hm. Sim. — Crew passa a mão na nuca. — Deve estar pronto amanhã.

— Que bom. — Eu aceno.

E ele repete o gesto com a cabeça.

E isso é realmente estranho.

Finalmente, apenas deixo escapar:

— Você já sabe, não é?

Crew me observa, um olhar azedo em seu rosto.

— Sim. — Então continua focado em frente.

Eu paro de andar, agarro seu braço e o encaro ele.

— Você tem que saber que eu tinha toda a intenção de lhe contar. Não é como se eu estivesse tentando manter isso em segredo. Todos nós temos estado tão preocupados com todo o resto.

Ele não diz nada. Não que eu tenha certeza do que quero que ele diga. Que ele ainda quer ficar comigo, talvez? Ou, que nada mudou entre nós?

— Diga alguma coisa — insisto com ele. — Qualquer coisa. Grite comigo. Me chame de puta. Por favor, diga alguma coisa.

— Você gostou?

Minha boca cai aberta.

— É isso?

Ele dá de ombros e a tranquilidade em sua reação é enervante.

— Bem. Gostou?

— Olha. Sei que você está chateado…

— Não estou chateado — afirma, me interrompendo. — Eu disse que estava chateado?

Meu estômago torce em nós, meu coração dói. Ele nem me olha. Lágrimas pinicam nos cantos dos meus olhos, e pisco para afastá-las.

— Desculpe.

Seus olhos caem para os meus. Eles são macios e quentes, e dói ainda mais olhar para eles, porque é a prova da dor que causei.

Sem dizer uma palavra, ele passa os dedos pela minha bochecha, então agarra minha mão, a umidade de minhas próprias lágrimas se infiltrando em minha pele.

— Não estou bravo com você — ele finalmente diz. Eu não estou caindo nessa, no entanto. Ultimamente, Crew está sempre me dizendo o que eu quero ouvir, porque ele se sente muito culpado pelas coisas desagradáveis que fez comigo.

Insisto em seu blefe.

— Sim, você está.

Sua cabeça balança em movimentos lentos, seus dedos deslizando entre os meus.

— Não estou. Decepcionado? Sim. Ferido? Um pouco. Mas bravo? Não, não estou.

— Eu nunca quis te machucar, Crew. Disse que estava questionando as coisas com Jagger, e acho que deveria ter sido mais franca com meus sentimentos. Ele meio que me pegou de surpresa, assim como você.

— Ouça, Scar — ele segura meu rosto com ambas as mãos —, eu repassei essa merda na minha cabeça mil vezes. Eu me torturei. Já enfrentei todos os cenários e, no final, tudo se resume a perder você. Enquanto isso não acontecer, posso lidar com o que você e Jagger fizeram. O que está feito, está feito. Vocês mataram a vontade e agora todos podemos seguir em frente.

— Matamos a vontade? — As palavras voam para fora da minha boca como uma pergunta, e eu imediatamente gostaria de poder retirá-las porque elas só vão destruir este momento de clareza para Crew. Só que não é um momento de clareza para mim. Parte do meu coração ainda está naqueles túneis com Jagger. Quando saímos, fomos forçados a voltar ao normal, mas cada minuto de cada dia me faz desejar que pudéssemos voltar e viver aquele momento um pouco mais.

— Sim. Você e Jagger tinham uma coisa um pelo outro. Vocês transaram e agora acabou, certo?

A força de minhas sobrancelhas se juntando tão proeminentemente dá a ele a minha resposta, sem que eu tenha que dizer uma palavra.

— Diga-me que agora acabou, Scar — ele exige, precisando me ouvir dizer.

Mas eu não posso.

— Não acabou.

Você já olhou para alguém e viu o momento exato em que seu coração se partiu? Já amou tanto aquela pessoa que sentiu a dor dela dentro do seu próprio peito?

Eu sim.

Enquanto Crew se afasta, sua postura derrotada, seguro meu próprio coração e derramo lágrimas por sua dor.

— Por favor, Crew. — Não tenho certeza do que quero dizer, mas tenho que dizer algo.

Ele se vira, incapaz de sequer olhar para mim. A ponta de sua bota cava em um ponto vazio no chão e ele chuta um pedaço de musgo e folhas secas.

— Porra! — grita, agarrando o cabelo nas laterais de sua cabeça.

Eu deveria me aproximar dele, tentar acalmá-lo de alguma forma, mas agora, posso dizer que só precisa de espaço.

O barulho das folhas ao longe faz minha cabeça virar na direção do som. Elias e Riley aparecem, de mãos dadas e sorrindo de orelha a orelha. Eles são tão fofos juntos, e tenho inveja de Riley por saber exatamente o que seu coração quer.

Olho para Crew, que não presta atenção à presença que se aproxima.

— Scar — Riley grita, com a mão no ar acenando. É tão estranho ouvi-la me chamar pelo apelido que os caras me deram. Antes do final do ano letivo, provavelmente serei Scar para todos aqui.

Dou a ela um aceno baixo e sutil de volta e forço um sorriso.

— Ei, Ry.

— Eu sou invisível? — Elias brinca, e eu rio.

— Olá, Elias.

— Como você está indo? — Riley pergunta. — Ouvi Victor Hammond espalhar um boato, dizendo que foi você quem empurrou Hannah.

— Sim — aceno no ar —, apenas estudantes falando sobre algo que eles não sabem nada. Está tudo bem. Hannah sabe que não fui eu.

Riley percebe Crew com o canto do olho. Sua palma está pressionada contra uma grande árvore e sua cabeça está baixa. Ela se aproxima e sussurra:

— Interrompemos alguma coisa?

— Nós estávamos apenas... tendo uma conversa importante.

— Ai, merda. Desculpa, garota. Vamos sair do seu caminho. — Ela dá um passo à frente, Elias é uma sombra ao seu lado. Então recua de novo.

— Ah, ei. Eu e algumas garotas vamos decorar a Praça depois do jantar. Você deveria passar por lá. Bater um papo, sabe?

— Sim — concordo. — Claro que sim. Estarei lá.

Suas sobrancelhas se animam.

— Yay. Vejo você então.

Com isso, eles seguem seu caminho. Uma vez que estão fora de vista, eu me aproximo de Crew.

— Podemos terminar? — pergunto.

Ele me dá um olhar preguiçoso por cima do ombro, a expressão de tristeza em seu rosto agora de desdém.

Ah, os muitos humores de Crew Vance.

Sendo o pé no saco e manipuladora que sou, tento uma tática de psicologia reversa.

— Está bem então. Tenho que estudar e não tenho certeza se você ouviu, mas acabei de fazer planos com Ry. Então acho que te encontro em casa.

Inicio a caminhada, sabendo muito bem que ele não vai me deixar ir embora. Meus passos começam rápidos, mas, quando ele não vem, eu desacelero um pouco. Um olhar por cima do meu ombro faz meu coração se estilhaçar.

Ele se foi.

— Crew — grito, movendo meus pés pela trilha e esperando por qualquer sinal de onde ele possa estar.

Quando me dou conta, estou olhando diretamente para um snowmobile vindo direto para mim.

Deve ser Neo.

Sem me intimidar, coloco minhas mãos nos quadris e permaneço bem em seu caminho. Quando ele não diminui a velocidade, meu coração começa a martelar contra minha caixa torácica.

Ele chega cada vez mais perto, o que confirma que Neo é o motorista. Uma guerra é travada na minha cabeça. *Morte ou orgulho?*

Escolho o orgulho quando ele vem direto até mim, apenas desviando segundos antes de me derrubar. Ele se vira, espirrando em mim uma camada de neve.

— Idiota!

Reduzindo a velocidade, ele para ao meu lado.

— Suba — grita a ordem, como se esperasse que eu obedecesse.

Viro para ele meu dedo do meio, os dentes cerrados.

— Foda-se!

— Pare de ser um pé no saco e suba no maldito trenó.

— Prefiro escalar uma montanha no meio de uma nevasca à meia-noite do que pegar carona com você. Além disso — olho ao redor da área arborizada —, estou procurando por Crew.

— Você não vai encontrá-lo. Ele foi para casa. Me pediu para levá-la até lá com segurança.

Se ele pensa que vou agradecer e subir, está enganado.

— Qual é a pegadinha?

Ele sorri.

— Apenas cumprindo meu dever como membro dos Ilegais e ajudando uma estudante necessitada.

— Besteira. Você não ajuda ninguém.

Ficando entediado com essa conversa, ele avança, abrindo espaço para mim.

— Você poderia apenas dar o fora? Tenho coisas melhores a fazer do que discutir com você agora.

Mais uma vez, escolhendo o orgulho como minha virtude, tiro as mãos dos quadris e continuo caminhando de volta para casa.

Não significa que Neo vai embora. O que realmente me surpreende. Em vez disso, ele me empurra, levantando-se, com as costas arqueadas enquanto dirige.

— Pode ser bom para você parar de ser tão teimosa o tempo todo. Talvez então seu cara não ficasse bravo com você.

Segurando a alça da minha mochila, o encaro.

— Não fale comigo.

— Provei meu ponto.

— Isso não sou eu sendo teimosa. Esta sou eu não gostando de você e me recusando a aceitar qualquer coisa que você oferece. Não confio em você e nunca confiarei.

— Os sentimentos são mais do que mútuos. Pelo menos temos isso em comum.

Por que esse idiota simplesmente não vai embora? Eu posso literalmente ver a casa bem na minha frente. Ele sabe que estou segura, não que ele realmente se importe. Inferno, ele nem dá a mínima para Crew, então não tenho certeza por que ele faria algum favor a ele.

— Então qual é o problema com você e Jagger? Transou com ele também?

Paro de andar e Neo freia o trenó. O sorriso em seu rosto me assusta, quase tanto quanto sua sensualidade impiedosa. Ninguém deveria ter permissão para ser tão bonito e agir de forma tão desumana.

— O que eu faço não é da porra da sua conta, Neo. Por que você simplesmente não continua enfiando seu pau dentro de qualquer boceta que o convide e me deixe em paz?

— Ah, mas você está errada — fala, soltando um som de desdém. — Veja só... aqueles caras são meus amigos e, ao mesmo tempo, éramos todos muito próximos. E aqui está você, mais uma vez, tentando romper um vínculo que temos desde que nascemos.

Suas palavras me atingiram como uma faca no estômago. Não porque eu me importe com o que ele pensa, mas há alguma verdade no que ele está dizendo. Estou me colocando entre dois amigos e os separando cada vez mais.

Começo a andar de novo, e Neo rasteja ao meu lado... de novo.

— Você sabe que eu estou certo.

— Você está errado!

— Então por que está tão afetada pelo que eu disse?

— Vá embora! — grito, não dando a ele a satisfação de olhar para ele enquanto imploro por seu sumiço. Quando ele não sai, não que eu esperasse isso, digo o que precisa ser dito. — Só para constar, além do meu relacionamento com esses caras, nunca fiz nada para atrapalhar suas amizades.

— Claro que sim. Vamos ver — ele começa. — Tudo começou na noite em que minha mãe morreu. Tive que caçar Jagger para que pudéssemos ir ao cinema. Acontece que ele estava com você. Sabia que minha mãe foi a carona que pegamos depois que a irmã de Jagger não pôde nos levar?

Eu não sabia disso. Ninguém nunca me disse. Dou uma olhada para ele, procurando por qualquer indício de que esteja mentindo.

Ele percebe meu olhar rápido e continua:

— Sim. Ela viria direto para casa e nos levaria, mas eu disse a ela que tinha que procurar Jagger, então ela fez algumas coisas primeiro.

Calafrios invadem todo o meu corpo. Por que ninguém nunca me disse isso? Ele está insinuando que, se Jagger não viesse me encontrar, sua mãe ainda poderia estar viva? Neo me culpa pela morte de sua mãe *e* pela queda de sua irmã?

— Neo, eu juro. Nós nunca quisemos te machucar. É por isso que você me odeia tanto? É por isso que queimou minha casa na árvore?

— É lamentável que você não estivesse lá dentro. Pode ser bom tomar cuidado por aí. Tudo que vai, volta. — Ele diz as palavras tão casualmente que prefiro que as grite para mim, porque seu tom apático faz minha pele arrepiar.

Neo acelera, decolando e me deixando em uma poeira de neve atrás dele.

De repente, vejo tudo claramente. Neo me culpa por tudo de ruim que aconteceu em sua vida. Mas ele coloca alguma culpa em Jagger? Ou mesmo em Crew? No fundo, ele realmente odeia todos nós?

CAPÍTULO DEZENOVE

JAGGER

Garrafa de água na mão, caminho por trás do sofá, em direção ao porão para levantar pesos.

A porta da frente se abre, chamando minha atenção, e Crew entra. A neve cai bastante de suas botas, e ele tira o casaco, prendendo-o no cabideiro. Um olhar para o seu rosto e tenho certeza de que ele sabe. A malhação pode ter que esperar, porque ele vai ter um monte de perguntas, sem dúvida.

— Tudo certo? — indago, abrindo a tampa da minha água. Seguro em uma das mãos, a garrafa na outra.

— Não! — ele bufa. — Está tudo errado.

Rolo a tampa entre os dedos, sem dizer nada, porque ele precisa expressar seus sentimentos sobre isso primeiro.

— Sabe, talvez se você não andasse por essa maldita casa sem camisa o tempo todo, não estaria virando a cabeça dela em primeiro lugar.

Normalmente eu tomaria isso como um elogio, mas não desta vez.

Ainda sem dizer nada, apenas fico lá.

Ele deixa cair a mochila no chão ao lado de suas botas cobertas de neve.

— Eu deveria chutar o seu traseiro agora. — Ele soca o punho na palma da mão, zombando. — Esmurrar seu rosto com meu punho até que esteja tão desfeito que ela nem queira te olhar.

Tudo bem. Eu esperei isso. Sabia que ele ficaria bravo. Enrolo os dedos, apontando-os para mim.

— Manda ver. Eu mereço.

— Com certeza merece. Uma coisa é beijá-la. Outra coisa é transar com ela. Mas fazê-la desenvolver sentimentos por você? Porra, você tinha que fazer isso?

É uma pergunta, então, desta vez, tenho que responder:

— Nada disso foi planejado, cara. Juro. Tentei apenas me afastar e deixar vocês dois fazerem suas coisas.

— Fazer as nossas coisas? — grita. — Não estamos apenas *fazendo nossas coisas*. Scar e eu estávamos construindo um relacionamento que começou anos atrás a portas fechadas. Finalmente estávamos às claras e prontos para ficar juntos. Mas você não poderia permitir isso, poderia?

— Não foi o que eu quis dizer.

Ele se aproxima de mim, as narinas dilatadas.

— Então explique-se. Diga exatamente o que você quer dela?

— Não se trata apenas de foder, se é isso que você está pensando.

— Não me diga! Se fosse apenas sexo, eu poderia ser capaz de deixar pra lá. O. Que. Você. Quer. Dela?

Respiro fundo, enchendo meus pulmões e, ao expirar, digo a verdade.

— Eu quero tudo, cara. Quero as partes que ela não dá a você.

Crew balança a cabeça e olha para baixo, passando as mãos pelos cabelos.

— Claro que quer.

Antes que eu possa responder, a porta se abre novamente. Neo se arrasta para dentro com mais neve, mas é sua expressão que me pega desprevenido. Parece que estamos prestes a ter uma grande briga que já vem se formando há muito tempo.

— Sua garota é um verdadeiro pé no saco. — Ele bate a porta e me pergunto onde está Scar.

— Ah. — Crew levanta a cabeça, a expressão estóica. Ele aponta entre nós dois. — Você está falando comigo ou com Jagger? Não consigo dizer, porque parece que estamos compartilhando ela agora.

Seu tom definitivo me faz balançar a cabeça.

— Vamos lá, cara. Não é desse jeito.

— Não é? Depois me diga como é. Eu estou com ela. Não vou a lugar nenhum até que ela me mande embora, então onde isso deixa você?

E a porta se abre novamente. Respiro aliviado quando vejo que ela está bem. Porém, mais uma vez, sou recebido com uma carranca. Ela aponta um dedo raivoso para Neo, antes mesmo de se livrar de sua bolsa e casaco.

— Seu amigo aqui é um idiota de primeira classe!

Coço o topo da cabeça, me perguntando o que diabos está acontecendo.

— Bem, esta não é uma agradável reuniãozinha de família? — Todo mundo olha para mim como se fosse eu quem tivesse enlouquecido. — Público difícil.

Scar nos observa devagar e pergunta:

— O que é isso que estou presenciando?

Neo, sendo o instigador que é, assume a responsabilidade de responder à pergunta dela.

— Se eu tivesse que adivinhar, diria que eles estão discutindo qual pau se encaixa melhor. Meu voto é em Jagger. O cara é do tamanho de um cavalo.

— Cara. Sério? — zombo.

Seus ombros sobem, depois descem.

— Apenas dizendo.

Scar o ignora, e a mim, e caminha até Crew.

— Podemos conversar? Por favor?

Crew vira o pescoço, os olhos pousando nos meus.

— Na verdade. Acho que todos nós deveríamos ter essa conversa juntos.

Scar puxa seu braço.

— Por favor, pare.

— Vocês dois conversem — digo a ele. — Estarei no porão com Neo se precisar de mim.

— Por que diabos eu preciso ir ao porão?

— Porque você e eu precisamos discutir o assunto Melody Higgins. — Aperto a tampa da minha garrafa de água e abro a porta do porão, deixando-a aberta atrás de mim. Quando não sinto que Neo está me seguindo, olho para ele por cima do ombro. — Vamos.

Para minha surpresa, ele realmente vem. Dou um passo para o lado, deixando-o descer primeiro, depois fecho a porta. Uma vez trancado, Neo sobe correndo as escadas que acabou de descer.

— O que você está fazendo? — pergunto.

— Escutando. Não é isso que você planejou fazer?

— Não, idiota. Eu ia malhar enquanto descobríamos um plano para Melody.

— Jura? Você não se importa com o que está sendo dito lá em cima?

— Claro que me importo. Mas não é da minha conta. Scar e eu conversaremos mais tarde.

Com um escárnio, ele desce de novo.

— Jesus, essa garota deve ter uma boceta banhada a ouro. Pode ser que eu mesmo precise tocar, só para ver do que se trata todo esse burburinho.

— Mas nem fodendo.

Chegamos lá embaixo e vou direto para o banco. Não dou mais atenção à declaração de Neo, porque sei muito bem que ele mataria Scar antes de transar com ela.

Eu me deito, esticando meu pescoço sob a barra; uma vez que está em minhas mãos, eu levanto e falo:

— Estava pensando em criar uma armadilhazinha, usando Melody como nossa isca para atrair esse filho da puta. No que você está pensando?

Neo começa a enrolar dois halteres de 20 quilos, com as veias salientes.

— Estava pensando que poderíamos amarrar sua garota nua a uma árvore. Ele com certeza virá para provar.

Mais uma vez, não o deleito com uma resposta. Abaixando a barra a um centímetro do meu peito, levanto-a, sentindo meus músculos contraírem minha pele, e repito a ação.

— Assumindo que esse filho da puta não está atrás de nós — solto um suspiro —, poderíamos colocar câmeras do lado de fora do quarto de Melody. Observá-la como um falcão e depois atacar quando tivermos a oportunidade.

— Ou, melhor ainda, você pode simplesmente ficar no quarto de Melody com ela e, assim que ele aparecer, você o derruba.

— Foda-se isso. Não vou ficar com aquela cadela chorona. Por que você não fica com ela?

— De jeito nenhum. Eu ficaria em um quarto com Scar a noite toda antes de me trancar em um quarto com Melody.

Esta é a segunda vez que ele menciona Scar nos últimos dez minutos. O que eu não entendo é por que ela é tão forte em sua mente.

— Ei. O que aconteceu com você e Scar antes de chegar em casa? As coisas pareciam aquecidas.

Ele coloca os halteres no chão e arranca a camisa antes de pegá-los de volta.

— Ela não me deixou dar uma carona, então brinquei um pouco com ela. Nada que a garota não esteja acostumada.

— Mas *como* você brincou com ela? Deve ter dito algo que a irritou.

— Quando não irrito aquela garota? Tudo o que eu disse a ela foi *tudo que vai, volta*. É a verdade. A conta dela vai chegar em algum momento.

— Ainda está nessa viagem sobre sua irmã? Vamos, Neo. Você tem que saber que Scar não teve nada a ver com a queda de Maddie. — Normalmente não sou tão direto com Neo quando se trata de Maddie, porque ele é extremamente defensivo, mas já chega.

— Eu não sei. Na verdade, não acho por um segundo que ela não tenha algo a ver com isso.

Levanto a barra acima da minha cabeça e a solto nos ganchos do banco.

Sentando-me, pego minha toalha no pé do banco e enxugo o suor do meu rosto.

— Quanto tempo vai demorar para você deixar pra lá?

Ele coloca os halteres no chão e se senta em uma cadeira dobrável de metal.

— Minha irmã acordar e me contar a verdade.

Não vejo isso acontecendo tão cedo, mas não digo isso a ele.

— Bem, então acho que continuamos torcendo pelo melhor.

— Basta disso. Eu cuido das minhas coisas e você cuida das suas. Além disso, você já tem problemas suficientes com Scar e Crew. Então, me diga, se for para acabar com ele, você faria isso?

— Você é um maldito idiota. — Jogo minha toalha suada nele, que se esquiva para a esquerda e acabo errando.

O som de passos na escada fez Neo se levantar.

— Parece que essa hora pode ser agora. Mais tarde, filho da puta. — Ele pega minha toalha do chão e a joga de volta para mim. Agarro no ar, assim que Crew mostra seu rosto.

— Pronto para lidar com essa merda? — Ele agarra a cadeira em que Neo estava e a gira, então senta nela, abraçado ao encosto.

— Sim. Vamos colocar tudo lá fora. Vou começar. — Sento-me no banco, a toalha pendurada em minha mão entre as pernas. Ele acena para que eu vá em frente, então digo a ele: — Não vou a lugar nenhum. Se Scar quiser alguma coisa de mim, estarei lá esperando por ela.

Observo seu pomo de Adão balançando em sua garganta.

— Tudo bem. E vou te dizer que também não vou a lugar nenhum.

— Então acho que resolvemos isso. Agora, o que Scar quer?

Ele respira audivelmente, a cabeça caída para trás, olhando fixamente para o teto. Quando seus olhos voltam para baixo, ele diz:

— Ela disse que não vai escolher. Que não consegue e, se for forçada a isso, terá que escolher não ficar com nenhum de nós.

Eu previ isso. Ela escolher nenhum de nós sempre foi uma opção que pesou muito em minha mente.

— Então, o que vamos fazer?

Seus ombros sobem, depois descem.

— Que vença o melhor homem. — Ele empurra a cadeira para frente, deixando cair os pés no chão.

Fico de pé, também.

— Isso não é a porra de um jogo de futebol americano, Crew. É de Scar que estamos falando.

— Diz o cara que está preocupado em perder.

— Não! Porra, não! Não estou competindo com você por ela. Você ainda é meu garoto.

— Então deixe-a em paz.

— Também não!

Crew joga as mãos para o alto, bufando.

— Então o que diabos você quer, Jagger?

— Ela. Assim como você. Nós dois a queremos.

— Você está sugerindo que a compartilhemos?

— Eu gosto? Não. Mas nós compartilhamos antes, e nunca foi um problema. Desta vez, é apenas mais do que um corpo, um coração também está envolvido.

— Você perdeu a porra da cabeça.

— Talvez eu tenha perdido. Ela me deixa louco e irracional, e é exatamente por isso que farei o que for preciso para tê-la.

— Olha — ele diz, em tom sério —, faça o que precisa fazer e eu faço o que preciso fazer. No final, ela escolherá o melhor para si mesma.

Não tenho certeza do que ele está dizendo, mas, se ele está me dando permissão para ir atrás dela, eu aceito. Não que eu precise de permissão.

— E você não vai tentar ficar no meu caminho ou fazê-la se sentir uma merda por suas escolhas?

— Não vou interferir, desde que você não tente foder o que eu tenho com ela. Se isso acontecer, farei mais do que atrapalhar. Vou te chutar para *fora* do caminho.

— Eu já disse antes, não quero ficar entre vocês dois.

— Bom — começa —, vamos continuar assim. — Ele se afasta, furioso, e embora não seja a saída que eu queria, pelo menos temos um entendimento. É um começo e isso é mais do que tínhamos antes de descer para este porão.

— Obrigada por caminhar comigo até a Praça — diz Scar. — Achei melhor assim, para termos um tempinho para conversar, sabe?

— Sem problemas. Há muito que precisamos discutir.

Uma das coisas mais fortes em minha mente agora é se ela está ou não se arrependendo do que fizemos. Tenho que saber. Se estiver, então talvez meu tempo com ela tenha acabado. Se não estiver, pode ter apenas começado.

Antes que eu possa perguntar, Scar pega minha mão, me fazendo parar.

— Não me arrependo do que aconteceu entre nós. Espero que saiba disso.

Ela disse isso antes, mas ouvir agora coloca tudo em perspectiva. Ainda há a situação com Crew, no entanto. Pego a mão dela, levando-a até meu ombro, depois a outra, até que ela esteja abraçando meu pescoço.

— Então, o que vamos fazer?

— Eu disse a Crew que quero explorar meu relacionamento com vocês dois. Sei que parece egoísta da minha parte, mas não consigo escolher. Ainda não, de qualquer maneira.

— Ele não pareceu muito feliz com essa ideia quando a mencionei.

— É a escolha que fiz. E, se ele quiser fazer a escolha de me deixar, terei que deixá-lo. O mesmo com você.

— Ele não vai. Crew nunca vai te deixar.

Sua cabeça se inclina em direção ao ombro, os olhos nos meus.

— E você?

— Você está presa a mim enquanto me quiser.

Um sorriso levanta suas bochechas.

— Você não tem ideia de como isso me deixa insanamente feliz.

— Acho que nós apenas deixamos as coisas rolarem e acontecerem do jeito que deveriam.

Seus olhos dançam em meus lábios, a tensão fervendo entre nós, e aproveito esta oportunidade para tirar vantagem. Assim que ela vai falar, esmago minha boca na sua.

— Acho que sim — murmura contra meus lábios, as mãos presas atrás da minha cabeça.

Seguro sua bochecha na palma da minha mão, separando meus lábios ligeiramente e deslizando a língua entre a dela. É um beijo suave e rápido, mas definitivamente me deixa querendo mais.

— Nós devemos ir. Riley está esperando por mim.

Tomando a mão dela na minha, continuamos na trilha. É meio surreal sair em público assim. Deveria parecer estranho, já que ela está com Crew, mas, em vez disso, parece certo, porque agora ela está comigo também.

CAPÍTULO VINTE

SCAR

— Ah — deixo escapar, lembrando que preciso ligar para minha mãe —, você está com seu telefone?

Jagger bate no bolso do peito de seu casaco.

— Sim. Precisa dele?

— Eu queria ligar para minha mãe, mas, com tudo o mais acontecendo, esqueci. Ainda preciso perguntar a ela sobre Kenna.

Colocando a mão no bolso, ele o puxa e me entrega. Eu o seguro, então fico de mau humor.

— Droga. Sem sinal.

— Ele vai voltar uma vez que estivermos fora da trilha.

Chegamos ao final e já posso ver as meninas amarrando luzes laranja e pretas em volta dos postes.

— Isso é bom — eu digo. — Vocês todos decoram aqui para o Natal também.

— Elas decoram. Eu com certeza não.

— Por quê? Não gosta do feriado?

— Com os feriados eu estou de boa, são minhas habilidades de decoração que não estão à altura. Veja, se fosse eu com aquelas luzes, elas já estariam deslizando por aquele poste.

— Hum. Bem, talvez devêssemos trabalhar para melhorar essas habilidades.

Jagger balança a cabeça.

— Hã-hã. O acordo era: eu te deixo e Crew te pega. Ninguém disse nada sobre eu enfeitar os corredores para o Halloween.

Esmoreço, parando-o na entrada da trilha.

— Nem mesmo por mim?

Ele suspira pesadamente.

— Maldita seja você e esse biquinho. — Seu dedo mergulha sob meu lábio caído e eu sorrio.

Estamos de mãos dadas, andando de novo, quando o aviso:

— Agora, só para você saber, minhas habilidades de decoração também não são exatamente algo para se gabar. Na verdade, odeio muito, provavelmente tanto quanto você. Mas estou fazendo por Riley.

Seu telefone vibra contra a palma da minha mão e o levanto.

— Ah. Você recebeu uma mensagem de Crew. — Consigo ver a primeira metade da mensagem que começa com...

Crew: Diga a Scar que estarei aí para busca-la a pé lá pelas...

Entrego o telefone para Jagger, deixando-o ler o resto.

— Crew diz que estará aqui para buscá-la às oito.

— E a pé — acrescento, sabendo disso por ter lido.

— Na verdade, ele pode pegar emprestado meu trenó. Nenhum de vocês deveria sair por aí depois de escurecer.

Meu coração incha.

— Sério? Você deixaria?

— Claro. Crew ainda é meu garoto. — Ele aperta minha mão, e meu coração oficialmente dobra de tamanho, abrindo espaço para os dois. Jagger me devolve o telefone. — Quer ligar para sua mãe antes de chegarmos lá em cima?

— Ai, sim! — Eu esqueci completamente, mais uma vez. — Prepare-se — aviso —, ela vai me dar uma bronca por usar um telefone aqui. Ela tem certeza de que vou suportar a ira dos Ilegais se quebrar as regras.

— Ela não tem ideia, não é?

Balanço as sobrancelhas.

— Nenhuma, e pretendo manter assim. Pelo menos, por enquanto. — Disco o número dela e pressiono o telefone no ouvido. Jagger usa esta oportunidade para me fazer andar de volta para uma grande árvore. Ele coloca uma das mãos acima do meu ombro contra a casca seca, e a outra ao seu lado. Ela atende no terceiro toque. — Ei, mãe.

Imediatamente ela começa a gritar no meu ouvido, então afasto o telefone. É alto o suficiente para que Jagger possa ouvir, e ele luta para conter o riso.

— Está tudo bem, mãe. Não. Não vou ser expulsa. Na verdade, estou...

Mais gritos e exigências para encerrar a ligação e jogar o telefone no rio.

— Não é meu telefone para jogar no rio. É de Jagger Cole. — Pausa. — Sim, o filho de Caim, Jagger. Que outro Jagger Cole existe? — Balanço a cabeça em aborrecimento. — Você poderia apenas me ouvir? Tenho que te perguntar sobre alguém.

E mais gritos, então a interrompi.

— Mãe! Você conhece uma garota, ou melhor, uma mulher chamada Kenna?

De repente, os gritos param.

— Mãe?

Resolvo colocar o telefone no viva-voz, para que Jagger possa ouvir; dessa forma, não precisarei retransmitir a mensagem.

— Ouvi, Scarlett. Por que você está perguntando sobre Kenna?

— Ela não era sua colega de quarto?

— Responda. Por que você está perguntando sobre Kenna?

— Bem, acho que encontrei algo dela. — Enfio a mão no bolso, tirando as metades do coração. — É um pingente, mas são dois lados.

— Que tipo de pingente?

— Não sei. Daqueles de melhores amigos, mas para um casal. Uma metade diz: "Estou com você onde quer que vá. Kenna". E a outra metade diz a mesma coisa, mas com o nome de Jeremy.

— Diga isso de novo.

— Uma metade diz...

— Não. O nome masculino. Você disse Jeremy?

— Sim. Você conhece?

— Onde você encontrou isso, Scarlett? — Sua voz é frenética, o que fez meus olhos arregalados se focarem em Jagger.

— Em uma cabana fora da propriedade da BCA.

— Na cabana de seu pai? O que você estava pensando ao sair do terreno da Academia?

— O quê? — Encaro Jagger, sobrancelhas levantadas. — Papai tem uma cabana aqui?

— Está abandonada e não colocamos os pés nela desde que você nasceu. Mas sim, ele é dono da cabana e da propriedade ao redor. Scarlett — ela diz meu nome em advertência —, você não andou perambulando por esses túneis, não é?

Olho para Jagger, me perguntando se deveria dizer a ela a verdade. Quando ele balança a cabeça negativamente, eu minto:

— Não. Apenas até a sala de Coleta, por quê?

— Mantenha assim. É fácil se perder nesses túneis. Agora, sobre esses pingentes. Você precisa jogá-los fora e esquecer que os encontrou. Está me ouvindo?

— Sim, mãe. Entendo, mas por quê? — Eu rio. — São apenas pingentes.

— Apenas faça o que eu digo.

Jagger e eu trocamos um olhar e, embora possamos não ter obtido nenhuma resposta, o medo no tom da minha mãe revela que esses pingentes podem ser uma pista maior do que pensávamos.

— Antes de desligar, pode me dizer o que aconteceu com Kenna?

Há um momento de silêncio antes de eu ouvi-la engolir em seco.

— Kenna faleceu há dezessete anos, apenas alguns dias depois de dar à luz seu filho, Jude.

— Jude — digo o nome em voz alta, esperando que desperte algo em Jagger, mas ele encolhe os ombros em resposta. — Sinto muito por ouvir isso, mãe. Imagino que, se foram colegas de quarto, vocês foram muito próximas também.

— O tempo revela verdades, Scarlett, e espero que você nunca tenha que entender exatamente quão verdadeira é essa afirmação.

— Espere, mãe. — Cubro o alto-falante com a mão e o coloco de lado, para que ela não possa me ouvir. — O que mais devo perguntar a ela que possa nos ajudar?

Jagger sussurra de volta para mim:

— Pergunte onde esse garoto Jude está agora? E como Kenna morreu?

Concordo com a cabeça antes de colocar o telefone de volta no ouvido.

— Desculpa, mãe. Os alunos estavam passando e tive que esconder meu telefone. Mãe — chamo, com suavidade em meu tom —, como sua amiga Kenna morreu?

— Você está sozinha agora? — O desespero em seu tom é perturbador.

— Sim — estremeço —, somos só você e eu.

— Kenna foi assassinada em casa, mas ninguém jamais admitirá isso. Todos dirão que ela tirou a própria vida, mas eu sei a verdade. Ele fez isso.

— Ele quem?

— Jeremy Beckett.

Arrepios deslizam pela minha espinha ao som desse sobrenome atingindo meus ouvidos.

— Você disse Beckett?

— O inimigo jurado de nossa espécie, Scarlett. Você precisa me prometer que nunca vai chegar perto de um deles. Eles vão fingir ser seus amigos. Usarão máscaras e a atrairão. Assim que a pegarem, farão tudo ao seu alcance para destruí-la. Assim como fizeram com Kenna.

— Uau, mãe — eu rio, embora não haja nada engraçado. — Ninguém está atrás de mim. — É mentira, mas, depois dessa conversa, tenho uma boa ideia de onde começar a pesquisar para descobrir quem é. Não há dúvida em minha mente agora... é definitivamente um Beckett.

— Segredos espreitam nas sombras da BCA, e não apenas segredos da Sangue Azul. Esteja segura, querida. Não saia do terreno da escola e lembre-se do que eu disse: nunca saia sozinha à noite.

— Espere. Tenho que te perguntar mais uma coisa antes de desligarmos. O que aconteceu com esse tal de Jeremy?

— Ele faleceu e seu filho foi colocado em um orfanato.

— Ok, mãe. Preciso ir agora. Dê um abraço no papai por mim. Eu te amo.

— Prometa-me que entrará em contato se tiver qualquer problema. Os Beckett não são mais uma ameaça para nós, mas segurança nunca é demais quando se trata dessa família.

— Prometo.

— Esteja a salvo. Te amo, querida.

Termino a ligação e devolvo o telefone para Jagger.

— Bem, foi uma baita conversa. Ela pode pensar que os Becketts não são uma ameaça para nós, mas acho que está errada.

— Muito errada.

Minhas sobrancelhas afundam, as rugas na minha testa proeminentes.

— Você está pensando o que eu estou pensando?

— O filho?

— Bingo. Faria sentido que ele tivesse os colares de seus pais como prova de seu amor um pelo outro.

— É. Eu não diria amor. Você não ouviu sua mãe? Ela acha que esse tal de Jeremy assassinou Kenna.

— Verdade. Mas ela não tem certeza. É tudo especulação. Como muitas coisas na BCA. E, olha que reviravolta, meu pai é dono daquela maldita cabana. Como diabos eu não sabia disso?

Jagger dá de ombros.

— Parece que eles não estão planejando férias em família lá tão cedo.

— Ou nunca.

— Tudo bem, temos que olhar para isso de todos os ângulos. Eu provavelmente deveria informar os caras.

Concordo.

— Sim. Eu ajudo Riley e você volta e fala com eles. Vou deixá-lo se safar da decoração desta vez.

Jagger pressiona seus lábios na minha bochecha.

— Obrigado. Vejo você em casa.

Um calor percorre meu estômago enquanto me afasto, sentindo a vertigem de uma garota de treze anos apaixonada. Como tive tanta sorte de ter não apenas um, mas dois dos caras mais lindos que existem?

Quando chego a Riley e ao grupo, dou adeus a Jagger. Ele desaparece na trilha e me concentro em estar presente para minha amiga. Não tenho estado muito ao seu lado e sinto muita culpa por isso.

— Você veio. — Riley sorri, com seu tom "sempre alegre". Seus braços voam ao meu redor, é claro, e desta vez, eu a abraço de volta. Eu *realmente* a abraço de volta.

— Senti sua falta — digo a ela, justificando uma expressão de pânico em seu rosto.

— Você está bem?

Eu rio de sua preocupação por mim.

— Claro que estou bem.

— Por que você está sendo toda calorosa e confusa? Você não é assim.

— Ry — eu falo lentamente —, nem sempre sou fria e sem coração.

— Sim, você é. Agora me diga o que está acontecendo e por que você estava segurando a mão de Jagger Cole quando o vi descendo a trilha.

Eu estremeço.

— Você viu isso?

— Uhumm. Presumo que as coisas não estejam indo bem entre você e Crew?

— Na verdade, não. As coisas estão ótimas.

Sua postura cai, um olhar de confusão em seu rosto.

— Como isso está funcionando então?

— É apenas uma coisa casual entre nós três. Não há necessidade de pensar muito nisso. — O que estou sentindo é tudo menos casual. Riley não precisa saber disso, no entanto. A última coisa de que preciso é julgamento.

— Ah, tudo bem. Eu estava prestes a me curvar aos seus pés pensando que você estava pegando dois caras de uma vez.

Minhas bochechas coram e eu digo:

— Nunca disse que não estava. — Mordo meu lábio e a boca de Riley se abre.

— Puta merda. Sua vagabunda. Eu amei.

— Vamos — jogo um braço em volta dos ombros dela —, vamos deixar este lugar mais sombrio com Ghouls e Goblins, enquanto você me conta como está indo seu relacionamento de um cara só.

— Argh. Que chato — ela canta, e isso me faz parar.

— Sério? Achei que você estivesse loucamente apaixonada.

— Ah, não. Eu estou. É a coisa de um cara só que é chata. Por que não posso ter dois? Ou mesmo três?

— Considere-se com sorte. É confuso demais. Eu só... não quero deixar nenhum deles. — Incho minhas bochechas, então expiro o ar reprimido. — Isso é egoísta da minha parte?

Riley endireita o chapéu em uma bruxa em pé, depois se move para outra.

— Não. Você tem que fazer o que acha que é certo. Sabe que não sou fã desses caras, mas posso dizer que eles agem com o melhor dos interesses; agora que os jogos acabaram, é isso.

— Sim. Crew e Jagger têm sido ótimos nas últimas semanas.

— E Neo. — Suas palavras são uma afirmação, ao invés de uma pergunta, e isso me faz virar a cabeça.

— Neo?

— Sim. Ele pode ser o maior idiota que já conheci, mas percebo as pequenas coisas que ele faz.

— Ah, é? — Eu rio. — Tipo o quê? Porque eu não vejo.

— Você verá. — Com isso, ela caminha até Hannah e pega algumas teias de aranha dela, então as entrelaça nas bruxas reunidas em torno de um caldeirão.

Estou observando-as decorar, sabendo que devo oferecer minha ajuda, quando avisto Melody. Seu cabelo agora está na altura dos ombros e cortado uniformemente. Mesmo depois de cortar uns bons dez centímetros com uma tesoura enferrujada, ela conseguiu consertar e ficar linda como sempre.

Ela percebe meu olhar e rapidamente se vira. É irônico, realmente. Uma garota como ela com confiança crescente de repente vivendo com medo, trêmula.

Usando esse tempo enquanto Riley está ocupada, cumprimento Melody, que recentemente foi liberada de seu quarto.

— Alguma coisa *dele* ainda? — Minhas palavras saem um sussurro, mas ela me ouve.

— Nada. Eu disse aos caras que avisaria se ouvisse alguma coisa e vou avisar.

— É melhor mesmo, ou é a sua bunda que vai sentar naquele caldeirão.

— Não me ameace, Scarlett.

— Ah — eu rio —, não é uma ameaça, *Melody* — enuncio o nome dela. — É uma promessa. — Viro-me e vou ajudar Riley.

Joguei algumas aranhas de plástico em uma teia, subi em um poste de luz para substituir uma lâmpada nas miniluzes — estava literalmente a apenas trinta centímetros do chão — e observei Riley e alguns membros de seu time de líderes de torcida agirem como tolos com a trilha sonora de *Michael Myers*. Acontece que esta noite foi muito divertida. E nem tivemos que correr de nenhum monstro. Exceto Elias, que veio correndo pela Praça usando uma máscara de lobisomem. Riley enlouqueceu e, um segundo depois, eles estavam se agarrando como adolescentes — o que eles são. Às vezes eu esqueço, todos nós esquecemos.

Mas não parece. Faz tempo que não me sinto uma adolescente despreocupada. Lidar com perseguidores e questões de adultos meio que sugou a vida inocente de mim. Fico para trás, observando todo mundo rindo e conversando sem se importar com o mundo, e me pergunto se tudo isso ainda é um jogo para eles. Por que não seria? O Stalker da BCA não está atrás deles; ele está atrás de mim.

— Parece que sua carona chegou — Hannah diz, e sigo seu olhar para o snowmobile descendo a trilha. O piloto está usando um capacete, então isso elimina qualquer suspeita de que Neo veio me buscar.

Conforme se aproxima, ele tira o capacete, e posso ver claramente que é Crew.

Riley se move para o meu lado, sussurrando:

— Deixada por um. Apanhada por outro. Sua vadia sortuda.

Cutuco seu ombro com o meu, sorrindo, porque me sinto muito sortuda.

Crew não diminui a velocidade até que as meninas estejam pulando para o lado, momento em que ele esbarra em uma das bruxas de um metro e meio de altura, derrubando-a no chão.

— Crew! — Riley grita, abaixando-se e pegando-a. — Você derrubou Winnie!

Ele joga a perna, o capacete sob o braço, os olhos em mim.

— Erro meu. Só tentando chegar até a minha garota. — Ele pega minha mão e a agarro.

Ai, meu Deus. Posso sentir o calor em minhas bochechas e agradeço que esteja escuro lá fora.

Três das quatro garotas olham ansiosamente para Crew, quase desmaiando com suas palavras. Não é sempre que ouvem um garoto daquele tamanho falar tão docemente. Riley, por outro lado, está lutando contra uma bruxa que sempre cai.

— Maldita seja, Winnie! Levante, sua vaca!

— Crew, você se importaria? — Aceno para Riley, pedindo-lhe para lhe dar uma mão.

— Eu posso chamar um Novato.

Suspirando, dou um tapa em seu braço.

— Apenas ajude-a.

— Beleza. — Ele arrasta a palavra, agarrando a bruxa pelo chapéu. — Mas não conte a ninguém. Tenho uma reputação de idiota a defender.

Eu rio em resposta.

— Seu segredo está seguro conosco.

Assim que ele coloca Winnie no lugar e Riley fica satisfeita, nos despedimos e vamos para casa.

É um passeio frio e silencioso, e estou tão cansada que poderia facilmente ter adormecido nas costas de Crew.

Parando bem em frente aos degraus da casa, ele desliga o motor. Levanta primeiro, então pega minha mão e me ajuda a sair. Um grande bocejo me faz cobrir minha boca.

— Cansada? — pergunta, e nós entramos em casa juntos.

— Muito. Com certeza vou dormir bem.

Assim que entramos, ele fecha a porta e me pega pela cintura, me empurrando até que eu esteja pressionada contra a porta.

— Você se divertiu esta noite?

— Sim. Eu realmente fiz. Foi uma boa distração por algumas horas.

Seus lábios pressionam os meus.

— Que bom. Você merece isso.

Isso ainda é tão surreal. Crew me beijando. Crew sendo gentil. Às vezes, ainda sinto a necessidade de me beliscar.

— E você? Você e os caras resolveram alguns de seus problemas?

Sua cabeça balança de um lado para o outro enquanto ele estala a língua no céu da boca.

— É. Eu não diria isso, mas bolamos um plano em relação a Melody. Jagger e eu vamos vigiar esta noite do lado de fora da Toca das Raposas na esperança de uma entrega.

— Ah, uau. Essa noite? E se ele não aparecer? Vai ser uma perda de uma noite inteira.

— Então acho que vamos tentar de novo amanhã.

— Crew, isso é insano. Pode levar dias e você e Jagger precisam dormir.

Minha cabeça se inclina instintivamente quando ele espalha beijos na minha nuca.

— Não vou dormir até saber que você está segura.

Arrepios percorrem meu corpo e fecho os olhos.

— Mas quem vai me manter segura enquanto vocês dois estiverem fora?

Seus olhos se levantam para os meus, e já sinto falta de seu hálito quente contra a minha pele.

— Neo.

Solto um suspiro pesado de aborrecimento.

— Neo? Sério? Ele me jogaria de alimento para uma matilha de lobos, se tivesse a chance.

— Ela não está mentindo. — Suas palavras atingem meus ouvidos antes que eu o veja, mas, quando o encaro, quero bater nele.

Parado ali, vestindo nada além de uma cueca boxer preta que abraça seus quadris com perfeição, está o cara mais arrogante que já conheci.

Crew se vira, uma das mãos descansando preguiçosamente na minha cintura.

— Pensei que tivéssemos conversado sobre essa merda? — Suas palavras são dirigidas a Neo, que está mastigando um palito.

— Conversamos. Mas eu não poderia deixar passar a oportunidade de ser um idiota.

Eu interrompo, expressando minha indignação:

— Claro que você não poderia.

— O quê? — Ele leva as mãos ao peito nu, cobrindo a tatuagem de coroa quebrada em seu esterno. — Não aja como se você não fosse me jogar para uma matilha de lobos se tivesse a chance também.

— Ah, eu jogaria. Eu definitivamente jogaria.

— Viu? Nós temos algo em comum. Somos praticamente amigos agora.

— Sim, certo — murmuro.

— Bem — Crew interrompe —, se terminamos com este pequeno

momento de verdades, preciso trocar de roupa e pegar mais casacos. Vai ser uma noite fria hoje. Neo — continua —, confio que você vai deixar Scar sozinha, a menos que ela precise de você.

Neo levanta dois dedos.

— Palavra de escoteiro.

Eu tusso, encobrindo o som de meu murmúrio:

— Que besteira.

Crew pega minha mão e passamos por Neo. Enquanto fazemos isso, Crew diz:

— São três dedos idiotas.

— Droga. Jagger deve tar arrombado mesmo ela, mas tudo bem, se ela insistir em três.

Crew estava se referindo ao símbolo dos escoteiros, enquanto Neo está apenas sendo o idiota vulgar que sempre é. Nós dois sabemos que eu não deixaria seus dedos chegarem perto de mim.

— Ignore-o. — Crew aperta minha mão e subimos as escadas.

— Sempre.

CAPÍTULO VINTE E UM

SCAR

Depois que Crew e Jagger saíram, tomei um banho e escovei meu cabelo por uns bons vinte minutos enquanto me olhava no espelho do banheiro, pensando em todas as maneiras que essa coisa com Crew e Jagger poderia dar errado.

A última coisa que quero é arruinar a amizade deles, mas até agora parecem estar lidando com tudo muito bem. Afinal, estão trabalhando juntos esta noite para tentar pegar o Stalker da BCA. Em um mundo perfeito, eles o pegariam, ou a pegaria. Nunca imaginei que fosse uma garota, mas, depois de ver Melody naquele roupão preto com seus cabelos loiros para fora, tudo que imagino é uma garota agora.

Minha mente está uma bagunça esta noite e atribuo isso à exaustão. Jagger ganhou algumas pílulas para dormir de Melody no início do ano letivo, quando disse que não conseguia dormir à noite, e deixou uma na minha mesa de cabeceira para o caso de eu precisar.

Deitada na cama sozinha, o edredom dobrado confortavelmente em volta de mim, eu olho para o teto, pensando que provavelmente deveria tomá-la.

Fazia alguns dias que não tinha uma boa-noite de sono e, mesmo assim, era apenas porque Crew estava me abraçando e eu me sentia segura.

Jogando o cobertor de cima de mim, eu me levanto. O brilho da minha luz noturna ligada ao lado da cama me oferece luz suficiente para enxergar, então pego o único comprimido que está na minha mesa de cabeceira. Coloco na boca, pego meu copo de água, tomo um grande gole... e ele desce.

Uma vez que estou confortável novamente, fecho os olhos.

Não tenho certeza de que horas são quando salto na cama ao som de passos vindo do corredor. Sentindo-me tonta e desorientada, fecho os olhos, ainda sentada, ignorando tudo o que ouvi.

Dormir. Eu só preciso dormir.

Mesmo quando a porta do meu quarto se abre, eu apenas quebro uma tampa, minha mente incapaz de processar o que realmente está acontecendo.

É tudo um sonho. Volte a dormir.

Incapaz de segurar o peso da minha cabeça, meu pescoço se inclina para o lado.

— Tem alguém aí? — resmungo, estalando meus lábios e espiando por uma pálpebra entreaberta.

Minha cabeça rola para o outro lado e a sombra escura de uma figura vem em minha direção.

— Quem é você? — pergunto, através de cordas vocais secas e sonolência. Eu vejo um flash, depois outro, e outro. — Você está tirando fotos?

Ele chega cada vez mais perto, e esse sonho de repente se transforma em pesadelo.

Acorde. Faça alguma coisa.

Endireito minhas costas contra a cabeceira, levantando a cabeça e olhando nos olhos recortados da figura mascarada. Minha mão se estende para agarrar seu rosto, mas meu pulso está preso em uma luva de couro preto.

— Isso machuca. — Tento me afastar, mas ele aperta cada vez mais forte, me tirando do pesadelo e me trazendo para a realidade.

Minha boca se abre para gritar, mas nenhum som escapa, e é quando percebo que a outra mão dele é uma barreira para minha voz.

Eu chuto, grito, me contorço e tento fugir, mas ele apenas fortalece seu aperto. Ele é forte, mas não vou desistir.

Levantando uma perna, minha flexibilidade me permite enrolar meu pé sob seu braço e estendo-o, afastando sua mão da minha boca por tempo suficiente para gritar o mais alto que posso.

— Socorro! — Então ele o coloca de volta no lugar, me silenciando novamente. — O que você quer? — tento dizer, mas estou falando em uma palma de couro.

Isso não pode estar acontecendo.

Vou morrer.

Ele vai me matar.

Lágrimas caem imprudentemente pelo meu rosto, respingando na luva.

Finalmente, eu me rendo porque, o que ele quiser, vai conseguir.

Então, quando menos espero, a esperança volta. A figura mascarada tira a mão da minha boca, os olhos queimando os meus, mas não consigo distinguir a cor na escuridão. Eu vou gritar de novo, mas, antes disso, um bilhete cai no meu peito.

Fico ali, congelada no lugar, incapaz de pensar... incapaz de me mover, enquanto o observo sair pela porta.

Assim que o choque da situação passa, eu grito a plenos pulmões:

— Neo!

Esperando, pego o bilhete, dobrando cada canto.

Neo entra correndo na sala, esfregando os olhos cansados. Ele acende a luz, antes de correr para a minha cama.

— Por que diabos você está gritando?

Lágrimas continuam a escorrer pelo meu rosto enquanto seguro o bilhete na minha frente.

— Ele esteve aqui. Tirou fotos e me segurou. — Choro um pouco mais, engasgando com minhas palavras. — Ele deixou isso. — Eu seguro o papel com a mão trêmula, mostrando a prova da visita do Stalker da BCA ao meu quarto.

Antes que eu possa entregar o bilhete a Neo, ele foge da sala. Arranco o cobertor de cima de mim e fico de pé, me sentindo tonta e desequilibrada. Minha cabeça parece suportar o peso de uma bola de boliche e é oficial, nunca mais tomarei outro remédio para dormir enquanto viver.

— Neo — grito, minha voz embargada quando seu nome sai dos meus lábios.

Dou um passo, depois outro, antes de perder o equilíbrio e cair no chão.

Deve ter sido um excelente comprimido para dormir.

Não sei quanto tempo passou quando abro os olhos e vejo Neo ajoelhado ao meu lado. De alguma forma, consigo pronunciar as palavras:

— Você o pegou?

— Não. O desgraçado fugiu.

Tento me sentar, mas o giro na minha cabeça me manda de volta para baixo.

— Uau. — Neo me agarra. — Ele te machucou?

Nego com a cabeça.

— Eu tomei um remédio. Não me sinto muito bem.

— Vamos. — Ele me levanta e, quando me jogo como um peixe, ele se ergue, me agarra pela cintura e me joga por cima do ombro.

Estou de cabeça para baixo, meu queixo pressionado em suas costas.

— Por que você está sendo legal comigo? — Quando ele me joga na cama com força, eu rio. — Retiro o que eu disse.

— Eu sempre poderia jogar você de volta no chão e deixá-la por lá.

Estou encolhida contra a cabeceira da cama e ele agarra meu pé, puxando-me para baixo de modo que minha cabeça fique apoiada no travesseiro.

— Sinto-me fraca, Neo.

— Fique aqui. Preciso pegar meu telefone e ligar para os caras.

— Não! — deixo escapar. — Não quero preocupá-los. — Dou um tapinha no colchão ao meu lado. — E não quero ficar sozinha. Fique comigo. Por favor.

Não posso acreditar no que estou dizendo. Em uma estranha reviravolta, parece que prefiro estar na presença de Neo do que morrer. Pelo menos, minha versão chapada prefere. Quem teria pensado?

Neo olha ao redor da sala, e é estranho porque ele parece desconfortável. Não é sempre que recebo essa vibração dele, se é que alguma vez recebi.

Com uma inspiração profunda, ele se senta no canto da cama e diz:

— Vá dormir para que eu possa ir embora.

Rolo para o meu lado e enrolo minhas pernas para cima.

— Você é tão charmoso. — Meus olhos piscam algumas vezes e, enquanto meu corpo está me dizendo para dormir, minha mente ainda está se perguntando se tudo isso é um sonho fodido. — Alguém entrou aqui?

— Sim, Scar. Alguém entrou aqui e fugiu. Que porra de pílula você tomou?

— Dormir.

— Você tomou um comprimido para dormir?

— Uhumm. Jagger deixou para mim. — Apenas as fendas dos meus olhos aparecem e tudo ao meu redor está nebuloso, mas dou um tapinha no colchão ao lado novamente. — Diga a Jagger para vir aqui.

Neo me agarra pelos ombros, prendendo minhas costas no colchão.

— Sai dessa. Jagger não está aqui.

Meus olhos se arregalam.

— Onde ele foi?

Agora segurando um copo d'água, ele o enfia na minha cara, mas eu viro a cabeça.

— Não quero outro remédio.

— Apenas beba a maldita água. Na verdade, você pode querer comer alguma coisa. Posso garantir que o que você tomou não foi um comprimido para dormir.

Suas palavras levantam bandeiras vermelhas em minha cabeça, e me sinto de repente saindo de qualquer transe em que estava; no entanto, meu cérebro ainda é uma espessa manta de névoa.

— O que foi? — Levanto-me, pego a água dele e pressiono o copo em meus lábios.

— Ele realmente entregou a você e te assistiu tomar?

Balanço a cabeça negativamente, jogando água no rosto. Depois de passar as costas da mão na boca, digo a ele:

— Ele deixou na minha mesa de cabeceira enquanto eu estava no chuveiro.

— Filho da puta! Aposto que aquele cretino esteve aqui a noite toda. Provavelmente trocou a pílula por outra coisa. Não me surpreenderia se ele te visse no chuveiro.

Meu pulso acelera.

— Você acha que ele ficou me observando?

— Se ele estava aqui, tenho certeza que sim. Ninguém deixaria passar essa oportunidade.

Isso foi um elogio vindo de Neo?

Estou processando as coisas lentamente quando lembro que ele disse algo sobre comida.

— Não me deixe ir buscar comida.

Ele me encara de lado.

— Não estou te deixando, porra. Durma um pouco e os caras e eu cuidaremos disso.

— Sim — eu rio —, da mesma maneira que você cuida de todo o resto.

— O que isso deveria significar?

— Em termos leigos, significa que todos vocês são péssimos em cuidar das coisas. Não estamos mais perto de pegar esse cara do que durante os Jogos de Patente.

— Parte dessa culpa pode ser colocada no Guardião. — Suas palavras saem como um murmúrio irritado, mas eu o ouvi.

— Você disse Guardião? O que isso significa?

— Nada. Esqueça. Vá dormir, porra.

Meu corpo dispara, a água derramando sobre mim.

— Ops. Esqueci que estava segurando isso. — Eu rio, mas o olhar raivoso no rosto de Neo diz que ele não acha nada engraçado. Um olhar para a minha camisa revela o broto dos meus mamilos aparecendo através da minha regata branca, agora encharcada.

Minha boca recua.

— Hmm. Não olhe.

— Como se houvesse algo para olhar. — Suas palavras não combinam com suas ações quando o pego olhando para o meu peito.

— Então o que você está olhando?

— Nada de especial — resmunga —, posso te prometer isso.

Faço uma careta para ele, sobrancelhas unidas.

— Por que você é tão mau?

Agarrando a bainha da minha camisa, eu levanto e puxo minha regata sobre a cabeça.

— Que porra é essa, Scar! — Ele pega um travesseiro, empurrando-o no meu peito. — Perdeu a cabeça?

— Na verdade sim. Sinto que minha mente está perdida. Mas qual é o problema? Não é nada especial, então você não deveria se importar.

Neo pula e vai até minha cômoda, abrindo algumas gavetas antes de encontrar uma camisa. Ele a joga para mim, mas ela cai no final da cama, então largo o travesseiro e rastejo até lá.

— Obrigado, Neo. Você tão fofinho!

Enquanto estou vestindo, percebo que ele está me observando e, quando meus olhos se arrastam para sua virilha, vejo sua ereção crescendo. Um sorriso surge em meus lábios. Ele pode fingir que meus seios não são nada de especial, mas seu pau pensa o contrário.

Uma vez que estou com uma camisa seca, eu me deito. Minutos se passam com Neo parado em meu quarto, me observando e esperando que eu adormeça, para que ele possa sair.

Mas não consigo dormir. De repente, sinto uma explosão de energia e também estou convencida de que não tomei um comprimido para dormir.

— O que você acha que era o remédio? — pergunto a Neo, que está imerso em pensamentos.

— Hm? — Ele desperta. — Não sei . Estabilizador de humor, talvez?

Eu me movo para o meu lado novamente, para que possa vê-lo enquanto falo.

— Ele provavelmente tentou me matar e falhou.

— Se ele queria te matar, existem maneiras mais fáceis de se livrar de você.

— Parece que você pensou sobre isso.

Ele levanta um ombro.

— Uma ou duas vezes.

— Neo? — digo seu nome, como se fosse uma pergunta. — Por que você me culpa por tudo de ruim que aconteceu na sua vida?

Ele quebra o contato visual comigo, se vira e começa a mexer em alguma coisa na minha cômoda.

— Porque você é a culpada.

Sento-me, trazendo o cobertor comigo. Não quero abrir velhas feridas, mas esta é a primeira conversa real que tive com Neo em anos, e pode ser a última por algum tempo.

— Eu não sou, no entanto.

Ele pega algo na minha cômoda, talvez um bilhete, e o desdobra. Girando, seu comportamento muda completamente. Ombros puxados para trás, narinas dilatadas.

— Onde diabos você conseguiu isso?

— Não sei. O que é?

— É meu! Isso é o que diabos é! E quero saber onde você conseguiu isso. — Ele avança para mim, dedos como teias de aranha enquanto alcança minha garganta. Recuo, minha cabeça pressionada firmemente contra a cabeceira da cama.

— Não sei como veio parar aqui. Eu juro, Neo. — As pontas dos dedos mergulham na carne do meu pescoço e encaro os olhos cheios de ódio e intenção. Minha garganta aperta, o pulso no meu pescoço batendo contra a palma da mão.

— Mentirosa! — grita. — Você sabia todo esse tempo que eu tinha a prova e pensou que poderia roubá-la de mim, não é?

Engulo em seco, sentindo uma bola que não desce se alojar na minha garganta. Neo me empurra para trás, aparentemente não querendo acabar com minha vida esta noite. Por um segundo, tive certeza de que ele me mataria com as próprias mãos.

Eu tusso e cuspo, então finalmente grito:

— Saia do meu quarto! — As palavras ardem ao subirem pela minha garganta. — Saia! — grito, descuidadamente, esfregando o ponto dolorido do meu pescoço. — Você é um doente! Quem faz essa merda?

— Eu faço! — Ele aponta o polegar para o peito. — Eu faço, porque você me empurrou para fazer isso. Sabe — ele balança a cabeça —, por um segundo, pensei que talvez, apenas talvez, eu estivesse exagerando, que era tudo uma coincidência. Então eu encontro isso. — Ele levanta o papel e só posso presumir que foi plantado aqui, seja lá o que for.

— Espere! — Esse papel. É aquele que Jagger deixou cair na escada que subia para a cabana. — Eu sei de onde isso veio. Jagger deixou cair e estava no bolso do meu casaco. — Imediatamente engulo minhas palavras, esperando não incriminar Jagger de alguma forma.

— Por que diabos Jagger teria o relatório de investigação da minha irmã? Suas palavras me pegam de surpresa.

— Investigação? Eu não sabia que havia uma investigação. Maddie caiu.

— Você leu?

Balanço a cabeça, tentando processar tudo isso.

Neo dispara para mim, empurrando o papel na minha cara, fervendo de raiva.

— Você leu?

— Não — respondo honestamente —, nem mesmo abri aquele papel. Tirei do casaco e coloquei na minha cômoda. Mas agora eu quero ler. — Vou pegar o papel da mão dele, mas Neo puxa de volta, fazendo com que rasgue no centro.

— Agora olhe o que você fez!

— Foda-se! E quando pegarmos esse idiota, vou pedir a ele algumas dessas pílulas de humor para você, para que possa começar a agir como um ser humano normal! Agora me dê o maldito papel.

— Você não merece ler isso. Você nem merece respirar o mesmo ar que Maddie.

Suas palavras machucam, mas não me impedem. Saio da cama e pego o papel novamente. Ele não desiste, então o agarro pelo braço e aperto meus dentes, mordendo seu bíceps. Ele xinga e me afasta, porém, quanto mais ele luta, mais forte eu mordo.

— Sua puta desgraçada!

Finalmente, meus dentes arrancam sua pele, o gosto de seu sangue se infiltra em minha língua. Engasgo algumas vezes, porém, enquanto ele está cuidando de sua ferida, eu arranco o papel e corro depressa para o meu banheiro, batendo a porta e trancando-a antes que ele possa chegar até mim. Seus punhos imediatamente começam a bater e meu corpo vai deslizando pela porta de madeira, mas posso sentir cada impulso contra minhas costas.

Cuspo qualquer resto dos fluidos corporais de Neo e pego uma camisa suja do chão, esfregando-a em minha língua.

Uma vez que não posso mais prová-lo, eu leio.

DEPARTAMENTO DE POLÍCIA DO CONDADO DE COY
RELATÓRIO DE INVESTIGAÇÃO CRIMINAL

ABERTO EM: 19-12-2020	**FECHADO EM:** Permanece em investigação
DOCUMENTOS RELACIONADOS: Relatório de investigação criminal Laudo médico Declaração de testemunhas	**VÍTIMA:** Madeline Carian Saint

Em 19 de dezembro do ano de 2020, Madeline Carian Saint foi encontrada sem responder na zona leste de Montanha Coy.

Madeline Saint foi encontrada por um escalador local aproximadamente às dezenove e trinta da noite. Madeline caiu de pelo menos 30 metros de altura, do topo da Montanha Coy, durante uma viagem de esqui com um grupo de amigos (veja na declaração de testemunhas 03D).

Atendimento médico foi recebido imediatamente e ela foi levada de helicóptero para o hospital mais próximo.

Descobertas apresentadas pela detetive Ann Lindon: Departamento de Polícia do Condado de Coy e Equipe Forense do Condado de Coy:

Foi determinado que no caso de Madeline Saint — 16 anos de idade, de Essex, Co — será necessário avanças nas investigações. Nossas descobertas são que, pela trajetória, o corpo foi impulsionado para fora e que não houve indicação de ferimentos por ter escorregado pela lateral da montanha. Se tivesse caído sem força, teria apresentado marcas e hematomas de grave extensão cobrindo boa parte do corpo. A falta delas indica uma força por trás, que a jogou no ar antes de atingir o solo em dado momento, onde ela foi localizada.

Várias peças de evidência são dignas de nota. (Ver o arquivo de evidências 9F2).

A DPCC manterá os procedimentos de relatórios de investigação.

— Não — sussurro —, não pode ser.

Minhas mãos tremem enquanto seguro o papel na minha frente. *Maddie foi empurrada?*

Neo finalmente para de bater, sabendo que é tarde demais.

— Por que você nunca me contou? — indago, sufocada, alto o suficiente para ele me ouvir.

— Porque você já sabia.

Lambo as lágrimas caindo em meus lábios, lutando para respirar.

— Você acha que eu fiz isso? Todo esse tempo, você pensou que tinha sido eu? — Ele não responde, mas eu continuo falando: — Você me culpa pelo acidente de Maddie. Me culpa pela morte de sua mãe. E agora me culpa pelos laços rompidos entre vocês três. Você acha que é tudo minha culpa.

A porta chacoalha, e o sinto perto. Sua resposta, confiante, é:

— É tudo culpa sua.

Enrolo o papel na mão, jogando-o no banheiro.

— Eu nunca a machucaria, Neo. Nunca iria querer que nada de ruim acontecesse com alguém da sua família, nem mesmo com você. Como você pode pensar que eu faria isso?

— Você queria que ela fosse embora. Ela era a única coisa que a impedia de estar com Crew.

— Isso é realmente o que você pensa?

— É o que eu sei.

— Sim. Deixei Maddie no topo da montanha para descer sozinha. Todo esse tempo, pensei que você me culpava por sua lesão porque eu não caí com ela. Mas não era nada disso.

Posso não ter empurrado Maddie, mas, de acordo com este relatório, alguém o fez.

Enxugando minhas lágrimas, eu me levanto e destranco a porta. Assim que a abro, Neo se levanta de onde estava sentado do outro lado. Sua mão se estende para mim, dando-me um pequeno porta-moedas preto.

— Achei isso. O stalker deve ter deixado cair ao sair. Parece o comprimido para dormir que devia ter tomado e a chave roubada de Crew. Deve ser assim que ele entrou. — Ele entra no banheiro e pega o papel amassado do chão. Rosnando, passa por mim e sai de lá.

Corro para a porta, pressionando as palmas das mãos em cada lado.

— Neo — grito, e ele para, mas não se vira —, eu não fiz isso. Mas alguém o fez e eu gostaria de ajudá-lo a descobrir quem é essa pessoa, se você me permitir.

Ele continua andando, abrindo a porta do quarto e fechando-a com força.

CAPÍTULO VINTE E DOIS

SCAR

— Ei — Jagger diz, deslizando sob o cobertor comigo. Meus olhos estão bem abertos e não fecharam a noite toda. — Eu ouvi sobre o que aconteceu. Não acredito que ninguém nos ligou.

— Neo queria, mas eu não quis que vocês se preocupassem. Além disso, Neo o expulsou.

— Não importa. Ele trocou seu remédio para dormir e você poderia ter se machucado seriamente.

Jagger enrola os dedos, passando-os pela minha bochecha, e pego um vislumbre de sangue seco. Pego sua mão na minha e a seguro na frente do meu rosto.

— Ai, meu Deus, Jagger. O que aconteceu?

Sento-me, trazendo sua mão ferida comigo, e é quando vejo seu olho esquerdo inchado.

— Você entrou em uma briga!

— Estou bem. Mas você deveria ver o outro cara.

— Isso não é engraçado. Com quem você estava brigando? Corro meus dedos sobre os nós dos dele, manchando um pouco do sangue fresco, e é quando percebo que não foi ontem à noite, deve ter sido esta manhã. — Foi Neo, não foi?

— É pior do que você tirar um pedaço do braço dele?

Estremeço com o pensamento. Eu fiz isso. Toco a boca com a língua, procurando por seu gosto. Felizmente, ele se foi.

— Em minha defesa, eu estava sob influência ontem à noite. Estou surpresa por não estrangulá-lo depois que ele me sufocou…

Minhas palavras falham, sabendo que falei cedo demais.

Jagger dispara, ficando de pé.

— Depois dele o quê?

— Não. Tudo bem. Estou bem. Sério. Ele não me machucou.

Agarrando meu queixo, ele vira minha cabeça para a esquerda, depois para a direita, procurando por qualquer sinal das impressões digitais de Neo. Seus lábios se curvam e ele deixa cair a mão antes de caminhar ruidosamente para a minha porta aberta.

— Jagger. Espere! — grito, jogando o cobertor de cima de mim e me levantando. Não vou muito longe antes de minha cabeça começar a latejar. Parece que meu cérebro está preso em um tornado, batendo contra meu crânio. Agarro os dois lados da cabeça e me sento. — Jagger! — tento novamente, sem sucesso.

Crew está passando pela minha porta quando me dá uma segunda olhada.

— Uau, querida. — Ele corre para o meu lado. — Você está bem?

— Só me levantei muito rápido. Estou bem. Você vai atrás de Jagger antes que ele mate Neo? Por favor.

— Neo não está aqui. Ele saiu.

Levanto a cabeça e coloco as mãos no colo.

— Onde ele foi? A escola só começa daqui a uma hora.

— Não tenho certeza. Ele simplesmente saiu pela porta, subiu no trenó e saiu correndo.

— Ele está chateado por causa da briga com Jagger?

— Por causa da briga com nós dois. Ele mereceu, Scar. Ele já falou o suficiente. Precisava ser colocado em seu lugar.

Agarro a mão de Crew, procurando por sinais de ferimentos, mas não vejo nenhum.

— Eu não lutei contra ele com meus punhos. Lutei contra ele com minhas palavras.

Meu peito dói. É uma sensação estranha. Não suporto Neo, mas odeio o que aconteceu com sua amizade com Crew e Jagger. Sinto-me tão egoísta.

— Ei. — Ele inclina meu queixo. — Você vale tudo, ok? — É como se ele tivesse lido minha mente, mas ele ouviu a parte em que eu disse que sou egoísta? Porque, se o fizesse, ele poderia concordar.

— Temos que consertar isso. Não sou a maior fã de Neo, mas ele deve estar sentindo algo ruim com tudo isso.

— Algo tipo tristeza? Ou desamparo? Não — ele balança a cabeça —, Neo não sente essas emoções. Na verdade, ele está sentindo muita raiva e planejando um plano de ataque contra todos nós. Não se sinta mal por ele.

Mas eu sinto.

Jagger volta para o quarto, bufando.

— Ele se foi.

Crew o informa e Jagger retransmite o que eu disse sobre ele me sufocando, o que deixa ambos satisfeitos com a saída de Neo e uma esperança de que ele não volte. Eu sou a única que vê o quão errado tudo isso é? Esses caras são melhores amigos.

Uma ideia surge e acho que sei exatamente onde encontrá-lo.

Fico de pé, interrompendo qualquer conversa que eles estejam tendo.

— Devemos nos preparar para a aula. — Quando fico tonta de novo, os dois percebem e cada um me segura, um de cada lado. — Estou bem — garanto.

— Você não está bem — diz Jagger. — O que quer que tenha tomado ontem à noite ainda está saindo do seu sistema. Você precisa ficar em casa hoje. Eu vou ficar com você.

— Concordo — Crew corta. — Mas você deveria ir para suas aulas, Jagger. Eu vou ficar com ela.

Eles começam a brigar, então jogo minhas mãos para cima e grito.

— Parem! — Eu não aguento mais isso. Primeiro Crew e Neo, depois Jagger e Neo, e agora Jagger e Crew. Eles estão todos brigando, e é tudo culpa minha. — Vou para a escola e ponto final. — Passo por eles e vou para o meu banheiro, não lhes dando chance de discutir comigo.

Meu coração está doendo a manhã toda.

Os sentimentos estão ficando mais fortes e com eles vêm escolhas que não estou pronta para fazer.

Crew é aquele que eu sempre jurei ser *o único*. Jagger roubou meu primeiro beijo e, naquele momento, levou um pedaço do meu coração também.

A última coisa que quero é que Crew e Jagger percam pessoas por minha causa. Sejam suas famílias ou seus amigos.

Todo mundo odeia Neo. Na verdade, tenho certeza de que Neo se odeia e quer que todos nós o odiemos também. O que é bom, porque tenho certeza que eu sim. Ódio é uma palavra forte, mas nunca senti tanta raiva de outro ser humano.

Minha consciência não me permite esconder tudo debaixo do tapete. Tenho que tentar consertar as coisas com esses caras. Deixando toda a minha raiva de lado, acho que posso. É exatamente por isso que estou saindo furtivamente pela porta do refeitório enquanto Crew e Jagger estão em nossa mesa almoçando.

Consegui pegar as chaves de Jagger do bolso quando dei um abraço nele antes de ir para minha aula de redação criativa. Parecia sorrateiro, mas era necessário, então a culpa é mínima.

Eu esperaria cerca de dez minutos antes que eles começassem a procurar por mim freneticamente, então tenho que ir agora. Pelo lado positivo, eles têm que me encontrar a pé porque o trenó de Crew ainda não foi consertado.

Corro ao redor do prédio, a neve escorrendo sob a perna da minha calça jeans e caindo em minhas botas. Uma vez que meus olhos estão no trenó de Jagger, eu corro para ele.

Assisti os caras dirigirem seus trenós muitas vezes, então não deve ser muito difícil.

Sem pensar duas vezes, eu pulo, ligo o motor e mantenho o acelerador. Eu saio mais rápido do que esperava, fazendo-me voar de volta para o assento, mas alguns segundos depois, estou com tudo sob controle e estou me movendo em um ritmo vagaroso. Não estou em posição de tentar me exibir, então levo as coisas bem devagar e volto para casa.

Meu plano é seguir os rastros saindo de casa esta manhã, na esperança de que eles me levem direto para Neo.

Felizmente, eles são novos, claros e fáceis de seguir.

No momento em que começo a seguir seu rastro, sei que Crew e Jagger provavelmente começaram a questionar onde estou. Eles provavelmente vão perguntar a Riley, e talvez até a Elias. Mas ninguém poderá dar a resposta que desejam.

Viro à esquerda e minhas mãos ficam úmidas, mesmo na temperatura de 15 graus. Meus ombros se contraem e a inquietação se forma em meu estômago. É aquela sensação sobrenatural de que alguém está me observando. Eu senti isso várias vezes e minha intuição está sempre no alvo.

Aumentando minha velocidade, tento chegar a Neo mais rápido. Uma direita em seu rastro me faz adivinhar para onde estou indo, porque, daqui, é um caminho direto para as Ruínas. Neo deve ter ido lá para clarear a cabeça.

Quando chego, fico aliviada ao ver seu trenó estacionado sob a subidinha ao lado de um grande pilar.

Desligo o motor, tiro a chave e a coloco no bolso.

Meus olhos imediatamente pousam no alçapão aberto para os túneis e o desconforto volta a surgir. Da última vez que fui burra o suficiente para descer lá, Jagger e eu ficamos trancados. Em vez de descer a escada, enfio o rosto no buraco e grito:

— Neo!

Quando percebo, estou sendo puxada para trás, gritando o mais alto que posso.

— Me deixar ir! — Como uma boneca de pano, sou jogada de lado. Meu ombro esmagando contra o pilar de concreto antes de cair no chão.

Neo está lá, carrancudo para mim. Ele está com um olho inchado, semelhante ao de Jagger, e um lábio ferido que ainda tem sangue fresco escorrendo dele. Com um gorro preto na cabeça, uma jaqueta de couro e botas combinando, ele se mantém alto e não é afetado pela minha presença.

— Por que diabos você está aqui?

Eu me levanto do chão e dou um soco forte no ombro dele.

— Idiota!

— Vagabunda! — ele responde de volta.

— E daí se eu for?

— Ah, eu sei que você é. E uma vagabunda estúpida. Você está louca vindo aqui sozinha?

Reviro os olhos para ele, sem responder, porque sou mesmo louca por vir aqui sozinha.

— Acho que Crew e Jagger não sabem que você saiu? — Ele inclina a cabeça para o trenó de Jagger. — Ou que você roubou um veículo?

— Não. Porque, pela primeira vez em algum tempo, estou tomando uma decisão por mim mesma.

— Você percebe que é uma decisão estúpida, certo?

— Percebo. Pisco algumas vezes, olhando para o céu claro. — Mas eu tinha que tentar.

— Tudo bem — ele acena com a mão sobre a abertura dos túneis —, desça. Quer ficar presa de novo? Não vou te impedir.

— Eu não vim aqui pelos túneis. — Dou um passo em direção a ele. — Eu vim aqui por você.

— Uau. — As mãos voam. — Não estou interessado.

Droga. Isso foi duro.

Afasto as palavras que pisoteiam meu ego.

— Eu vim aqui para *falar* com você.

— De novo. Não estou interessado. — Enquanto ele se vira, agarro a manga de sua jaqueta de couro, de repente me lembrando de como senti suas mãos em volta do meu pescoço ontem à noite e, mais uma vez, percebo o quanto sou idiota. Ainda assim, isso não me impede.

Ele me sacode com um rosnado.

— Tire as mãos, destruidora de lares.

— Você poderia parar de fingir que é um idiota e apenas me ouvir?

— Confie em mim, bebê. Não é fingimento.

— Argh — rosno. — Por favor, não me chame assim de novo. É terrível vindo de você.

— E eu sou o idiota?

Estalo minha língua, levantando meus ombros.

— Volte para a escola, Scar. — Ele começa a caminhar em direção ao trenó novamente, mas eu pulo na frente dele.

— Não até resolvermos isso. Tudo isso!

Ele se senta no trenó, com a mão no bolso da frente da calça jeans, uma perna estendida e a outra dobrada.

— Beleza. Fala. Não significa que vou responder.

— Eu não empurrei Maddie.

— Próximo assunto. Não teremos essa conversa.

— Beleza. — Aceito sua postura. — Vou guardar isso para mais tarde. — Seus olhos sempre foram tão bonitos? Eles são o tom de azeitona mais bonito que já vi. Solto um suspiro pesado, de repente esquecendo por que estou aqui.

— Você terminou?

— Não. — Engolindo em seco, continuo: — Você tem todo o direito de me chamar de destruidora de lares porque, agora, me sinto como uma. Você, Jagger e Crew são melhores amigos desde que me lembro e agora todos estão brigando por minha causa...

— Isso, nós somos — ele me interrompe, e parece que está engolindo suas próprias palavras sobre não responder.

— Ok, agora que estamos sendo claros sobre isso. Preciso que saiba que não é o que eu quero. Não te suporto, Neo. Ninguém nunca me tratou tão mal quanto você...

— Tem certeza sobre isso? — ele me interrompe de novo, o que está começando a me irritar.

— Sim, tenho certeza.

— Então, eu tratei você pior do que um perseguidor que está te provocando e provavelmente se escondendo nesta floresta, te observando neste exato segundo?

— Sim — cuspo, honestamente —, essa pessoa pode me assustar mais do que você, mas não há dúvida de que você me causa mais dor.

Ele se inclina para trás, um cotovelo pressionado atrás dele no assento. Enfia a mão no bolso interno da jaqueta e tira um palito, enfiando-o na boca.

— Que bom. — Ele sorri, satisfeito consigo mesmo.

— Viu o que quero dizer? É isso! — Aponto para ele com as duas mãos. — Essa atitude arrogante que você tem.

— Não gostou? Então saia.

Bato meu pé no chão ao lado de seu trenó, xingando internamente.

— Você é tão irritante. Não há como ser racional com você, há?

— Não. — Ele avança, endireitando as costas e liga o motor.

— Neo! — Eu bufo. — Não se atreva a ir embora. Eu não acabei.

Ele levanta um sorriso e acelera na minha direção, então me circula.

— Se você sabe o que é bom para você, vai voltar para a escola.

Então ele sai correndo, me deixando furiosa e pronta para estrangulá-lo. Nunca conheci alguém tão enlouquecedor em toda a minha vida.

CAPÍTULO VINTE E TRÊS

SCAR

Sou uma estátua parada na neve levantada por Neo. Sem palavras, eu apenas assisto, meio esperando que ele volte porque, quem diabos faz isso?

Mais de uma pessoa afirmou que Neo me protegeria se necessário; ainda assim, ele me deixa aqui, sozinha, com a porta do túnel ainda aberta?

Qualquer um poderia subir aquela escada agora mesmo e me arrastar para a morte. A verdade é que Neo não se importa, e eles estão todos cegos por seus próprios problemas com o cara e não veem o desejo de morte que ele tem por mim.

Viro-me lentamente, com os olhos na abertura dos túneis. Qualquer um pode subir, mas também, qualquer um pode descer.

Caminhando em direção a ela, as vozes na minha cabeça batalham.

Não faça isso, sua burra.

E…

Vá. Procure por respostas. Descubra tudo o que puder sobre Kenna, Jeremy e o filho deles.

Ou melhor ainda…

Encontre provas de que esse monstro estava de olho em mim mesmo a uma altitude de seis mil metros. Que ele tinha como empurrar Maddie daquele penhasco.

Eu poderia limpar meu nome ao levar essa pessoa para os Anciãos, e não tenho dúvidas de que eles vão matá-lo — se eu não o fizer primeiro.

Já estou na metade da escada quando a escolha é feita por mim. É como se meu corpo soubesse o que fazer sem que minha mente sequer o dissesse.

É uma longa caminhada, mas faço porque Maddie vale a pena, porque minha vida vale a pena.

Não vai demorar muito até que Neo diga a Crew e Jagger onde estou. Eles verão o trenó de Jagger e, com alguma sorte, também descerão. Pelo menos assim não estarei sozinha. Embora, enquanto caminho por esses túneis, eu realmente espero estar sozinha.

Um minuto se transforma em muitos. E muitos minutos se transformam em quase uma hora quando finalmente chego à porta.

Meus dedos trêmulos seguram o mostrador e começo a girar a combinação. Está gravada na minha memória da minha viagem até aqui com Jagger.

Oito, treze, dezenove, oito, quatro.

Espere.

Oito, treze, dezenove, oito, quatro.

Como em... 13 de agosto de 1984.

Aniversário da minha mãe.

Os pelos dos meus braços se arrepiam e meus membros tremem. *Tem que ser uma coincidência.*

Só tem que ser.

Uma vez que a fechadura estala, eu giro a maçaneta e empurro a porta aberta.

Tomando cuidado para não fazer barulho, caso não esteja sozinha, me movo devagar. Antes de entrar totalmente, enfio a cabeça pela fresta e olho em volta. Fico surpresa ao ver um feixe de luz vindo de uma lanterna, o que é um aviso de que alguém está aqui.

Um movimento chama minha atenção e meu coração para.

Assim que vou fechar a porta, vejo duas mãos segurando uma pilha de papéis. Um capuz preto puxado sobre sua cabeça.

Se eu pudesse apenas ver seu rosto. Isso é tudo que preciso. *Me mostre seu rosto.*

A pessoa se vira para a esquerda, colocando os papéis na mesa e examinando-os. Meus olhos se arrastam para os dedos virando as páginas e, como uma faca direto nas costas, vejo algo que não consigo desver.

Esmalte laranja neon. Esmalte que pintei nesses dedos.

É uma garota.

Mas não qualquer garota — *é Riley.*

Fecho a porta tão silenciosamente quanto a abri e, uma vez trancada, saio correndo pelo túnel, de volta por onde vim.

Como ela poderia ser? Ou ela é? Esta poderia ser a mesma situação em que Melody estava. Mas por que ela não me contou? De qualquer forma, mal posso esperar para descobrir. Na chance remota de Riley estar trabalhando com o Stalker da BCA, preciso dar o fora daqui e contar aos caras.

Incapaz de processar mentalmente o que acabei de ver, recuso-me a pensar. Agora, só quero sair daqui. Minha boca está seca. Estou tonta. Estou sem fôlego, e tenho quase certeza de que me mijei.

Lágrimas se acumulam em meus olhos, nublando minha visão. Tropeço em meus próprios pés, segurando minha queda e pressionando minhas mãos na parede de cimento.

Como pude ser tão tola?

Sinto-me traída. Sinto-me doente. Paro de andar e me curvo, vomitando tudo em meu estômago. Não comi muito hoje, então, felizmente, não é muito. Cuspo e tusso e choro um pouco mais, então me recomponho e continuo me movendo o mais rápido que posso.

O som de vozes ressoa em meus ouvidos, mas não sei dizer se estou imaginando ou se são reais.

Conforme me aproximo da saída, as vozes se aproximam cada vez mais até que estou correndo em direção a Jagger e Crew, que aceleram na minha direção.

— É a Riley! — deixo escapar, o gosto de vômito na minha língua. — Eu a vi.

Neo vem atrás deles com um andar lento, sem se importar em se apressar.

— Ah. Lá está ela.

Ele deve ter ido dizer a eles que eu estava aqui. Eles não me ouviram?

— É Riley — repito.

Então meus olhos encontram os dela. Atrás de Neo, caminhando em nossa direção com um olhar perplexo no rosto. Aponto meu dedo e grito:

— Ela está atrás de você!

Ela vai matá-los. Ela vai matar todos nós.

— Está tudo bem, amor — diz Crew, envolvendo um braço em mim. Jagger vem para o meu outro lado e faz o mesmo, até que estou apenas de pé com a ajuda deles.

— Não está nada bem! Eu a vi. — Mudo minha atenção para Riley. — Eu vi você, sua mentirosa, enganadorazinha...

— Scar — Jagger me interrompe —, não é o que você pensa.

Sei que minha cabeça está uma bagunça. Minha mente tem trabalhado horas extras. Mas como não é o que eu penso?

As palavras não saem de mim, então Jagger continua:

— Ela não é a Stalker da BCA e não está trabalhando para ele.

— Mas eu a vi lá. Ela estava revisando papéis. Sei que foi ela. O esmalte. Aquele moletom preto...

— Era eu — Riley finalmente fala. — Mas eu não estou trabalhando com ele. Estou trabalhando contra ele. Todos nós estamos.

— Eu... eu não entendo.

Riley se aproxima, mas dou um passo para trás, trazendo Crew e Jagger comigo.

— Você se lembra quando me perguntou sobre o termo *Guardião*?

— Eu lembro. Você disse que nunca ouviu falar disso em relação à Sociedade.

— Eu menti.

Nada disso está fazendo sentido.

— Por que você mentiria?

— A Sangue Azul é composta por dezenas de vigilantes, homens ou mulheres. Eles são os protetores da Sociedade. Passam por um treinamento extensivo e a maioria é descendente de Guardiões anteriores. Meu pai é um Guardião. Minha avó e meu bisavô. E agora estou treinando para ser uma também.

— O que? — Olho de Riley para Jagger e de Jagger para Crew, então finalmente para Neo. — Por que eu não sabia disso?

— Ninguém sabe — Neo diz, chutando o pé na parede e olhando para a que está oposta a ele. Ele enfia outro palito na boca, ou talvez seja o mesmo. — E você também não deveria.

Riley continua:

— Você não deveria saber até a iniciação final após a formatura da BCA. Se os alunos soubessem, não teríamos emprego. Eles ficariam mais desconfiados de nós e prejudicariam nossa capacidade de concluir tarefas. Estamos aqui para mantê-los seguros, não apenas por dentro, mas também por fora. É exatamente por isso que você não pode contar a ninguém. Se alguma vez se espalhasse a notícia de que um aluno fora dos Ilegais sabia, os Anciãos perderiam a cabeça.

Minha mente finalmente começa a se acalmar e sou capaz de compreender essa conversa. Riley não é ruim. Ela é realmente muito boa.

Jagger remove o braço do meu ombro e pega minha mão.

— Vamos levar você para casa.

— Sim. Eu preciso tomar banho. E comer. Então vocês podem me informar sobre esse assunto do Guardião, porque estou confusa pra caramba. — Olho para Riley. — É por isso que moramos juntas quando cheguei aqui? Você sabia que algo estava acontecendo antes de nós?

— Na verdade — ela troca um olhar com os caras —, eles fizeram isso acontecer. Pensaram que seria melhor se você ficasse com alguém que tivesse uma conexão com eles. Mal sabiam eles, eu os odiava e gostava de você.

Neo entra na conversa, três passos à nossa frente.

— O sentimento é mútuo.

— Sim. Dane-se — Riley retruca.

— Eu só... — Nego com a cabeça, achando isso bem difícil de acreditar. — Eu simplesmente não vejo você como o tipo protetor, Ry. Sinto muito, mas você é tão...

— Delicada? Feminina? Fraca?

— Não. Bem, sim. Eu acho que sim.

— As pessoas só veem aquilo que você mostra, Scar. Eles não sabem o que foi necessário para criá-lo.

Jagger disse uma vez algo semelhante. Como todos os alunos deste lugar estão criando uma bela pintura para todos verem enquanto usam o sangue de outra pessoa em sua tela.

Me faz pensar se alguns de nós estão usando nosso próprio sangue.

Depois de uma longa caminhada com conversa fiada e Neo sendo um idiota, finalmente saímos do túnel.

Fico surpresa ao ver o sol se pondo atrás das árvores, e me pergunto que horas são.

Como se lesse minha mente, Crew diz:

— Hora do jantar. Estou morrendo de fome.

— Bem — Riley enganchou seu braço em volta de mim —, eu diria que todos nós poderíamos jantar no refeitório, mas este pequeno momento de honestidade não significa que eu gosto de todos vocês. — Ela está se referindo aos caras, e já estou impressionada com sua ousadia. Tem aumentado cada vez mais ultimamente e agora estou prestes a ver quão fodona minha melhor amiga realmente é.

— Bom — Neo puxa seu capacete, levantando a viseira para falar —, porque, mais uma vez, nós também não gostamos de você.

Neo é o primeiro a sair e, quando olho em volta, percebo que há outros dois trenós aqui.

— Você pegou o seu de volta? — pergunto à Crew.

— Sim. Tudo consertado. Quer carona?

Mordo o canto do meu lábio, olhando dele para Jagger, sem saber como responder sem ferir os sentimentos de ninguém.

— Vá com a Crew — Jagger diz, batendo no assento atrás dele. — Riley, suba. Eu te dou uma carona. — Jogo as chaves para ele, que as pega no ar. Esse doce gesto da parte dele faz meu estômago revirar, porque é óbvio que ele está tentando ser justo. Crew, por outro lado, definitivamente vai demorar um pouco antes de compartilhar meu tempo de bom grado. Eu entendo, no entanto. Nossa situação não é normal.

Quinze minutos depois, estamos chegando em casa, e fico surpresa ao ver que Riley ainda está na parte de trás do trenó de Jagger. Eu tinha certeza de que ele a estava deixando no refeitório.

Eu a questiono com um olhar e ela joga seu capacete para Jagger, então corre para mim através da neve. Seus braços envolvem seu peito e seu cabelo balança sob o capuz do moletom.

— Santo inferno. Está frio aqui fora.

— Na verdade, estou superimpressionada por você estar usando um moletom. É tão... não você.

— É horrível, certo?

— Não — eu rio —, é quente. — Começamos em direção à casa e eu pergunto: — O que você está fazendo aqui, afinal? Achei que iria para o refeitório.

— Jagger pensou que seria uma boa ideia se eu voltasse e repassássemos algumas das coisas que descobri nas últimas vinte e quatro horas. Ele também achou que seria bom eu verificar você. Garantir que não esteja pirando muito.

— Jagger é um cara inteligente. — Nós nos dirigimos para a porta enquanto eu continuo a falar: — Eu definitivamente estou estranhando. É difícil imaginá-la como alguém que não seja essa Riley tão peculiar. Muito menos, como uma espiã.

Riley ri.

— Uma espiã?

— Bem, sim. Isso é basicamente o que você é, certo? Uma espiã para os Anciões?

— Acho que sim. Mas, ainda estou em treinamento. E eu fodi muito com as coisas. Não me surpreenderia se não fosse promovida a Guardiã. Nesse caso, meu pai pode me deserdar.

— Sério? Por que você diz isso?

Riley assume um tom sério, o que é estranho para alguém tão alegre.

— Está no meu sangue. Viemos de uma família de Guardiões.

— Não seja tão dura consigo mesma. Tenho certeza de que você está fazendo o melhor que pode.

— Não tenho tanta certeza disso. Se eu estivesse fazendo o melhor que pudesse, já teria resolvido esse mistério.

— Para ser sincera, todos nós tentamos; no entanto, ele ainda está lá fora.

— Mas que tipo de Guardiã eu serei se não consigo nem pegar esse perseguidor, que deixa rastros de evidências por onde passa? — Ela nega com a cabeça, afastando-a. — Não importa. De uma forma ou de outra, ele será pego. Vamos entrar. Está congelando aqui fora.

— Sim. — Olho para mim mesma. — Sim, eu realmente poderia tomar um banho.

Riley ri.

— Ainda não consigo acreditar que você pensou que eu era capaz de ser a Stalker da BCA.

Abro a porta, deixando-a entrar primeiro.

— Ainda não consigo acreditar em nada disso.

Crew e Neo estão sentados na sala de estar. Crew no sofá com os pés apoiados na mesinha de centro, e Neo deitado no sofá com os pés pendurados para o lado.

— Onde está Jagger? — pergunto a quem me responder.

Claro, é o Crew que fala:

— No telefone com o pai dele.

— Ok. Estou indo tomar um banho. Vocês todos fiquem de boa.

Virando-me para Riley, sussurro:

— Vai ficar bem se eu te deixar com eles?

Ela olha para os caras e revira os olhos para mim.

— Vou sobreviver, mas seja rápida.

CAPÍTULO VINTE E QUATRO

JAGGER

Estou andando de um lado para o outro no quarto, esperando meu pai ligar de volta. Ele ligou alguns minutos atrás e disse que tinha uma atualização, então encerrou a ligação abruptamente quando o pai de Scar, Kol, chegou em sua casa.

Depois de um minuto esperando ansiosamente, meu telefone vibra na palma da mão.

— Tudo certo? — pergunto, imediatamente.

— Não sei, filho. Você me diz. Que história é essa de Scarlett cavando em busca de informações sobre a família Beckett? Achei que você tinha dito que manteria um controle rígido sobre o que discutimos.

— Eu mativе. Nunca disse uma palavra. Scar, é, a intromissão de Scarlett não tem nada a ver com o que eu falei.

— Melhor não ter. Vocês têm um trabalho aí: manter os alunos na linha. Deixe os Anciões e os Guardiões lidarem com todo o resto.

Mais fácil falar do que fazer, considerando que o perseguidor idiota está se inserindo em todos os aspectos de nossas vidas.

— Entendido. Agora, quais são as novidades?

— Parece que a linhagem da família Beckett continuou quando a amante do falecido Jeremy Beckett deu à luz um filho dezessete anos atrás.

Isso não é nada que eu já não saiba, mas não digo isso a ele. Ele provavelmente vai me repreender por procurar.

— Ok. Onde ele está agora?

— Ninguém sabe. Seu pai foi encontrado assassinado em sua casa há mais de um ano, e não foi visto desde então. Há o relatório de pessoa desaparecida sobre ele e uma ficha criminal com cerca de um quilômetro de comprimento. Ele também é procurado em conexão com a morte de seu pai. Ele é problema, filho. Kol e Sebastian têm alguns contatos para iniciar uma busca por esse garoto. Tenho certeza de que ele já se foi há muito tempo, mas segurança nunca é demais. Mas se alguma coisa, quero dizer, *qualquer coisa* suspeita acontecer, você precisa me notificar. Entendido?

Se ele soubesse.

— Sim, senhor. E me mantenha atualizado se ouvir mais alguma coisa.

— Como estão suas notas?

— O mesmo de sempre. Tudo nota A.

— Bom. Continue assim e você estará seguindo os passos do seu velho em pouco tempo.

— Mal posso esperar. — O sarcasmo em meu tom de voz é óbvio, mas meu pai se tornou muito bom em ouvir apenas o que quer ouvir.

Uma batida na minha porta aberta me faz virar a cabeça.

— Tenho que ir, pai. — Termino a ligação e coloco meu telefone na cômoda. — Olhe para você toda fresca e limpa. — Aninho-me nela, enterrando o rosto em seu cabelo preto encharcado.

Os fios finos fazem cócegas na minha bochecha enquanto movo minha boca até seu pescoço.

— Hmm. Seu cheiro é tão bom. — Separando seu cabelo para o outro lado, chupo sua pele entre meus dentes. — É uma pena que você tenha uma amiga aqui.

Ela ri.

— Parece que ela não é apenas minha amiga.

— Ela certamente não é nossa. Na verdade, mal conheço a garota.

— Ah, entendo. Então é como um tipo de relacionamento de colega de trabalho? Há ódio, mas vocês se toleram?

Meus dedos mergulham abaixo do cós de seu short e dou um aperto firme em sua bunda.

— Quão brava você acha que ela vai ficar se a fizermos esperar alguns minutos?

— Duvido que ela perceba.

Levantando minha cabeça, eu a giro e a conduzo para trás, ambas as mãos agora sob seu short segurando suas nádegas.

— Alguém já te disse como sua bunda é bonita?

Ela revira os lábios, em seguida, levanta um sorriso.

— Não recentemente.

— Bem, é espetacular pra caralho. — Caímos na cama, meu corpo pairando sobre o dela. Nossas bocas se chocam e nos rasgamos como animais selvagens. Minhas mãos se movem rapidamente e puxo sua camiseta de manga comprida sobre sua cabeça e não fico surpreso ao ver que ela está sem sutiã. É algo que notei há muito tempo. Scar odeia usar sutiã quando está em casa. Não importa quem esteja aqui. Ela não dá a mínima.

Com meus quadris levantados e um braço me segurando, abro meu cinto e puxo minhas calças para baixo, levando minha cueca junto. Uma vez que estão penduradas em meus tornozelos, eu as solto.

— Meu Deus, senti sua falta. — Eu a beijo novamente, sentindo o calor de seu toque percorrendo meu corpo, indo direto para meu pau latejante.

— Também senti sua falta. — Suas palavras suaves saem em uma expiração inebriante, e engulo sua respiração.

Levantando a cabeça, eu olho para ela. Tudo sobre o que está por baixo de mim puxa as cordas do meu coração e me faz querer saborear este momento por toda a eternidade. Da última vez fui duro com o Scar. Isso é natural para mim. Não sei ser nada além de voraz, mas com ela estou disposto a tentar.

Agradável e lento, meus dedos arrastam para baixo em seu estômago, levantando arrepios ao longo do caminho. Scar umedece os lábios e arqueia as costas quando belisco seu clitóris, rolando-o entre o polegar e o indicador.

Beijo seus lábios. Movendo-me para seu peito, cubro cada centímetro com minha boca. Meus dedos se movem dentro dela, que está pronta para mim. Molhada, quente e apertada. Suas paredes envolvem os dois dedos que estou dando a ela e, quando adiciono outro, curvando-os em seu ponto G, ela empurra os quadris.

Mamilos duros cumprimentam minha boca, e roço um contra os dentes antes de passar para o próximo.

— Mais forte. — Scar choraminga e fico feliz por ela ser uma garota que sabe exatamente o que quer. Cavo mais fundo, tão fundo que meus dedos contornam sua boceta e sua bunda se levanta da cama. Eu poderia preenchê-la com toda a minha mão, mas não tenho certeza se ela está no ponto ainda. Além disso, desta vez, quero conhecer seu corpo. Memorizar sua expressão quando chegar ao auge do orgasmo. Prestar atenção a cada contração e solavanco enquanto ela volta a si.

Meu corpo desliza para trás, meus dedos se aprofundando dentro dela, torcendo e girando de uma forma que a faz gritar. Ela estreita seu núcleo, apertando minha mão, e sua bela boca forma um O. Eu a observo atentamente. Narinas dilatadas, olhos lascivos e respirações irregulares.

— Goze na minha mão, minha linda.

E ela goza. Esguichando sua excitação por todos os meus dedos, vazando na palma da minha mão. Uma vez que sua bunda se acomoda na cama, eu puxo os dedos encharcados para fora e os coloco na minha boca.

— Tão doce. — Arrasto os mesmos três dedos em seu lábio inferior, e ela lança sua língua para fora, provando a si mesma antes de alimentá-la com mais da minha língua.

Eu deslizo, alinhando meu pau com sua entrada, então subo, deslizando para dentro. Sua excitação cobre meu pau, e é a porra do paraíso dentro dela. Meus movimentos começam lentos e, quando os olhos de Scar se arregalam, eu pergunto:

— Você está bem?

Ela acena com a cabeça em resposta, mas não tenho dúvidas de que há uma pontada de dor. Eu sempre soube que meu pau era maior do que a média, e não é uma coisa de um cara egoísta — tenho realmente uma besta do caralho. Na maioria das vezes, transo com garotas que sentem dor, mas com Scar é diferente. Nunca quero infligir dor a ela, mesmo que isso me traga prazer.

Meus movimentos são lentos e superficiais. Deslizo para dentro e para fora, observando-a o tempo todo. Quando estávamos juntos nos túneis, eu só podia sonhar com a cara dela enquanto eu a comia. Agora, posso vê-la, e é a coisa mais linda que já vi. Sua boca desenhada, nossos corpos se conectando... Seus olhos azuis nos meus. Cada respiração que dilata um pouco suas narinas. E seus seios pressionados contra meu peito nu.

Sua mão quente pousa na minha bochecha, a outra belisca meu ombro, e ela guia minha boca para a dela.

— Me fode com força, Jagger.

Balanço a cabeça contra a dela.

— Eu quero ir devagar desta vez. Fazer durar.

Quando percebo, ela está me empurrando de costas.

— O que você está fazendo?

— Deite-se de costas — exige, e seu tom autoritário é sexy pra caramba.

Meu pau sai dela e me deito de costas na cama. Apoio um braço sob o travesseiro, levantando a cabeça alguns centímetros para que eu possa vê-la trabalhar.

Ela sobe em cima de mim, montando no meu colo e, quando se senta, meu pau entra como se soubesse exatamente onde é o meu lar. Cada centímetro está enterrado dentro dela, minha cabeça pairando em seu estômago.

Sentando-se, ela arqueia as costas, deslizando para frente e para trás, raspando contra meu pau.

— Foda-se — rosno, apertando meus dentes no meu lábio inferior.

Afundo os dedos na carne de sua cintura, guiando seus movimentos, mas, quando ela prova que não precisa de ajuda, agarro punhados de seus seios, apertando e massageando.

Ela é uma maldita deusa. O jeito que está montando meu pau como se fosse sua coisa favorita no mundo...

Movo-me para frente. Seus braços envolvem meu pescoço, e ela salta para cima e para baixo. Seus seios subindo e descendo.

— Eu vou... — Minhas palavras são interrompidas quando olho por cima do ombro dela e vejo Crew parado na porta. Seus braços cruzados sobre o peito, tornozelos travados, inclinando-se na moldura. Scar percebe minha apreensão e diminui a velocidade.

— O que está errado?

Inclino meu queixo para onde ele está, e ela segue meu olhar.

— Ai, merda. — Ela vai pular de cima de mim, mas Crew entra no quarto.

— Não pare — ele diz a ela, pegando nós dois de surpresa.

Ele se aproxima. Suas mãos se estendem e ele a agarra pela cintura por trás.

— Não pare por minha causa.

— Crew, eu... me desculpe.

— Pelo quê? Você não está fazendo nada de errado. — Ele gira os quadris dela, que endendo o movimento, fazendo sozinha. — Monte nele, amor. Mostre a ele como você é boa.

Scar olha para mim, seus olhos arregalados e em pânico. Tenho certeza de que ela pensa que isso é um truque, mas posso garantir que não é. Por alguma razão, Crew quer que ela me foda.

— Ei — agarro seu queixo —, me observe.

Levanto meus quadris e caio de volta, repetindo o movimento enquanto Crew a segura por trás.

Assim que ela pega o ritmo, os joelhos dele ficam atrás dela e ele pressiona o peito contra as costas dela. Jogando o cabelo de Scar para o lado, ele beija seu pescoço.

Isso não é estranho para Crew e para mim, porque já fizemos muitas vezes antes. Embora esta seja a primeira vez que sentimentos estão envolvidos. Mas, para Scar, tudo é novo.

— Apenas continue me observando, minha linda — digo a ela, acalmando seu desconforto. Com nossos olhos fixos, aperto seus seios novamente e Crew cobre seu ombro com beijos, sem olhar para mim nem uma vez, enquanto eu me abstenho de olhar para ele.

Scar aumenta o ritmo, movendo-se mais rápido; quando ela fica boquiaberta, sei que está entrando no clima.

Coloco toda a minha atenção em seu rosto, observando-a enquanto ela chega ao orgasmo. Suas paredes comprimem meu pau dentro dela e ondas de choque sobem pelo meu corpo, então eu gozo. Gritos de prazer surgem de sua boca, e aperto seus seios com mais força, levantando meus quadris e derramando até a última gota do meu esperma dentro dela.

Ela está sem fôlego quando para. Nossas excitações se misturaram em uma bagunça pegajosa entre nós.

Crew se aproxima, beija sua bochecha e sussurra alto o suficiente para eu ouvir:

— Essa é minha garota.

Então ele se levanta da cama e atravessa o quarto até a porta, fechando-a atrás de si.

Scar se joga em cima de mim, ainda recheada com meu pau.

— Que raio foi aquilo? — Ela deita a cabeça no meu peito, meu coração batendo contra seu crânio.

— Não pense demais nisso. Essa é a maneira fodida dele de dar sua aprovação a você.

— Acho que não, Jagger. Acho que ele vai ficar bravo comigo.

Nego com a cabeça, beijando o topo da dela.

— Não. Prometo, se Crew estivesse com raiva, ele teria arrancado seu corpo do meu e te jogado por cima do ombro, então te carregado para fora deste quarto. Isso não foi Crew ficando chateado.

Scar levanta a cabeça, uma brisa fresca batendo no local onde ela estava descansando.

— Tem certeza?

Levantando minha cabeça do travesseiro, eu beijo seus lábios.

— Positivo.

Ficamos deitados ali por mais alguns minutos, depois nos limpamos e nos juntamos aos outros na sala de estar.

Estou segurando o diário que encontrei quando entramos e todos os olhos pousam em mim.

— O que é isso? — Neo pergunta, apontando para a minha mão.

— Preciso contar uma coisa a todos vocês.

Crew dá um tapinha em seu colo, chamando Scar, e ela se senta em seu joelho. O braço dele envolve a cintura dela e, estranhamente, não me sinto afetado.

Usando esse tempo com todos nós, decido contar um pequeno segredo que tenho guardado — incluindo Riley. Normalmente, eu não divulgaria informações para ela porque, no que me diz respeito, encontrar informações é o trabalho dela. Mas ela está aqui, então isso também pode ajudá-la em sua busca.

Sento-me no braço do sofá e seguro o diário.

— Eu encontrei isso algumas semanas atrás nos túneis. Sei que fizemos um acordo para não voltar, mas tenho certeza de que esse acordo foi encerrado há muito tempo, considerando que todos nós já estivemos lá.

— Isso é um diário? — Neo, sendo o idiota que é, arranca-o da minha mão e começa a folheá-lo. — É velho pra caralho. — Ele o joga no meu colo e depois se deita.

— Pertenceu a Betty Beckett. Acontece que ela estava tendo um caso com Lionel Sunder. — Olho para Scar. — Que, como sabemos, foi uma das famílias fundadoras da Sociedade.

— Então deve ter sido meu tataravô ou algo assim?

— É. Não tenho certeza de qual geração. Não tenho certeza de todos os detalhes sobre o que aconteceu, mas, alguns dias atrás, eu estava lendo sua última anotação e foi isso que ela disse. — Viro para a última página e começo...

Querido diário,

Está ficando pior. A guerra que foi travada pela terra está se tornando mortal. Temo não sair dessa viva. Lionel está mudando a cada dia. Seu compromisso com a Sangue Azul tornou-se obsessivo, até mesmo assustador, às vezes. Ele está ficando frio e com raiva, e suas frustrações estão sendo descontadas em mim. O que começou como um caso cheio de amor está se transformando em um caso de ódio. Ontem, eu o encontrei saindo da cabana com a escritura da propriedade do meu falecido marido George. Quando tentei recuperá-la, ele alegou que não era mais minha.

Sinto-me impotente contra ele. Lionel partiu meu coração e usou meu corpo para sexo em sua busca para ganhar o controle sobre nossa terra.

Se alguém encontrar isso, e eu estiver desaparecida, foi nas mãos de Lionel Sunder, um Sangue Azul. Faça-os pagar. Pegue de volta o que é nosso. Honre o legado de George.

Use uma máscara, se quiser, mas, faça o que fizer, inflija dor entre eles. Não deixe minha morte ser em vão. Use-os se necessário. Pegue suas mulheres e plante sua semente dentro delas, obrigando-as a gerar um filho mestiço. Destrua suas linhagens e nunca pare até recuperarmos o que é nosso.

Todos por um e um por todos.

Assinado,

Betty Beckett

— Ai, meu Deus — Scar grita. — Tudo faz sentido agora. — Ela pula do colo de Crew. Os arrepios em seu braço são aparentes. — Minha mãe disse que está convencida de que Jeremy Beckett matou sua ex-colega de quarto, Kenna, poucos dias depois de ela dar à luz. E se... — Posso ver as rodas girando em sua cabeça e sei exatamente onde ela quer chegar com isso. Seus olhos pousam nos meus. — E se ele usou o corpo dela, a engravidasse com um filho e, assim que conseguiu o que queria, a matou?

Riley se levanta, concordando com a cabeça.

— Ele criou um mestiço não apenas com um membro, mas com um Guardião.

— Um Guardião? — questiono a acusação de Riley.

— Sim. Kenna Mitchell era uma Guardiã. Cerca de dezoito anos atrás, no meio do ano escolar, na Academia, ela desapareceu. Cerca de sete meses depois, sua família foi notificada de que ela cometeu suicídio, mas essa era a maneira Sangue Azul de manter sua reputação. Todos nós sabemos que ela foi assassinada.

Neo, que parece entediado pra caralho, abre um olho.

— Onde está o filho mestiço dela então?

— Nenhuma pista. Nunca vi nada sobre ele em minhas descobertas.

Neo finalmente arrasta sua bunda para uma posição sentada. Sua cabeça repousa para trás e ele fecha os olhos novamente.

— Encontramos o filho, encontramos a porra do estranho.

— Acho que Neo está certo — entro na conversa. — Tem que ser Jude Beckett.

Scar se senta no colo de Crew, olhando de pessoa para pessoa.

— Mas sem uma foto ou qualquer informação, como vamos encontrá-lo?

— Acho que melhoramos nossa estratégia. Observamos, esperamos e atacamos.

— Ou — Neo começa — nós usamos aquela vadia da Melody como isca. Deixe-o dar uma mordida nela antes de o atrairmos.

Encolho os ombros, não me opondo à ideia. Ninguém discute, então jogo o diário na mesa de centro e me levanto.

— Parece que temos um plano.

Riley boceja, esticando os braços no ar.

— Posso pegar uma carona para casa com um de vocês, caras gentis e generosos? — Seu tom de zombaria é evidente.

Levanto minha mão, oferecendo meus serviços gentis e generosos, porque sei que ninguém mais o fará.

— Vou te dar uma carona. Deixe-me pegar meu casaco e as chaves.

Estou no topo da escada quando Scar vem correndo.

— Foi muito legal de sua parte oferecer uma carona a ela.

Afasto seu cabelo do rosto e dou-lhe um beijo.

— Recebo uma recompensa por ser tão gentil e generoso?

— Talvez. — Ela sorri. — Que tal se eu estiver esperando por você em sua cama esta noite.

Arqueio uma sobrancelha.

— Você quer passar a noite no meu quarto?

Quando ela balança a cabeça, eu a beijo novamente.

— Eu diria que nunca estive tão animado para dormir.

Ela se vira para descer as escadas e eu dou um tapinha nela. Quando olha por cima do ombro e pisca, ela diz:

— Quem disse alguma coisa sobre dormir?

Droga. De repente, sinto vontade de ser uma pessoa melhor a cada dia. Como não posso quando sou recompensado com isso?

CAPÍTULO VINTE E CINCO

SCAR

— Preparada? — Crew pergunta enquanto tiro minha bolsa carteiro do sofá.

Calço uma bota, depois a outra.

— Sim.

Alcançando minha bolsa, Crew a segura.

— Deixa comigo.

Estou na ponta dos pés na frente dele quando pressiono meus lábios nos seus.

— Que cavalheiro.

— Só com você. Marque minhas palavras, *só com você*.

As coisas ainda estão incertas entre Crew, Jagger e eu. Nós realmente não conversamos e, honestamente, não vejo nenhuma razão para isso. O que quer que estejamos fazendo está funcionando, então por que consertar algo que não está quebrado?

Três dias atrás, eu soube do lugar de Riley na Academia, e dizer que eu estava em estado de choque seria um eufemismo. Riley não é uma garota durona comum. Recentemente, descobri que o pai dela, Samson Cross, é um investigador secreto da CIA. Tenho certeza que Riley ganhou algumas de suas habilidades com ele e não me surpreenderia se ela continuasse a seguir seus passos, mesmo que não quisesse.

Crew abre a porta, deixando-me sair primeiro. Está excepcionalmente quente agora, com apenas alguns trechos de neve, mas nenhum de nós está reclamando. O lado negativo, temos que caminhar, porque não há neve suficiente para os trenós.

Segurando a mão de Crew, cruzamos o pátio para seguir para a trilha. A batida da porta da frente atrás de nós faz nossos olhos dispararem sobre nossos ombros.

Jagger corre em nossa direção e Neo caminha em um ritmo vagaroso. Ficamos ali, esperando por eles, e aperto a mão de Crew; minha maneira de dizer a ele que estou presente para ele também.

Quando Jagger nos alcança, Crew grita para Neo:

— Depressa. — A resposta de Neo é um rosnado bestial e ele continua andando devagar, e tenho certeza que é só para nos irritar.

— Não seja um idiota — Jagger grita para ele, mas Neo apenas levanta o dedo do meio e o mostra para nós.

Crew puxa minha mão.

— Vamos embora.

Dois minutos depois, sua voz vem por cima do meu ombro.

— É muito cedo para essa merda.

Aprendi que quando você pede a Neo para fazer algo, ele não faz. Se você simplesmente ignorar o comportamento infantil dele e agir como se não desse a mínima, ele geralmente cede.

Crew se inclina para frente e olha para Jagger, que está do meu outro lado, antes de jogar minha bolsa para ele.

— Aqui, seu merda — Crew chama. Jagger pega com as duas mãos e joga a alça por cima do ombro. — A mochila é seu papel hoje — avisa. — Tenho cinco quilos de livros na minha bolsa.

Olho entre eles, sentindo um contentamento estranho. Fico incrivelmente feliz quando eles fazem pequenas merdas que mostram que não estão incomodados com esta situação — Crew reconhecendo Jagger como uma parte da minha vida, e Jagger reconhecendo Crew também.

Chegamos à escola com uns bons dez minutos de antecedência. Parece que nos demos muito tempo para a caminhada e chegamos cedo. Neo não está satisfeito, mas ele cai no chão em frente ao armário e coloca os fones de ouvido, fingindo que é o único que existe.

Jagger me beija na bochecha e coloca minha bolsa no ombro.

— Tenho que imprimir algo na biblioteca, então te vejo mais tarde.

Quando ele sai, somos apenas eu e Crew — e os muitos alunos enchendo os corredores, mas eles não importam. Agachada, vasculho minha bolsa e tiro os livros de que preciso antes de enfiar minha bolsa dentro do armário e fechá-lo.

— Me dá. — Crew pega os livros da minha mão e joga no chão em frente ao meu armário, empilhando os dele em cima do meu. Ele pega minha mão e me puxa pelo corredor, minhas risadas ecoando nas fileiras de armários.

— Onde estamos indo?

Em vez de responder, ele para de andar, chega atrás de mim e gira a maçaneta do armário do zelador, então me leva para dentro.

— Crew! Não podemos.

Seu rosto se aninha na minha nuca e ele cantarola.

— Ah, sim, podemos. Desde que vi você cavalgando Jagger outro dia, tenho desejado a mesma atenção.

— Aqui?

Ele agarra minha cintura, levantando-me e apoiando-me contra a parede oposta. Minhas pernas envolvem ao redor dele, prendendo-o.

— Bem aqui.

Agarrando sua cabeça, guio sua boca em direção à minha e uma onda de adrenalina dispara através de mim. Não há nada como a sensação de potencialmente ser pega. Isso me excita e me deixa faminta por seu toque.

Nossas línguas se entrelaçam, bocas nunca se separando, e minhas pernas caem no chão. Crew tira as calças, o cinto batendo no chão de porcelana.

Está muito escuro para ver qualquer coisa, mas não preciso. Memorizei tudo sobre Crew e, mesmo no escuro, sei exatamente onde encontrar o que procuro. Movendo uma das mãos, estico meu braço entre nós e seguro firmemente seu pênis ereto. Minha mão desliza para cima e para baixo, acariciando todo o seu comprimento.

Lábios macios descem pela minha clavícula e minha cabeça cai para trás contra a parede, com os olhos fechados.

— Me possua, Crew.

Com uma voz rouca, ele resmunga:

— Ah, eu vou. Vou te foder com tanta força que os alunos que estão passando no corredor vão ouvir.

Em um movimento rápido, Crew me puxa de volta até que eu esteja montada nele novamente, minha saia enrolada na cintura e minhas pernas travadas atrás dele. Com minha calcinha empurrada para o lado, ele se ajusta até ficar alinhado com a minha entrada. Meu corpo cai um pouco, e ele desliza para dentro de mim.

— Meu Deus, senti falta disso.

Faz apenas alguns dias desde que Crew e eu fizemos sexo, mas também senti falta dele.

Segurando firmemente nas minhas costas, Crew me guia para cima e para baixo em seu pau. É uma posição estranha, mas funciona e, foda-se, é incrível.

Minha excitação escoa para fora de mim, encharcando minha calcinha, e com certeza será um dia desconfortável, mas eu nem me importo. Eu os destruiria antes de parar o que está acontecendo.

Envolta em braços fortes, minhas costas raspando contra a parede, Crew usa toda a sua força para me manter de pé enquanto me fode forte, assim como prometeu.

Formigamentos de desejo disparam em minhas veias. Meu núcleo aperta, coração batendo dentro do meu peito.

Crew grunhe, penetrando mais e mais rápido, me dando cada centímetro de seu pau duro como pedra.

Os gemidos de prazer escapam pelos meus lábios, ficando cada vez mais altos até chegar ao ponto de combustão, e eu uivo para o pequeno espaço quadrado. Meus sons ecoam pelas paredes, alimentando Crew para um impulso mais profundo.

— Isso mesmo, amor. Goza no meu pau.

E eu gozo. Perco todo o controle e não tento silenciar meus gritos de êxtase. Meus mamilos enrugados rolam contra o tecido da minha camiseta. Minhas coxas tremem, meus lábios também. Meu coração bate rapidamente e o de Crew faz o mesmo, batendo contra meu peito.

Ele geme com uma respiração inebriante, sua cabeça inchando quando goza dentro de mim.

Belisco seus ombros no meu retorno, a eletricidade ainda atingindo cada nervo do meu corpo.

Minha cabeça cai para trás, os pés agora no chão.

— Uau — é tudo o que posso dizer.

— Rápido, mas poderoso. — Crew pressiona seus lábios nos meus. Seu braço se estica para cima e, quando ele desce, puxa uma corda, acendendo a luz. Como ele sabia exatamente onde encontrar isso está além da minha compreensão.

Há um rolo de papel toalha na prateleira, então Crew o pega, desenrolando algumas folhas, então ele se agacha e enxuga o interior das minhas pernas, me limpando. Eu o observo, sua mão deslizando pela parte interna da minha coxa, antes de passar para a outra. Eu mordo meu lábio, sorrindo, e me pergunto como tive tanta sorte.

Quando ele termina, enrola a toalha de papel e a joga para o lado. Uma vez que estamos vestidos, Crew abre a porta e prendo a respiração em antecipação ao que está esperando por nós lá fora. Espero que os alunos não estejam reunidos, mas tudo é possível. Toda a esperança se perde quando vejo grupos de meninas passando. Felizmente, elas não sabem de nada, então saímos e Crew fecha a porta atrás de nós.

Crew dá um beijo na minha bochecha, antes de seguirmos caminhos separados.

— Vejo você na hora do almoço. — Ele pisca, desencadeando um enxame de borboletas no meu estômago.

CAPÍTULO VINTE E SEIS

SCAR

Estou secando meu cabelo no banheiro quando ouço uma batida na porta do meu quarto. Vestindo apenas um roupão branco de pelúcia, toalha na mão, vou abrir.

— Ei — digo para Jagger, dando um passo para o lado. — Entre. — Fecho a porta atrás dele e trago a toalha de volta para a minha cabeça, amassando meus fios encharcados com ela.

— Riley está lá embaixo. Depois de se vestir, desça. Ela tem notícias.

Meus olhos se arregalam.

— Boas notícias?

— Bem, eu nunca diria que as notícias de Riley são boas, mas parece que estamos um passo mais perto de pegar esse cara.

— Ok. Dê-me alguns minutos. — Jogo a toalha no chão e desamarro o roupão. — Só preciso me vestir. — De corpo inteiro à mostra, abro as mangas do roupão e o deixo cair até meus pés. — Então — falo casualmente —, ainda precisamos usar Melody como isca hoje?

Jagger coça o topo de sua cabeça, seus olhos se arrastando para cima e para baixo em meu corpo.

— Eu… hum… O que você disse? — Seus olhos pousam nos meus, arregalados e observadores.

— O plano? Ainda está de pé? — Eu me viro, me inclino e pego minha toalha de volta, seduzindo-o com minha bunda.

— Ah, sim. O plano ainda está em andamento.

Esfrego a toalha contra minha cabeça novamente, me perguntando se ele vai fazer sua jogada.

Quando eu volto, Jagger me agarra por trás.

— Você está me provocando, Scarlett?

Senhor, tenha piedade. A maneira como ele diz meu nome faz coisas selvagens com meu corpo.

Com minhas costas em seu peito, seus dedos se emaranhanham suavemente em volta do meu pescoço antes de deslizar até meus seios. Seu polegar e indicador acariciam meu mamilo e apertam com pressão, atingindo um nervo que faz minha boceta latejar.

— Quer que eu te foda, Scarlett? Ou só quer chupar meu pau enquanto faço de você o meu jantar?

Quem diria que aquela boca linda poderia estar tão suja?

— Me foda. — Minhas palavras saem em um apelo desesperado. — Bem aqui. Agora mesmo.

Quando suas mãos deixam meu corpo, já sinto falta delas. Viro-me para encará-lo, e ele já está tirando as roupas.

Uma vez que nós dois estamos completamente nus, ele me pega em seus braços, me embalando como um bebê. Assim que penso que vai me jogar na cama e se deliciar comigo, ele me vira e me inclina sobre a cama.

Dois dedos imediatamente entortam dentro de mim, embora seja por pouco tempo, e eu choramingo quando ele os puxa para fora.

Os mesmos dedos deslizam pelas minhas bochechas, parando no meu cu, e ele empurra as pontas para dentro. É uma sensação que nunca senti antes. Felizmente, minha excitação funciona como lubrificante, revestindo seu dedo. Há uma pontada de dor, mas também há um desejo por mais.

Assim que ele empurra o dedo mais fundo, seu pau desliza na minha boceta. Meu corpo estremece, o coração pulando na minha garganta, enquanto ele toca minha bunda e me fode ao mesmo tempo.

Demora um minuto para acostumar, mas, quando o faço, estou dentro.

Minha bunda balança para frente e para trás contra ele. Meus próprios dedos cavando em meu edredom, enrolando-o em minhas mãos.

— Jagger. — Seu nome escorre da minha boca em um gemido rouco.

— Você gosta disso? — Ele aperta minha cintura, bombeando mais rápido, preenchendo meus dois buracos.

— Sim — grito.

— Bom. Porque, da próxima vez, será meu pau na sua bunda. Talvez eu convide Crew para assistir. Você gostou, né? — Ele bombeia mais rápido, fazendo meu corpo subir na cama. — Você fica excitada quando ele nos observa?

Minha única resposta é um uivo descomplicado de prazer. Há algo em suas palavras que me faz voar. Como se não pudesse ser mais sexy, então ele vai lá e fala essas coisas.

Com meus braços me apoiando contra o colchão e meu rosto para baixo, eu rolo meus quadris, encontrando-o impulso após impulso.

Eu grito, gemo e grito de novo, não mascarando meus sons, sabendo que qualquer um pode me ouvir. O imenso prazer que estou sentindo não tem limites.

— Ai, meu Deus!

Ele bombeia de novo, e de novo, me alimentando com seu dedo me tocando.

Quando chego ao auge do meu clímax, minhas paredes se contraem, arrancando meu orgasmo. Formigamento dispara pelo meu corpo, o sangue correndo para a minha cabeça.

Uma vez que seus movimentos param e ele desliza o dedo para fora, largo todo o meu peso na cama. Estou em êxtase, incapaz de me mover.

Jagger se inclina sobre meu corpo nu e pressiona seus lábios em minha bochecha, voltando para o cara doce que eu conheço e amo.

Nós nos limpamos no meu banheiro e, embora eu sinta que poderia tomar outro banho, não temos tempo.

Alguns minutos depois, entramos na cozinha onde Riley, Crew e Neo estão sentados à mesa redonda de carvalho. Claro que Neo fala primeiro.

— Espero que você não a tenha arregaçado demais para o meu garoto Crew aqui.

Com o punho cerrado, dou um soco forte no ombro dele. No passado, eu nem pensaria duas vezes em fazer uma coisa dessas, mas Neo está aprendendo rapidamente que eu revido.

Ele rosna para mim, então volta sua atenção para o centro da mesa. Eu esperava algumas palavras mais cruéis ou talvez um aperto de mão, mas parece que as coisas realmente mudaram. Por exemplo, Neo afirma repetidamente que odeia Crew e Jagger — dois caras que deveriam ser seus melhores amigos. Mas quando é para vir contra mim, de repente eles são seus garotos novamente. Eu sei que é verdade. Neo só tem uma casca dura.

— Que grande notícia é essa? — pergunto, puxando uma cadeira e me sentando entre Crew e Riley.

— Riley está convencida de que é um estudante — diz Crew, empurrando três ou quatro papéis para o centro da mesa.

— E você não está convencido?

— Um estudante? — Crew bufa, recostando-se na cadeira e esticando os braços de cada lado. — Como diabos eles passariam por nós? Não podemos ser tão ingênuos.

— Isso explicaria o acesso deles a nós. Independente disso, é óbvio que essa pessoa conhece muito bem a Academia.

— Sem brincadeira — Neo entra na conversa. — Os Beckett são treinados para nos odiar desde o nascimento. Não me surpreenderia se eles estivessem assistindo no ano passado também. — Ele lança um olhar sobre mim. — Provavelmente apenas esperando Scar aparecer.

Argh. O pensamento faz minha pele arrepiar.

— Ou talvez ele não estivesse observando todos vocês, e estava me observando em casa.

— Mas por quê? — Riley pergunta. — Isso é o que não consigo entender. Por que você? Quer dizer, não é segredo que os Beckett nos odeiam, mas escolher você? Tem que haver algo que não sabemos. Algum tipo de passado entre os Sunder e os Beckett.

Mastigo a unha, quebrando meu cérebro e tentando pensar em qualquer coisa que meus pais possam ter mencionado que não fez sentido na hora, mas faria agora. Ou até mesmo meus avós. Lembro-me do dia em que meu avô faleceu. Ele ficou bem doente por muito tempo e minha família se reuniu ao lado de sua cama, papai segurando uma de suas mãos e minha avó segurando a outra. Com seu último suspiro, ele olhou para mim e disse:

— *Scarlett, você era exatamente o que não sabíamos que precisávamos em nossas vidas*. — Achei que significava que talvez eu não tivesse sido planejada, mas, para minha família, fui uma bênção. Mesmo que meu nascimento tenha causado uma agitação entre eles. Minha mãe se apaixonou por seu irmão postiço e, aos olhos da Sociedade, eles pecaram.

— Scar? — Riley me cutuca, me tirando dos meus pensamentos.

— Oi?

— Eu perguntei se você está pronta.

— Ah, sim. Desculpe.

Parece que é hora do show. Os caras elaboraram um plano e fizeram Melody deixar seu próprio bilhetinho. Ele foi instruído a encontrá-la no rio com a suposição de que ela quer ajudá-lo a destruir todos nós devido à sua própria vingança contra a Sangue Azul. Agora, vamos ficar para trás e ver se ele morde a isca.

— Uau. — Dou um passo para trás, com as mãos levantadas em sinal de rendição, quando vejo Neo enfiando uma arma em um coldre sob a camisa. — O que você está fazendo com isso?

— Proteção. O que mais? Você não pode realmente pensar que vamos lá fora tentar derrubar esse psicopata sem proteção?

— Suponho que não. — Isso está se tornando muito mais sério do que eu jamais poderia imaginar. Espero que seja apenas uma tática de intimidação e que ele não pretenda usá-la.

Jagger desce as escadas e me entrega um moletom preto.

— Ponha isto. — Em seguida, puxa um semelhante sobre a cabeça. Crew desce as escadas, você sabe, de moletom preto.

— Eu perdi o memorando onde todos nós temos que nos vestir combinando — Neo diz, acenando com os dedos entre nós. — Ou isso é algum tipo de merda fofa de casal?

— Foda-se. Está frio — Jagger diz a ele. — Sem mencionar que precisamos ser discretos.

— Discretos seria algo camuflado. Não preto. — Diz o cara vestindo uma jaqueta de couro preta e jeans da mesma cor rasgados nos joelhos.

Assim que estamos prontos, partimos para a longa caminhada até o rio. Mesmo se pudéssemos usar os trenós dos caras, eles são muito barulhentos, e nós nos denunciaríamos. Então aqui estamos nós, obrigados a andar com Neo. Bem, ele está andando atrás de nós, mas ,quando o capuz do meu moletom cai para baixo, sei que está mais perto do que eu gostaria.

— Pare com isso — retruco para ele, puxando-o de volta.

Ele faz de novo, rindo.

— Foder com você é tão divertido.

Eu puxo para cima, novamente.

— Vê se cresce!

Pelo menos ele não está me fazendo tropeçar ou enfiar meu rosto em uma pilha de neve. Houve progresso, mas ainda estamos longe de estar bem um com o outro.

Diminuo meus passos, deixando Crew, Jagger e Riley irem na frente, enquanto fico para trás e caminho ao lado de Neo.

Crew e Jagger olham para mim, mas eu digo:

— Continuem. Eu alcanço.

Neo rosna ao meu lado.

— Abaixar seu capuz não era um convite para falar comigo.

— Que pena. Entendi como um convite. Agora, não seja um idiota e me ouça.

Ele enfia a mão no bolso, tirando os fones de ouvido, colocando um.

— Você está brincando? — Rosno para ele, estendendo a mão e puxando a maldita coisa de sua orelha.

— Vadia. Devolva isso.

Eu o agarro na palma da mão, atirando adagas nele.

— Me chama de vadia de novo e eu vou jogá-lo na floresta.

— Então eu faria você procurá-lo de quatro. Nua. — Ele agarra meu punho cerrado. — Abra seus dedos ou quebro cada um deles.

Não abro. Em vez disso, aperto com mais força, minhas unhas cravadas nas palmas das mãos e ameaçando perfurar minha pele.

— Ainda acha que empurrei Maddie? — pergunto, sendo o mais direta possível, para que eu possa me afastar dele e voltar para meus amigos.

Ele não responde, apenas continua tentando separar meus dedos.

— A foto no meu quarto na semana passada mostra que esse cara, Jude, ou quem quer que seja, está me observando há algum tempo. Você consideraria a possibilidade de que ele estava me observando naquele dia na Montanha Coy e, quando eu desci, ele empurrou Maddie?

Suas mãos caem das minhas e seus pés se movem novamente. Ele coloca o outro fone de ouvido, e este eu deixo, porque ele ainda tem um ouvido para me ouvir.

— Você sabe que eu não faria isso, Neo. Só queria pensar que era eu, porque não havia mais ninguém para culpar. Mas agora existe.

Ele está cantarolando qualquer música que esteja tocando em seu ouvido direito, me ignorando completamente. Agarro-o pelo braço e ele se afasta, zombando de mim.

— Me responda, caramba.

— Beleza. Sim. Ok! — ele finalmente deixa escapar, parando no meio do caminho e me encarando. — É possível. Não significa que não te odeio mais. Não significa que vou me desculpar se estiver errado. Significa apenas que vou considerar a possibilidade e, eventualmente, descobrir a verdade. — Ele olha nos meus olhos, procurando por uma reação. Ver se suas palavras tiraram algum tipo de véu de cima de mim, como de repente sinto que fizeram com ele. Ele ainda é Neo, e eu também não gosto dele, mas talvez a verdade possa fazer com que nos odiemos um pouco menos.

Devolvo o fone de ouvido e, quando nossos dedos se tocam, algo muda dentro dele. Sua cabeça se inclina ligeiramente para a esquerda, seus olhos queimando os meus. É como se ele estivesse se questionando. Ou talvez esteja *me* questionando.

Então, de repente, ele gira e começa a andar novamente. Eu fico ali, estupefata, sem saber o que acabou de acontecer, mas foi um momento que eu nunca experimentei com Neo. É como se ele tivesse uma alma, e é como se eu quase pudesse senti-la.

Ignorando Neo, corro para alcançar Jagger, Crew e Riley, que estão quase na margem do rio. Assim que chego até eles, Jagger estende um braço, me parando.

— Shh — sussurra, um dedo pressionado nos lábios.

Neo vem pisando duro, sem se importar com o mundo, um baseado aceso entre os lábios. Crew arranca de sua boca.

— Porra, você é burro? — Ele joga o baseado no chão, apagando-o com a bota.

— Não. Mas eu estava prestes a ficar chapado até você arruinar tudo para mim, seu idiota.

— Ele vai sentir o cheiro e saber que estamos aqui.

— Ele também vai sentir o cheiro de todo o frasco de perfume de algodão doce que Riley colocou, mas você não me vê arrancando a camisa dela. — Ele olha boquiaberto para o céu, batendo no queixo. — Até que seria uma ideia.

Riley e eu trocamos um olhar, ambas balançando a cabeça em desgosto com esse Neandertal. Quando Riley se vira, binóculos pressionados contra os olhos como uma verdadeira detetive, ela engasga.

— Ai, não! — Ela corre para o rio e todos nós vamos atrás.

— O que aconteceu? — pergunto, mas ninguém me responde.

Riley escorrega, deslizando de bunda antes que suas pernas se enrosquem embaixo de si, e ela rola colina abaixo.

— Ahhh — ela choraminga, caindo.

Coloco as mãos em volta da boca e grito:

— Você está bem?

Jagger é o primeiro a chegar até ela, que a pega pela mão, puxando-a para cima. No momento em que desço, ela está uma bagunça, cheia de lama. Só quando ela aponta para o rio é que consigo ver o que ela estava perseguindo.

Minha mão voa até a boca, meu coração caindo nas profundezas do meu estômago.

— Ai, meu Deus! Melody!

Deitada de bruços no rio está um corpo com uma faca saindo de suas costas.

Jagger grita quando entra no rio, a água até os tornozelos. Ele vai mais fundo e sobe mais em seu jeans.

— Esse moletom é meu.

— A garota da festa! Ela é a pessoa que estava com seu moletom. Talvez não seja Melody. Talvez seja ela? — Começo a entrar em pânico, virando-me, incapaz de olhar, porque não consigo nem imaginar como vou reagir se essa pessoa estiver morta. Crew se aproxima e envolve seus braços em mim, e enrolo minha cabeça em seu peito, soluçando em seu moletom.

— É uma isca — Jagger grita. — Não é uma pessoa.

Eu olho e ele está segurando um espantalho encharcado vestindo seu moletom. Todos nós soltamos pesados suspiros de alívio.

— Graças a Deus.

Jagger aparece, arrastando o espantalho com ele. Uma vez que está de volta na margem do rio, ele o joga no chão. Sem fôlego e tremendo, ele diz:

— Há um bilhete.

Eu inspiro profundamente, meus ossos tremendo.

— Claro que há.

Neo se agacha e puxa a faca das costas do espantalho que atravessou um pedaço de papel e o moletom de Jagger. Ele levanta a nota e, embora esteja molhada, é legível.

> *Você acha que pode confiar em alguém, então eles te apunhalam pelas costas.*

Eu olho de pessoa para pessoa, mas ninguém fala nada, então digo o que penso:

— Tem que estar se referindo a Melody, porque nós a usamos e tentamos armar para ele.

— Talvez. — Neo dá de ombros. — Ou talvez seja outra pessoa em quem não se pode confiar. — Ele está olhando diretamente para mim e dizendo as palavras, cada pedaço de progresso que fizemos parece que foi jogado no rio.

— Não importa — Riley diz —, foi um fracasso. Ele sabe que Melody estava trabalhando contra ele, e agora perdemos todo o progresso que tínhamos.

— Mas Melody deveria encontrá-lo — comento. — Ela deveria estar aqui há mais de vinte minutos. Se não está aqui, onde ela está?

Ninguém responde, porque ninguém sabe.

— Temos que encontrá-la — insisto. — Não suporto Melody, mas não quero que ela ou qualquer outra pessoa se machuque... ou morra.

— Eu vou procurá-la — diz Riley, me pegando de surpresa mais uma vez. — Vocês levem Scar de volta e certifiquem-se de que ela fique segura.

— Você não deveria fazer isso sozinha, Ry. — Olho para Crew, então Jagger. — Alguém de vocês pode ir com ela?

— Neo e eu iremos — Crew afirma. — Jagger, leve Scar para casa.

Neo resiste, mas acaba cedendo. Todos nós descemos a trilha juntos e, quando chega a hora de nos separarmos, abraço Riley.

— Tome cuidado.

— Você também.

Crew é o próximo. Seus braços envolvem minha cintura, os dedos serpenteando pelas costas do meu moletom, e sua pele é quente e macia contra a minha.

— Tudo vai ficar bem — ele me garante. — Eu te amo. — Se eu achava que minha pele estava quente contra a dele, não é nada comparado ao calor que corre dentro de mim.

— Também te amo — devolvo, honestamente. Porque eu amo. Amo Crew e amo Jagger. E também amo Riley. Todos os três se tornaram uma família para mim, e cada um tem uma parte em minha vida que é diferente da outra.

Jagger e eu estávamos voltando, de mãos dadas, quando lhe pedi um favor.

— Você acha que eu poderia usar seu telefone para fazer uma ligação? — Essa coisa toda me faz pensar muito sobre Maddie. Tento ligar para ela com frequência, mas todas as vezes é a mesma coisa. Não estou na lista, então não consigo obter nenhuma informação. Ocasionalmente, peço a um dos caras que obtenha informações de Neo, mas sua resposta é sempre: *nenhuma mudança*, exceto a última vez que Crew perguntou a ele, em que ele disse que não teve notícias sobre ela em quase uma semana.

— Qualquer coisa. O que você precisa?

— Seu telefone. Quero tentar a clínica de novo. — Levanto um ombro, agarrando um fio de esperança. — Nunca se sabe. Talvez Sebastian tenha me adicionado de volta na lista de aprovados.

Jagger enfia a mão no bolso, tira o telefone e o entrega para mim.

Disco o número, sabendo de cor, e ele toca algumas vezes antes de alguém atender.

— Clínica Heartland. Como posso ajudar?

— Oi, Tamy. Não tenho certeza se você se lembra de mim. É Scarlett.

— É claro, querida. Como eu poderia esquecer? Você deve estar ligando sobre Maddie?

Estou. — Meus olhos se animam, olhando para Jagger. — Pode me dar uma atualização?

— Infelizmente, não posso lhe dar nenhuma atualização sobre a condição dela, mas você não deve ter ouvido falar. Maddie não está mais conosco.

Meu coração começa a acelerar, os olhos arregalados de ansiedade.

— O quê? Ela morreu?

— Não, não. Ela não morreu. Ela simplesmente não está mais nesta clínica. Foi transferida.

— Transferida? Para onde?

— Eu não estava aqui durante a transferência. Gostaria de poder dizer mais.

— Hmm. Ok. Obrigada, Tammy. — Termino a ligação imediatamente, apertando o telefone com força na minha mão. — Maddie foi transferida. Por que Neo não me contou?

— Isso é estranho. Talvez tenha apenas esquecido.

Começamos a andar novamente, meus pensamentos presos em Maddie e para onde ela pode ter sido transferida.

O telefone de Jagger toca, cortando o silêncio. Quando ele atende, eu o observo.

— Não me diga. Bem, pelo menos sabemos que ela não estava causando problemas. — Ele puxa o telefone do ouvido e me diz: — Melody foi encontrada amarrada em seu quarto.

Sou uma vadia por sorrir, mas Melody está aprendendo da maneira mais difícil a não foder com as pessoas. Algo me diz que ela *está* aprendendo, no entanto.

— Tudo bem. Te vejo daqui a pouco. — Ele encerra a ligação e enfia o telefone no bolso, assim que abro a porta da frente.

Sentindo minha inquietação, ele pega minha mão e me leva até o sofá, com as botas ainda calçadas.

— Vamos descobrir onde Maddie está e talvez então você consiga a atualização que deseja.

Concordo com a cabeça, engolindo o nó na garganta.

— Eu sei. Maddie simplesmente não gosta de mudanças, e espero que sua transferência não atrapalhe nada.

— Ela está dormindo, Scar. Duvido que tenha percebido.

Ela sabe. Maddie pode estar dormindo, mas sua mente está acordada e alerta. Ela sabe exatamente o que está acontecendo ao seu redor.

Jagger me segura por alguns minutos até que a porta se abre e Crew e Neo cambaleiam para dentro. Eu me levanto, as palavras saindo da minha boca.

— Como você pode não me dizer que Maddie foi transferida! — grito para Neo.

— Acalme-se — cospe. — Maddie não foi transferida.

— Sim, ela foi! Liguei para clínica e eles me disseram que ela não está mais lá. Não aja como se não soubesse. Você ainda está tentando mantê-la longe de mim, não é?

Neo não responde, apenas digita algo em seu telefone e o leva ao ouvido, seus olhos em mim enquanto fala.

— Pai! O que está acontecendo com Maddie?

Seus olhos se arregalam, então os meus fazem o mesmo. Meu estômago se contorce em nós apertados quando o olhar em seu rosto se espalha para um de puro pânico.

— Encontre-a, caramba! Faça o que tiver que fazer, mas é melhor você encontrá-la, porra!

Quando ele encerra a ligação, seu telefone sai voando da mão, colidindo com a televisão na parede. Corro para o lado dele, porque preciso ouvi-lo alto e claro.

— Diga — peço, minha voz tremendo.

— Maddie está desaparecida.

— Desaparecida? — Suspiro. — Como alguém em coma desaparece?

— Alguém chantageou um funcionário da clínica. Assinou a alta de Maddie e a levou, com equipamento médico e tudo.

A expressão de choque de Neo imita a minha. Todos nós ficamos parados em silêncio, compreendendo a informação que nos foi dada.

Finalmente, depois de minutos gritando internamente.

Quem faria isso?

Por que alguém faria isso?

Onde está Maddie?

A verdade me atinge.

— Foi ele. O Stalker da BCA, também conhecido como Jude Beckett. Ele fez isso.

O pai de Neo o buscou três horas depois da ligação. Sebastian argumentou que Neo precisava ficar parado, mas ele não queria. Ele disse ao pai para vir buscá-lo ou que chamaria outra pessoa para lhe dar uma carona. Então, ele veio.

Meus pensamentos estão soltos desde que soubemos do desaparecimento de Maddie.

Ela precisa de equipamentos médicos e de um profissional capacitado para cuidar dela. Não há como Jude Beckett, um garoto de dezessete anos, ter como dar a ela a devida atenção necessária.

Neste ponto, só precisamos encontrá-la viva antes que algo terrível aconteça.

Crew e Jagger estão dormindo na minha cama comigo, um de cada lado. Eu não deveria dizer dormindo, porque nenhum de nós conseguiu fechar os olhos. É um sentimento estranho, sentir-se tão amada, mas tão perdida.

Nada será o mesmo até que Maddie seja encontrada. E uma vez que ela for, nada será o mesmo novamente.

EPÍLOGO

SCAR

Jagger fecha parte de trás do meu vestido de fantasia de Sally, enquanto seguro meu cabelo para o lado.

— Simplesmente não parece certo. Ir a um baile de Halloween enquanto Maddie ainda está desaparecida.

— Neo e Sebastian a encontrarão. Não tenho nenhuma dúvida sobre isso.

Já faz mais de uma semana desde que Neo foi embora e ainda não há atualização. Cada dia que passa me faz sentir cada vez menos esperançosa pelo retorno seguro de Maddie, mas ninguém está desistindo ainda. Faz quase o mesmo período de tempo desde que ouvimos ou vimos qualquer coisa do Stalker da BCA.

Eu me viro, deixando meu cabelo cair nas minhas costas.

— Realmente acha que ela está bem?

Seus braços serpenteiam em volta do meu pescoço e sua testa pressiona a minha.

— Sei que está.

— Não consigo te levar a sério com essa máscara. — Eu rio, quando, na realidade, isso está me assustando.

— Diz a garota de olhos e lábios pretos.

Meus ombros balançam para cima e para baixo.

— *Touché.* Acho que provavelmente pareço uma boba também.

— Foda-se, não. Você está gostosa pra caramba. Sempre me perguntei como seria foder...

— Não. — Nego com a cabeça. — Não diga isso. — Não tenho certeza se ele diria Sally ou uma garota morta, mas, de qualquer forma, é assustador.

Todos encomendaram fantasias que foram entregues há alguns dias.

Depois de implorar muito a Crew e Jagger para que um deles se vestisse como meu Jack, eu perdi. Crew será o cara dos filmes *Pânico*, e Jagger será Michael Myers. Ver pessoas fantasiadas de personagens malucos é irônico, dada a nossa situação.

Passando os dedos pelo meu vestido, ele acaricia minha coxa.

— Não aja como se isso não te excitasse.

— Sexo com Michael Myers? Não mesmo. — Porém, minha mente está girando agora. Fingir um pouco de alguns papéis pode ser divertido. *Não*. Pelo menos não agora. — Precisamos ir. — Eu disse a Ry que encontraríamos ela e Elias fora do centro atlético.

O baile está sendo realizado dentro do ginásio e, com Riley fazendo parte do comitê de decoração, não tenho dúvidas de que vai ficar incrível. O Halloween sempre foi um dos meus feriados favoritos, embora eu não me fantasiasse desde criança. É bom colocar uma máscara — figurativamente, não literalmente, considerando que meu rosto está cheio de maquiagem.

— Vamos — diz Crew da porta.

Jagger suspira, deixando cair as mãos ao meu redor.

— Empata-foda. — A palavra sai como um murmúrio, mas o ouço.

Crew entra no quarto, com a máscara na mão.

— Colocamos o ônibus para pegar as pessoas. Achei melhor manter todos fora das trilhas esta noite, mesmo com a segurança instalada.

Contorno Jagger e caminho até Crew.

— Concordo. Então, vamos pegar o ônibus?

— De jeito nenhum. Temos neve. Vamos de trenó esta noite. — Crew vira a bainha do meu vestido que fica logo abaixo da minha bunda. — Você vai comigo?

— Sim. — Olho para Jagger, que está ajustando sua máscara no meu espelho. — Está tudo bem com você?

Depois de posicioná-la ao seu gosto, ele endireita as costas.

— Claro. Vá com ele até lá e volte comigo mais tarde. — Posso ver sua piscadela, mesmo através dos buracos na minha máscara, e isso faz meu estômago revirar.

— Vamos. — Agarro a mão de Crew, rindo enquanto conversamos no corredor. É quando chegamos ao topo da escada que a culpa se instala. Eu não deveria estar rindo. Não deveria estar me divertindo.

— Ei — Crew chama, apertando minha mão na dele —, tudo vai dar certo.

Concordo com a cabeça em resposta e, uma vez que Jagger nos alcança, nós descemos e saímos juntos.

Como pegamos uns bons quinze centímetros de neve nas últimas quarenta e oito horas, opto por meu casaco pesado de inverno e dispenso o capacete, porque gastei muito tempo com esse cabelo e maquiagem. Não é algo que faço com frequência, então de jeito nenhum vou deixar isso por nada.

Dez minutos depois, estamos chegando ao centro atlético e o lugar já está lotado. Nós três entramos juntos, Crew de um lado e Jagger do outro. Claro, viramos algumas cabeças, porque as pessoas estão falando, mas desde quando dou a mínima para o que pensam de mim? Do meu ponto de vista, essas vadias estão com ciúmes porque tenho dois dos três caras que todas elas querem.

Este baile é mais do lado tradicional de nossas reuniões. É montado e financiado pela Academia versus nossas festas com um barril nas Ruínas. Embora tecnicamente não devêssemos beber, já ouvi rumores de que alguém batizou o ponche.

— Eu vou procurar por Riley — aviso aos caras e, mesmo que concordem com a cabeça, ambos me seguem. É o que acontece quando você está sendo perseguida por um psicopata e é Halloween.

Assim que a vejo, ela está correndo em minha direção com um par de saltos de dez centímetros e um vestido vermelho justo.

— Você está aqui. — Ela sorri, jogando os braços ao meu redor.

— E você está bêbada. — Aceno com a mão na frente do nariz, afastando o cheiro inebriante de vodca.

— Um pouquinho. Mas é Halloween. — Suas mãos voam no ar, seus olhos percorrendo a sala.

Pressiono as mãos em seus ombros, observando sua roupa.

— O que é isso? Pensei que você disse que vinha de Princesa Buttercup, de *A princesa prometida*? — Ela acertou a cor do vestido e o cinto de fita dourada, mas o comprimento está todo errado.

— Sou uma Princesa Buttercup safada. — Ela aponta para o outro lado da sala, e olho na direção de onde Elias está parado. — E ali está o meu Westley.

Ele está na tigela de ponche, um copo na mão; quando ele nos pega olhando para ele, o levanta em cumprimento. Na verdade, ele acertou o traje com a roupa preta e a máscara de olho combinando.

Crew e Jagger estão conversando sobre amenidades, quando um sentimento estranho toma conta de mim. Não é apenas a sensação de que alguém está me observando, mas que alguém *realmente está* me observando. Riley continua falando e eu aceno em resposta a tudo o que ela diz, como se eu ouvisse cada palavra, mas não posso deixar de olhar para a figura à minha esquerda, que está parada ali, com os olhos em mim. Vestido como Darth Vader, sua fantasia no ponto. Provavelmente um dos melhores aqui. Há algo sedutor nele. Um mistério que quero resolver.

— Scar. Você ouviu alguma coisa do que acabei de dizer?

Olho de volta para Riley, meu estômago revirando.

— Não olhe — solto, os dentes cerrados —, Darth Vader à sua esquerda.

Claro, seus olhos se voltam direto para ele e, quando o encontram, ele vem em nossa direção.

— Puta merda. Ele está vindo para cá. — Puxo o braço de Riley, querendo fugir, porque algo parece errado, mas a nova Riley brilha, ousada.

Ela apruma a postura, os braços cruzados sobre o peito, dando a si mesma um impulso no decote.

— Quem é você? — ela fica inexpressiva.

O cara leva a mão à máscara e a puxa lentamente, revelando a única pessoa que eu não esperava ver esta noite.

— Neo? O que você está fazendo aqui? Por favor, diga que Maddie foi encontrada.

Ele balança a cabeça negativamente, desfazendo qualquer lasca de esperança que eu tinha neste momento.

— Não. Mas estamos perto. Descobrimos algo e acho que esta informação nos levará direto a Maddie. Mas não podemos conversar aqui.

Olho ao redor da sala em busca de Crew e Jagger. Como se Neo soubesse exatamente quem estou procurando, diz:

— Eles estão lá fora. Me siga.

Riley e eu trocamos um olhar, e não consigo me livrar dessa sensação arrepiante. Seu comportamento calmo me diz que ela está sentindo tudo, menos isso. Então, novamente, ela está bêbada, então eu não esperaria que estivesse em alerta máximo. Talvez seja disso que eu preciso — uma bebida forte.

Quando chegamos às portas, Riley olha para trás e eu faço o mesmo. Elias ainda está na mesa de ponche, nos observando enquanto saímos. Espero que ele não suspeite de Riley e eu termos seguido Neo para fora. A última coisa de que precisamos é que o corpo discente fique sabendo do que realmente está acontecendo. Imagino que o inferno iria explodir e os pais viriam pegar seus filhos. Nesse caso, nunca encontraríamos esse cara.

Neo abre as portas duplas e o ar fresco da noite me dá um tapa na cara. Como ele disse que estariam, Crew e Jagger estão esperando do lado de fora, ambos encostados em seus *snowmobiles*.

Todos nos reunimos enquanto Neo se prepara para compartilhar o que encontrou. Enfiando a mão no bolso, ele tira um papel, ou dois, e começa a desdobrá-los. Ele os entrega para Jagger primeiro. Observo seu rosto atentamente enquanto ele lê, virando para a outra página. De olhos arregalados e boca aberta, os passa para Crew. Meu coração está preparado para fugir do peito. Aceno a mão no ar, apressando-os.

— O que é?

Crew leva os dedos à boca e os passa para mim. À primeira vista, estou estupefata. Não consigo ler rápido o suficiente, mas, ao fazê-lo, arrepios percorrem todo o meu corpo. Viro a página, e é ainda mais revelador do que o anterior — é um atestado de óbito.

— Ai, meu Deus. — Engasgo, tomando uma lufada de ar frio.

Riley pega os papéis de mim e todos olhamos para ela, esperando sua reação.

— Não. — Sua cabeça balança, os olhos na primeira página. — Não. Isso não pode ser. — Ela vira para a próxima página, então me encara. — Elias Stanton está morto!

Em breve, no livro três, Segredos Distorcidos, *você descobrirá o que acontece quando o coração de Neo derrete, e o Stalker da BCA faz um jogo mortal! Continue lendo para ver a sinopse.*

SEGREDOS DISTORCIDOS

Os Ilegais têm sido muitas coisas:

Meus amigos;

Meus inimigos;

E agora meus amados.

Todos, menos um…

Neo Saint: meu vilão vestido no corpo de um deus e com um coração de pedra.

Ele me culpa por suas desgraças.

Quer que eu sinta sua dor.

É hora de ele aprender que não sou quem ele pensa que sou.

Alguém está lá fora, abrindo velhas feridas e criando novas cicatrizes.

Não será fácil trazer aqueles segredos distorcidos à luz, mas é a única chance de liberdade antes que a escuridão consuma tudo.

Os jogos podem não ter acabado, mas não estou mais jogando sozinha.

"Segredos distorcidos" é o livro três da série Bastardos de Boulder Cove. É altamente recomendado que se leia os dois primeiros livros antes de começar. Esta é uma série why-choose, o que significa que a protagonista feminina tem mais de um interesse amoroso. Por favor, tenha em mente que os livros possuem elementos de dark que podem ser gatilhos para alguns leitores. Aproveite!

LIVROS DE RAQUEL LEIGH

Bastardos de Boulder Cove
Livro #0,5: Desejos Sombrios
Livro #1: Jogos Selvagens
Livro #2: Mentiras Cruéis

Novato Implacável

Herdeiro Diabólico

AGRADECIMENTOS

Leitores: muito obrigada por lerem *Mentiras Cruéis!*

Quero agradecer imensamente a todos que me ajudaram ao longo do caminho. Minha leitora alfa, Amanda, e minhas leitoras beta, Erica e Amanda. À minha incrível assistente, Carolina, obrigada por tudo que você faz. Obrigada Rebecca, da Rebecca's Fairest Reviews and Editing, por outra edição e revisão incríveis, bem como a Rumi pela revisão. À minha equipe de rua, os Rebel Readers, amo muito todos vocês e sou muito grato por tudo que fazem. Obrigada à The Pretty Little Design Co. pela incrível capa original! E a todos os meus Ramblers, obrigada por estarem nesta jornada comigo.

Beijos, Rachel.

SOBRE A AUTORA

Rachel Leigh é uma autora *best-seller* do USA Today de romances new adult e contemporâneos cheios de reviravoltas. Você pode esperar *bad boys*, heroínas fortes e um felizes para sempre.

Rachel vive de leggings, usa emojis demais e sobrevive de livros e café. Escrever é sua paixão. Seu objetivo é levar os leitores a uma aventura com suas palavras, mostrando-lhes que, mesmo nos dias mais sombrios, o amor vence tudo.

www.rachelleighauthor.com

A The Gift Box é uma editora brasileira, com publicações de autores nacionais e estrangeiros, que surgiu no mercado em janeiro de 2018. Nossos livros estão sempre entre os mais vendidos da Amazon e já receberam diversos destaques em blogs literários e na própria Amazon.

Somos uma empresa jovem, cheia de energia e paixão pela literatura de romance e queremos incentivar cada vez mais a leitura e o crescimento de nossos autores e parceiros.

Acompanhe a The Gift Box nas redes sociais para ficar por dentro de todas as novidades.

 www.thegiftboxbr.com

 /thegiftboxbr.com

 @thegiftboxbr

 @GiftBoxEditora